Valerio Varesi est né à Turin le 8 août 1959 de parents parmesans. Diplômé en philosophie de l'Université de Bologne, il est aujourd'hui journaliste et auteur de romans dont le héros est le commissaire Soneri. *Le Fleuve des brumes*, le premier traduit en français, a été nominé au prestigieux Gold Dagger Award et a remporté le prix Violeta Negra 2017. *Les Ombres de Montelupo* a reçu le prix 813 du meilleur roman étranger 2018.

DU MÊME AUTEUR

Le Fleuve des brumes
prix Violeta Negra, 2017
Agullo, 2016
et « Points Policier », n° P4531

La Pension de la via Saffi
Agullo, 2017
et « Points Policier », n° P4772

Les Ombres de Montepulto
prix 813 du meilleur roman étranger 2018
Agullo, 2018
et « Points Policier », n° P4959

Valerio Varesi

LES MAINS VIDES

ROMAN

Traduit de l'italien
par Florence Rigollet

Éditions Agullo

TEXTE INTÉGRAL

TITRE ORIGINAL
A Mani Vuote
ÉDITEUR ORIGINAL
Edizioni Frassinelli, 2004

ISBN 978-2-7578-8150-7
(ISBN 979-10-95718-54-3, 1re publication)

À Simona Mammano pour
ses conseils techniques, et bien d'autres encore.
À Paola Pioppi, la « dame en jaune » de la Brianza,
qui a permis à ce roman de prendre son essor.
À Ilde et à toutes les « filles » de chez Frassinelli,
pour le tendre soin qu'elles réservent à mes livres.

1

Ce jour-là aussi, la ville attendit vainement la pluie. Quelques nuages prometteurs avaient pourtant fait leur entrée vers dix heures du matin en direction du *duomo*, mais bien vite ils s'étaient dissipés sous la chape de plomb. Le soleil avait alors recommencé à chauffer les immeubles comme un feu doux sous un bouilli, et Soneri s'était remis patiemment à transpirer dans sa chemise de lin. Juvara souffrait davantage et s'était fait toiser quand il avait tenté de rallumer le climatiseur en panne : après la pluie manquée, plus d'illusions possibles, la canicule tendrait son piège et la chaussée collerait sous les gaz d'échappement et les voitures brûlantes. Le commissaire ouvrit la fenêtre et reçut au visage un souffle de vache. Au même moment, une patrouille démarra en trombe et d'autres agents s'agitèrent au milieu des vrombissements et des crissements de pneus. L'orage tant attendu n'éclatait pas au ciel, et Soneri trouva que la couleur des uniformes ne différait pas tant de la couleur du temps.

« Qu'est-ce qui se passe ? » demanda-t-il.

Sans lui répondre, Juvara monta le son de la radio, et la voix excitée de Pasquariello, le commandant du 17, fit irruption dans les bureaux de la Police judiciaire.

« Un braquage, traduisit-il. Quatre individus ont attaqué la Caisse d'Épargne à la seringue. »

Le compte-rendu des faits, transmis par les voix essoufflées des agents, retint toute leur attention. Ils demandaient du renfort pour bloquer les issues. Deux braqueurs avaient pris la fuite à moto et deux autres avaient couru chacun de leur côté. On aurait du mal à les pister en roulant dans les rues de la vieille ville. Dans la cour, deux patrouilles revenues pour des contrôles redémarrèrent : la tempête n'avait pas l'air de vouloir se calmer, et l'on risquerait le tonnerre et des éclairs si les revolvers prenaient la parole.

« Rixe via Trento 13, devant le bar, annonça cette fois Pasquariello. Ça se bat à coups de bouteille, ils sont une quinzaine ! » hurla-t-il aux voitures de la zone.

« On demande du renfort aux pandores ? » intervint alors la voix rauque du vice-questeur. Sa question fut couverte par le halètement d'un agent occupé à poursuivre les braqueurs, qui avait du mal à parler : « On vient d'en repérer un… il se barre en direction de la barrière Repubblica… il est à pied. » Après avoir pris une longue pause pour reprendre son souffle, il tenta de décrire le fuyard : « Il a un tee-shirt bleu ciel avec un jean… des baskets blanches. » On l'entendait perdre le type au piétinement de ses semelles réglementaires, et Soneri imagina avec un certain malaise sa course-poursuite en pleine canicule, ébloui par la réverbération des trottoirs où les crachats s'évaporaient au soleil et où les crottes de chiens se desséchaient sans engraisser la terre.

La ville donnait l'impression d'être soudainement secouée par un tremblement de terre. Via Langhirano, un fou menaçait les passants d'un couteau.

« L'été, la ménagerie est ouverte, ronchonna Soneri en faisant allusion aux déséquilibrés qui sillonnaient la ville désertée au mois d'août.

– Ils ne vont pas tarder à nous demander d'intervenir, ajouta Juvara. Encore une urgence et on n'aura plus de patrouilles. »

Dans la cour vide, là où le soleil tapait le plus fort, l'air dansait et effaçait les contours des choses.

« Avec une bonne grosse pluie, tout s'arrêterait vite fait, décréta le commissaire.

– Pourvu qu'il pleuve », soupira l'inspecteur en s'éventant avec un dossier avant de se remettre à étudier les boutons de la télécommande du climatiseur.

On entendit de nouveaux éclats de voix surgir de la radio. Un agent demandait une ambulance via Trento, deux types impliqués dans la rixe étaient blessés et perdaient du sang. On entendait des cris en arrière-fond. Et à nouveau, l'agent qui ne s'en sortait pas : « On est deux contre quinze ! » braillait-il.

Le collègue de la salle de commandement, juste au-dessus de la PJ, criait aussi en tentant de donner des ordres sur trois interventions à la fois, dont aucune n'était simple à régler : « Au pire, on vous envoie Siena-Monza en renfort. »

L'idée d'intervenir avec leur propre section causa la première sueur froide de la semaine sur l'échine de Juvara.

« Toute façon, ils les ont déjà perdus », marmonna Soneri en écoutant les agents intervenus sur le braquage. Les voix étaient plus calmes, signe qu'ils ne couraient plus. La rixe semblait également s'être calmée et la radio n'émettait plus que les généralités des arrestations, une succession de noms aussi secs que des quintes de toux, combinés à la monotonie de l'alphabet radio et de ses initiales urbaines : « A-Alessandria, M-Milan, E-Empoli, D-Domodossola… »

Le tohu-bohu se calma aussi rapidement qu'il avait éclaté, et le bureau replongea dans le silence. Il paraissait encore plus profond après toute cette excitation, quasi inéluctable, comme après une dispute. C'est alors que Soneri ressentit une espèce de déchirure le traverser sans qu'il ne parvienne à l'identifier. Cette sensation se matérialisa sous forme de mots quand la voix de la radio se remit à parler.

« Le musicien qui joue sur les marches du *Teatro Regio* s'est fait voler son accordéon par deux individus. Allez jeter un coup d'œil », ordonnait Pasquariello à ses agents.

Juvara vit Soneri se caler le cigare entre les lèvres et se diriger vers la porte à grands pas. Il s'était levé si précipitamment qu'il avait dû se liquéfier sur place.

« On peut tout supporter de cette ville : sa chaleur, ses voyous… Mais pas qu'on lui vole sa musique. »

Sur le moment, l'inspecteur n'avait pas compris grand-chose, mais après coup, quand Soneri marchait déjà dans la cour sous le blanc soleil de midi, l'accordéoniste Gondo lui était revenu en mémoire, un petit homme rond au visage innocent de tortue et au sourire à trois dents.

Le commissaire allait vite et gouttait comme un drap que l'on viendrait d'étendre. Il ne saisissait pas bien l'intérêt de voler l'accordéon d'un musicien qui gagnait de quoi vivre grâce à la monnaie des passants. Avec le temps, Gondo était devenu une figure populaire, et les chanteurs les plus célèbres descendaient souvent sur les marches du *Regio* pour entonner une aria au son de l'accordéon, devant les photographes de la presse locale. On disait que le vieux portait chance et, dans un milieu aussi superstitieux que celui du théâtre, il avait fini par devenir une sorte de talisman. On disait même que certains artistes lui attribuaient le mérite de certains de leurs succès et lui envoyaient de l'argent. En le voyant à présent silencieux et la tête baissée, le commissaire se demandait qui avait pu accomplir une méchanceté aussi gratuite. Le vol était tellement absurde qu'il en devenait suspect. Ou bien c'était le fait d'un pauvre bougre qui avait eu l'idée de revendre l'instrument, ou il y avait anguille sous roche.

Gondo était tellement effrayé qu'il en restait coi.

« Tu les as vus ? Ils étaient combien ? » lui demanda Soneri.

L'homme se tourna brusquement et le dévisagea. Une petite lueur dans ses yeux fit comprendre au commissaire qu'il l'avait reconnu, mais il se limita à lever la main droite en montrant deux doigts.

« Tu ne te souviens pas de leurs visages ? »

Le vieux secoua la tête de gauche à droite, le regard immobile.

« Commissaire, intervint un agent, un témoin m'a rapporté qu'ils l'ont agressé par-derrière et qu'ils lui ont dit quelque chose avant de lui arracher son accordéon. »

Ils avaient agi en plein jour, sans hésiter. Deux individus pour voler un vieil instrument aux touches jaunies, c'était un peu gros. Gondo s'était maintenant recroquevillé en croisant les bras sur son ventre, ramassé comme s'il avait froid.

Soneri s'accroupit en approchant son visage de celui du vieux, ce qui suffit à le faire transpirer à gros bouillons.

« Si tu veux qu'on les attrape, tu dois nous dire tout ce que tu as vu », dit-il en s'efforçant d'être convaincant.

Mais les yeux de Gondo ressemblaient à des miroirs sur lesquels les choses n'avaient aucune prise.

« Tu veux qu'on les attrape ou pas ?

– Je veux mon accordéon, murmura-t-il de manière quasi imperceptible.

– Il faut nous aider, alors », insista Soneri, persuadé que le vieux avait vu ses agresseurs.

Mais pour toute réponse, Gondo se tourna de l'autre côté. D'un seul coup, le commissaire souffrit d'un trop-plein de chaleur et de sueur, une impuissance insupportable. Il eut du mal à se relever et sentit son pantalon trempé derrière le pli de ses genoux. Il se rappela alors le motif purement personnel de sa venue. Sa colère contre la bêtise du monde et son inguérissable arrogance l'avaient conduit au musicien. Et puis il connaissait Gondo : l'hiver, sa musique envahissait la cité brouillardeuse, ultime soupir d'une ville romantique blafarde et finissante, noyée sous un anonymat luxueux et ordinaire. Pourtant, ce vol ne relevait pas de sa compétence et, si odieux fût-il, ce n'était qu'un petit larcin.

Il prit à part l'agent en service qui rédigeait son rapport : « Fais tout ce que tu peux pour retrouver son accordéon. C'est une faveur que je te demande », et s'en alla avant même d'avoir pu apprécier l'étonnement du policier.

Il sentait comme une couche de glu sur sa peau. La chaleur avait encore augmenté. Elle coupait le souffle et donnait l'impression d'être plongé dans une tasse de thé. La porte du *Milord* sembla la seule issue possible. La fraîcheur de l'air conditionné lui rappela le brusque changement de température des caves de son enfance, à la campagne, où il descendait en longeant les escaliers moisis et sombres, et où stagnaient les odeurs des vieux fûts de bois, du marc et de la charcuterie. Un jeune apprenti serveur s'approcha de lui en souriant.

« Vous désirez manger ?

– Non, respirer. »

L'autre en resta légèrement interdit. Soneri jeta un œil à sa montre, il était presque treize heures. Il n'avait pas envie de manger seul et décida d'appeler Angela.

« Depuis quand tu as des horaires d'employé ? s'étonna-t-elle.

– J'étais au *Regio* à cause d'un vol, et le *Milord* est l'endroit le plus frais et le plus proche du théâtre. Tu ne voudrais pas me rejoindre ? J'aimerais te raconter quelque chose qui vient juste de se passer.

– Je ne peux pas. L'audience traîne en longueur. C'est pour l'accordéon de Gondo ?

– Tu es déjà au courant ?

– Un de tes collègues vient juste de m'en parler, Gondo est tellement connu… Qui a bien pu faire ça ?

– Je ne sais pas. C'est bizarre, comme histoire, marmonna Soneri.

– Un des symptômes de la barbarie, commissaire. La délinquance n'a plus de limites : on vole dans les églises, aux malades dans les hôpitaux, et maintenant aux musiciens des rues. »

Soneri n'eut pas la force de répondre ni même de changer de sujet : son métier lui donnait de plus en plus le sentiment de ne servir à rien… Cette tentative quotidienne de mettre de l'ordre, de ramener les choses à leur point d'équilibre lui donnait l'impression d'un travail de Sisyphe, destiné à voir tous ses efforts s'écrouler.

« Quelle pensée a kidnappé ton esprit ? lui demanda Angela avec ironie quelques secondes plus tard.

– De changer de métier.

– Même si tu le fais, tu n'échapperas pas à la société, c'est comme pour la chaleur.

– En attendant, je me suis trouvé une place au frais. Dommage que tu ne puisses pas venir », lui répondit le commissaire en guise de congé.

Il mangea du melon avec du jambon et compta sur le vin : le malvasia frais coulait dans son estomac en lui offrant de petits frissons de plaisir. Comme toujours, être à table lui permettait de réfléchir. Il se remit Gondo en tête, à l'époque où il faisait du porte-à-porte dans les fermes des Apennins en proposant vaisselle, casseroles et balais. Son père lui avait transmis sa passion pour l'accordéon ainsi que son instrument. Ensuite, l'âge aidant, il était descendu à la ville pour gagner de quoi vivre en jouant devant l'institution musicale la plus célèbre de Parme. « Si j'avais pu faire des études, disait-il à ceux qui s'arrêtaient pour discuter, je serais là-dedans », et il montrait le *Regio* où il n'était sans doute jamais entré. Il avait le visage des gens qui ont vu défiler devant eux tout un tas d'occasions et les ont toutes ratées. Le commissaire redouta soudain de lui ressembler. Il se leva pour éviter d'y penser, mais la perspective d'affronter la canicule et d'aller se terrer dans son bureau surchauffé le replongea dans ses ruminations. Heureusement, son téléphone sonna.

« Qu'est-ce qui se passe, Juvara, une nouvelle demi-heure de folie ?

– Pire, murmura l'inspecteur d'une voix sombre.

– Quoi ?

– Pour commencer, l'agression d'une jeune fille dans un parc. Une mineure, Draghi s'en occupe. Ensuite, un homme retrouvé mort chez lui, une affaire très bizarre.

– Homicide ? l'assaillit Soneri.

– Quasi sûr, mais les agents n'y comprennent pas grand-chose. Capuozzo veut que vous alliez y faire un saut.

– C'est où ?

– Via Cavour, au 15. »

La rue des affaires et des boutiques de fringues, songea le commissaire. À deux pas du *duomo*, de l'hôtel de ville et du *Regio* : l'affaire sentait le roussi. Son impression se renforça quand il se mêla aux touristes en nage refoulés par des sacristains pressés et devint une certitude devant la porte grande ouverte du numéro 15, surveillée par un agent dégoulinant. L'appartement se trouvait au premier étage, un deux-pièces refait à neuf avec finitions luxueuses et vue sur la rue. Soneri rejoignit le palier où donnaient trois portes blindées ; deux d'entre elles étaient des bureaux tandis que la troisième portait une plaque de laiton avec inscrit GALLUZZO. Un deuxième agent l'ouvrit juste à ce moment-là, et Soneri n'eut pas besoin d'entrer pour comprendre. Un homme brun et bronzé, maigre de corpulence, gisait sur le flanc à côté du canapé. Sa tête était tournée vers la porte comme s'il avait regardé l'assassin s'en aller dans un ultime effort, juste avant de mourir.

À l'intérieur, tout était en désordre. Le commissaire balaya la pièce du regard et tomba sur un type à califourchon sur une chaise, les coudes appuyés sur le dossier, l'air plutôt contrarié. Soneri n'y prêta pas trop attention et se pencha sur le mort pour l'observer de près. Celui-ci avait le visage gonflé et violacé comme une prune. Un léger filet de sang coulait de sa bouche à moitié ouverte. Les poignets avaient l'air d'avoir été excoriés par une corde, laissant ainsi supposer que la victime avait été immobilisée avant d'être frappée à mort. Après avoir examiné le cadavre, le commissaire leva les yeux et retomba sur l'homme assis qui se leva en lui tendant la main.

« Orio De Angelis.

– C'est vous qui l'avez trouvé ?

– Oui, tout à l'heure. La vendeuse m'a appelé pour m'avertir que Francesco ne s'était pas présenté à la boutique, et j'ai trouvé ça bizarre.

– Vous êtes entré comment ?

– Je suis allé prendre la clé chez sa sœur. »

Soneri rejoignit la fenêtre qui donnait sur la rue quasi déserte en ce début d'après-midi et où, le soir venu, la parade des promeneurs entrait en scène. Juste en face, la via Dante se prolongeait en s'élargissant et offrait un aperçu de la rue parallèle, la via Garibaldi, bercée quelques heures auparavant par les notes de l'accordéon de Gondo.

« Quel est votre lien avec Galluzzo ? demanda-t-il soudain en voltant comme un danseur.

– Nous sommes associés, mais c'est moi qui m'occupe des boutiques de Milan.

– Quel genre de boutiques ?

– Prêt-à-porter.

– Et lui, reprit Soneri en indiquant le mort, il était responsable de quelle boutique ?

– De celle d'en dessous. C'est une chaîne de magasins, on a chacun notre zone.

– Il ne gérait que cette boutique ?

– Non, une autre, à Fidenza. »

Le commissaire se rappela la vitrine à côté de la porte d'entrée : la rue était saturée de magasins de vêtements et, dans le centre-ville, on trouvait désormais davantage de vendeurs de lingerie que de boulangeries.

Nanetti, le chef de la Scientifique, accompagné par deux personnes de son équipe, arriva au moment où Soneri donnait congé à De Angelis.

« Il faudra rester à notre disposition, l'avisa-t-il. Au moins quelques jours. »

L'autre acquiesça tout en s'épongeant la sueur avec sa pochette.

« Je dois rester ici encore un peu, l'informa-t-il.

– Ce sera préférable, siffla le commissaire.

– Vous pensez que ça prendra du temps ? bredouilla De Angelis, inquiet.

– Ça dépend », répondit Soneri, sibyllin.

Son esprit lui paraissait si lourdement confus qu'il ne put rien ajouter d'autre.

Nanetti jura plusieurs fois, la chaleur et la sueur rendaient le travail difficile. Le commissaire sortit alors sur le palier. Un léger courant d'air montait de la cage d'escalier. Il bénit en pensée les vieilles bâtisses et saisit son portable.

« Juvara, attaqua-t-il sans le saluer, essaye de trouver tout ce que tu peux sur un certain Francesco Galluzzo, au 15 de la via Cavour : famille, amis, fréquentations. Épluche surtout ses comptes bancaires, dettes, assurances. L'argent, nerf de la guerre, hein ? »

Il raccrocha et attendit que Nanetti le rejoigne après avoir fini d'organiser son travail.

« Alors ? demanda-t-il en allumant son *toscano*.

– Je pense qu'il s'agit d'une histoire qui leur a échappé », répondit son collègue après un long silence.

Le commissaire approuva d'un signe de tête.

« Tu penses qu'ils étaient combien ?

– Au moins deux. Il y a des empreintes de semelles qui ne sont pas celles de la victime. Hormis celles du type qui était là, évidemment. Son associé, si j'ai bien compris ?

– Tu as remarqué ses poignets ? poursuivit Soneri sans répondre à sa question.

– Ils l'ont sûrement ligoté avant de le frapper et ils ont dû lui retirer ses liens quand il s'est évanoui, confirma Nanetti. On a trouvé un couteau de cuisine et des restes de cordes sous le canapé.

– Peut-être qu'ils voulaient juste lui donner une leçon. Tu sais ce que ça veut dire.

– Un avertissement. Attention, la prochaine fois, on te descend.

– Et il n'y a pas eu de prochaine fois », marmonna le commissaire.

Nanetti s'appuya à la rampe, profitant lui aussi du courant d'air qui montait des escaliers, avant d'ajouter : « Mais il n'y a pas que ça… »

Soneri l'interrogea du menton.

« Tu as vu le désordre ? Pour moi, ils lui ont volé quelque chose, on a tous les signes d'une fouille approfondie. Et on n'a pas retrouvé son portable. »

Le commissaire pensa à un voyou du même acabit que le voleur de l'accordéon de Gondo. Tout semblait se tenir.

« Cela dit, la thèse du vol n'est pas logique non plus », reprit Nanetti.

Soneri le fixa d'un petit air réprobateur : il ne supportait pas qu'on le tienne sur le gril. Mais il se dit que son collègue devait se remettre les idées en place en parlant à voix haute.

« Ils n'ont pas touché au coffre-fort, s'interrogea Nanetti. Il était pourtant à l'endroit le plus banal du monde, juste derrière une reproduction de Monet. Ce n'est pas difficile de convaincre quelqu'un de l'ouvrir en le rouant de coups.

– Une fausse piste, le coupa Soneri. Et pas des plus raffinées.

– C'est aussi mon avis, sinon on ne comprend pas pourquoi la porte n'a pas été forcée. On est obligé d'en déduire que Galluzzo a fait entrer son assassin parce qu'il le connaissait.

– Ils pourraient l'avoir attendu et menacé en bas de chez lui, supputa Soneri.

– Et alors pourquoi ils ne lui auraient pas fait ouvrir son coffre-fort ? Et puis il y a une autre anomalie… » ajouta Nanetti.

Le commissaire commençait à s'impatienter, mais s'efforça de rester calme et de ne poser aucune question à son collègue, qui poursuivit : « Apparemment, un écran plasma assez grand a disparu. On voit sa trace sur le mur, et des fils qui pendent.

– C'est pas net, cette histoire.

– Je trouve aussi.

– Peut-être que Galluzzo l'a emmené en réparation quelques jours plus tôt…

– Peut-être, murmura Nanetti. Quoi qu'il en soit, et vu comme c'est parti, ça m'a tout l'air d'une affaire emmerdante.

– Il fallait s'y attendre, maugréa Soneri. La chaleur ramollit les cerveaux », ajouta-t-il, effrayé par le travail qui l'attendait.

Il n'avait jamais aimé l'été en ville, quand les rues puent la pisse et que des odeurs âcres de transpiration flottent dans les autobus. Il n'aimait pas non plus son agitation nocturne désespérée, les foules d'ivrognes hurlant aux lunes opaques voilées par la touffeur, les insomnies et ses coups de barre poméridiens au plus fort de la canicule. Il aurait voulu retourner au brouillard et à sa discrétion, humide et enveloppante. Heureusement, le 15 août approchait et la ville se viderait en laissant derrière elle les vieux et les fauchés. Il se consola en songeant aux rues désertes, à la beauté de la ville enfin silencieuse et aux dîners dans quelque auberge à l'ombre des tonnelles : sa petite villégiature personnelle.

2

Juvara avait posé devant lui plusieurs photos de Galluzzo : un homme assez beau, habillé avec élégance, le visage gai et juvénile. Soneri le compara au cadavre qu'il venait de voir dans l'appartement de la via Cavour : l'acharnement des coups, la bouffissure livide, le sang incrusté… et soupira en méditant sur la précarité humaine. Il reposa les photos au moment où le téléphone sonna.

« On est en train d'organiser une collecte pour racheter un accordéon à Gondo, annonça Angela.

– Il ne veut pas de nouvel accordéon, il veut le sien. Je crois que c'était celui de son père, prévint Soneri.

– S'il en a un neuf, il jouera dessus de la même façon, expliqua-t-elle. Ce sera toujours mieux que de faire la manche.

– Il ne fait pas la manche, c'est un artiste de rue. Il a même une licence.

– D'accord, mais si tu passes près du *Regio*, tu verras qu'il a mis une pancarte où il demande aux passants de bien vouloir l'aider à cause du vol de son accordéon. Ceux qui le connaissent lui laissent un peu de monnaie. »

Le commissaire raccrocha en ronchonnant ; pas de doute, le monde tournait à la barbarie. On la devinait à ces petites choses. Il fut tiré de ses pensées par le toussotement de Juvara qui s'était approché de lui sans se faire remarquer. L'inspecteur poussa les photos et posa cette fois-ci un dossier sous ses yeux avec le nom de GALLUZZO écrit au feutre et en majuscules.

Soneri sentit le skaï de son fauteuil lui cuire le dos et se leva brusquement.

« Commence déjà par tout me raconter », demanda-t-il en essayant de trouver un endroit que son corps n'avait pas encore chauffé. L'autre le suivait sans comprendre. Ils s'assirent finalement sur le divan en allongeant leurs jambes comme deux ouvriers en pause.

« Presque personne ne connaît Galluzzo, se lança Juvara. Il est arrivé de Calabre il y a deux ans et il a repris la boutique *Location* de la via Cavour il y a six mois. Elle fait partie d'une chaîne de magasins, chaque boutique est décorée dans le style d'une ville américaine. »

Soneri eut un geste d'impatience.

« J'ai vu. Que du toc qui sert à rien.

– Apparemment, ça ne marchait pas très fort, reprit Juvara, mais le commissaire le coupa à nouveau.

– Forcément, il y a la même chose partout. »

L'inspecteur évita de manifester son agacement, mais laissa toutefois échapper un soupir. Soneri comprit le message et lui fit signe, son cigare à la main, de poursuivre.

« C'est justement parce que le magasin ne marchait pas que ce De Angelis, son associé, est arrivé de Milan pour essayer de remettre les choses en ordre. Mais quand un commerce ne veut pas démarrer…

– Galluzzo avait toute sa famille ici ? demanda Soneri.

– Non, juste une sœur, mariée à un agent immobilier, lui aussi calabrais.

– Qui habite ?

– Juste à côté, borgo del Parmigianino. C'est là qu'on a retrouvé la voiture de Galluzzo, une Mini Cooper rouge.

– Insolite comme voiture pour un cinquantenaire, commenta Soneri. Il la garait toujours là-bas ?

– Non, il avait une place au parking Toschi, derrière le palazzo della Pilotta.

– Alors pourquoi sa voiture était en bas de chez sa sœur ?

– On n'en sait rien. Peut-être qu'il était pressé. Ou qu'il avait l'intention de s'en resservir. »

Le téléphone les interrompit.

« Sa mort remonte à environ une heure du matin », annonça Nanetti.

Leurs esprits se rencontraient, le commissaire était justement en train d'y penser.

« Je te confirme que l'homme a d'abord été ligoté et frappé avant d'être détaché. Les marques sur ses poignets sont concomitantes aux coups.

– Si ce n'est pas une mise en scène, ça veut dire qu'ils voulaient juste le cabosser un peu, constata Soneri.

– C'est ce que je pense aussi. Mais quelque chose a merdé. Soit le type qui frappait s'est laissé emporter, soit Galluzzo était trop faible.

– Ça ressemble aux méthodes du milieu, mais ça pourrait être un cambrioleur, un professionnel qui cherchait des objets plus précieux. Tu n'as pas dit que des objets manquaient ?

– Si : l'écran plasma, deux portables, trois montres de valeur et le GPS de la voiture.

– Avec qui vous avez fait l'inventaire ?

– Son associé. Il a l'air d'être au courant de tout, ou presque. Il a aussi téléphoné à la sœur pour avoir la confirmation de ce qui appartenait à Galluzzo. »

Soneri resta perplexe et silencieux jusqu'à ce que la voix de Nanetti reprenne à l'autre bout du fil, de cette patience méticuleuse des personnes habituées aux travaux de précision : « Si c'est un cambrioleur et qu'il est comme tu dis, reste à savoir pourquoi il n'a pas touché au coffre-fort, insista-t-il en lui faisant à nouveau part de ses doutes. Et puis, comment il est entré ? La porte n'est pas forcée et les fenêtres non plus.

– Ils ont dû l'attendre sur le palier, je ne vois que ça, supposa le commissaire malgré son esprit brouillardeux. Après dix-huit heures, les bureaux sont fermés et plus personne ne passe par là.

– En tout cas, j'ai une bonne nouvelle à t'annoncer : c'est Percudani qui va juger l'affaire, on est tombé sur un des meilleurs.

– Il a fixé le jour de l'autopsie ?

– Demain matin. Percudani ne perd pas de temps, tu sais bien. »

Le commissaire raccrocha et retourna vers le divan. Juvara rouvrit le dossier pour reprendre son compte-rendu, mais le téléphone sonna une fois encore.

C'était le juge, à croire qu'ils l'avaient invoqué : « Demain matin, le questeur doit me téléphoner après l'autopsie, vous avez quelque chose à ajouter au rapport de la Scientifique ?

– Non, je ne crois pas… bougonna Soneri, un peu gêné. L'affaire n'en est qu'à ses débuts, et pour l'instant nous n'avons rien », répondit-il comme s'il donnait son opinion.

L'autre l'interrompit.

« Aucune importance, c'était juste par acquit de conscience », abrégea-t-il, expéditif.

Pendant ce temps-là, Juvara avait réussi à remettre le climatiseur en marche et l'on percevait désormais un léger sifflement. Mais les appels recommencèrent et l'inspecteur souffla. Cette fois, c'était Pasquariello : « On est en train de ramener la voiture de la victime pour que la Scientifique l'examine, mais je peux déjà t'annoncer que quelqu'un a fouillé entre les sièges.

– Un voleur ?

– On dirait, oui. La portière droite a été forcée, mais on ne sait pas ce qu'ils ont emporté.

– Il ne manque rien ?

– Apparemment, non. Ils ont même laissé l'oreillette du téléphone portable. Par contre, il y avait deux sachets dans le cendrier…

– Des sachets ? insista le commissaire.

– Peut-être que je me trompe, mais on dirait des sachets de cocaïne.

– On verra ce que nous dira Nanetti », lui répondit Soneri d'une voix évasive.

Il se demandait tout à coup s'ils n'auraient pas plutôt affaire à un camé de haute volée, du genre à se mettre des paquets de fric dans le nez. L'histoire de la voiture forcée était loin de le convaincre.

« Mais s'il ne manque rien… » dit-il en laissant sa phrase en suspens. Si tout semblait en place, la personne entrée dans la voiture avait peut-être cherché quelque chose qui s'y trouvait momentanément. Mais il se rendit compte que ce raisonnement ne le mènerait nulle part et le laissa mourir dans un silence gênant.

« Allô ! cria le commandant, comme si la ligne avait été coupée.

– Autre chose ? demanda Soneri en revenant d'un seul coup à la conversation.

– Non. Juste un détail…

– Lequel ?

– Hier soir, Galluzzo est allé dîner au *Nabucco*. »

Soneri n'aimait pas cet endroit. Le restaurant débordait d'*escort girls* et de luxe grossier, et des serveurs envahissants vous surveillaient comme des matons.

« Il ne s'embêtait pas, se limita-t-il à constater. Seul ou accompagné ?

– Seul, répondit Pasquariello, dont l'étonnement altéra légèrement la voix.

– On ne va pas seul dans ce genre d'endroit, ce n'est pas une cantine, grommela le commissaire, et comme l'autre se taisait, il raccrocha en marmonnant un vague salut. On en était où ? demanda-t-il à Juvara au moment où celui-ci semblait avoir réussi à maîtriser le climatiseur.

– À la voiture. Je vous disais qu'on l'avait retrouvée en bas de chez sa sœur alors qu'il avait une place au parking public.

– Pour ça aussi, on verra ce que nous dit Nanetti », trancha le commissaire.

Juvara écarta sa feuille et la classa derrière les autres pour archiver l'information. Puis il passa à la suivante.

« Galluzzo a été marié, il a un fils de dix-sept ans. On ne sait rien de sa femme, le divorce remonte à dix ans en arrière.

– Quelqu'un le connaissait ? Je veux dire parmi les commerçants, les voisins… insista Soneri.

– Ceux qui le connaissaient de vue décrivent une personne aimable disant toujours bonjour. Très attaché à sa manière de s'habiller et faisant plus jeune que son âge. Mais apparemment, il n'entretenait que des relations superficielles. Dans l'immeuble où il habitait, la rénovation a chassé tous les vieux locataires pour les remplacer par des bureaux. Il ne reste plus qu'une seule habitante, une vieille propriétaire qui n'arrive plus trop à comprendre qui est qui à cause de tout le va-et-vient des bureaux. »

Soneri, visiblement agacé par cette série d'informations d'ordre général, tendit la main vers la sortie d'air du climatiseur qui se mit à froufrouter comme à travers une vitre de voiture entrouverte.

« Ils ont découvert l'air chaud, décréta-t-il après quelques secondes. Ça brasse l'air moite et ça fait du boucan. »

Galluzzo, en revanche, avait traversé la ville sans un bruit, aussi discrètement qu'une petite souris. Personne n'avait entretenu ni approfondi de relations avec lui, à part un simple signe ou un simple regard au seuil de sa boutique. Personne n'était capable de raconter quoi que ce soit de sa vie. Il avait l'air d'avoir vécu dans un ermitage plutôt que dans la rue la plus fréquentée de la ville.

Juvara batailla quelques instants avec le climatiseur et parvint à réduire le bruit à un léger souffle.

« Et sa famille ? demanda le commissaire. Elle a de l'argent ?

– Oui, plutôt aisée, visiblement. Ses trois autres frères sont aussi dans le prêt-à-porter, répondit Juvara.

– Où ça ?

– Dans le Sud, dans des villes de Calabre et en Basilicate.

– Son commerce ne marchait pas… remâcha Soneri. Des dettes ?

– On doit encore vérifier, mais d'après une première analyse de ses mouvements, il semblerait que non. On ne peut pas dire qu'il roulait sur l'or, précisa l'inspecteur, son compte-courant n'est pas très fourni. »

Soneri s'était tu. La perspective des complications se renforçait dans son esprit. Il le savait d'expérience :

si l'on n'apercevait aucune lueur les premiers temps d'évaluations, l'enquête s'annonçait mauvaise. Il se leva, préoccupé, alluma le mégot de son *toscano* en se brûlant les moustaches et sentit ses vêtements mous et trempés lui coller à la peau.

« Je retourne via Cavour, annonça-t-il au moment de passer la porte. Au moins, en marchant, j'aurais l'illusion de sentir un peu d'air. »

Il traversa la cour de la Questure et fut assourdi par un charivari de boîtes de conserve, de tambours et de sifflets en arrivant sous le porche de la via Repubblica. La rue était bloquée par une centaine de personnes avec des banderoles et des pancartes.

« Qu'est-ce qu'ils veulent ? demanda-t-il au planton.

– C'est les travailleurs de la *Forneria Duomo*, ils protestent contre le démantèlement de l'usine. »

Soneri avait mangé des centaines de goûters *Forneria*. Il se remémora les grains de sucre de La Vénitienne que sa mère lui achetait quelquefois avant de partir pour l'école, et le réflexe conditionné par sa mémoire et son palais souleva en lui un torrent de mélancolie.

Un syndicaliste énumérait les raisons de la protestation : les propriétaires de l'usine voulaient foutre en l'air les vieux bâtiments pour construire des immeubles dans un quartier tout près du centre. La ville appartenait désormais aux spéculateurs qui passaient sur l'histoire comme des rouleaux compresseurs en broyant les vies de ceux qui se trouvaient sur leur chemin.

Le commissaire les dépassa et entendit derrière lui une voix invoquer en hurlant dans un mégaphone l'intervention du préfet. Malgré le coucher du soleil qui avait caressé les toits, le temps était toujours aussi lourd. Il dut faire un détour un peu plus long par la via Garibaldi et aperçut au loin Gondo sur les marches du *Regio*, recroquevillé dans un enchevêtrement de vêtements qui donnait l'impression d'une valise ouverte. Puis il tourna borgo Angelo Mazza et tenta d'éviter le souffle bouillant des climatiseurs qui gardaient au frais, comme sous une cloche de verre, de superbes vendeuses au milieu de chiffons colorés et insignifiants.

Un peu plus tard, il montait les escaliers du 15 de la via Cavour, passait devant la porte sous scellés de Galluzzo et rejoignait les étages supérieurs où la chaleur augmentait graduellement. Une fois en haut, il sentit deux gouttes descendre le long de son cou et lui chatouiller le dos comme une plume avant d'être absorbées par le revers de son slip. Il se retrouva devant une porte sur laquelle était écrit : CLARA VESCOVI.

Il sonna, et une vieille entrouvrit la porte sur une pièce pénombreuse en l'écoutant se présenter. Elle décrocha l'entrebâilleur et l'invita à entrer d'un geste. La porte refermée, elle se mit devant lui et le fixa quelques instants comme si elle avait voulu confronter la réalité avec son imagination.

« Je vous croyais plus âgé, jugea-t-elle. Certains hommes font beaucoup plus jeunes que leur âge, ajouta-t-elle tout de suite après. Celui qu'ils ont assassiné donnait aussi cette impression », fit-elle remarquer en l'invitant à le suivre dans son petit salon.

Elle était entrée toute seule dans le vif du sujet, ce qui facilitait les choses.

« Ça vous arrivait de vous parler ? demanda le commissaire.

– Seulement pour se dire bonjour. Nous ne sommes plus au temps du bon voisinage. Autrefois, on vivait là en famille. Dire qu'on mettait les tables dans la cour pour le gâteau de la Saint-Jean… rappela la vieille d'un air songeur.

– Aujourd'hui, il n'y a plus que des bureaux… constata Soneri, à qui l'idée d'une tablée sous la lune pour recevoir la bénédiction des premières rosées d'été provoqua un nouveau frisson de mélancolie.

– Jusqu'à hier, les seuls habitants, c'était moi et ce pauvre garçon, soupira la femme. J'étais tellement contente quand il est arrivé ici. Je me disais qu'en cas de besoin, j'aurais quelqu'un chez qui frapper.

– Ça vous est arrivé ?

– Non, il n'était jamais là. Il rentrait quand je dormais. Et quand il était chez lui, ce n'était pas le moment de le déranger, chuchota-t-elle avec malice.

– Il avait souvent des invités ? » ajouta Soneri de manière allusive.

Elle acquiesça.

« Un bel homme… Divorcé… » justifia le commissaire.

La dame Clara eut un ricanement : « Ce n'est pas ce que vous croyez. »

Il leva le menton en signe d'interrogation.

« Pour dire, je n'ai jamais vu entrer de femmes chez lui. Par contre, je l'ai souvent remarqué en compagnie de messieurs. De messieurs très jeunes, finit par divulguer la vieille. Je n'y connais pas grand-chose à tout ça, mais ils n'avaient pas des têtes de séminaristes.

– Ils restaient discrets ?

– Oh, ça, je ne sais pas, oui. Je ne les ai entendus que deux fois parler plus fort que d'habitude. Peut-être parce que la porte était ouverte. Et puis quelqu'un a vite descendu les escaliers, comme s'il prenait la fuite. »

Soneri resta un moment silencieux. Il était toujours surpris par les révélations inattendues ; c'était étrange du reste, après toutes ces années passées à fouiller des centaines de vies, y compris les plus irréprochables.

« Vous n'avez rien remarqué d'autre ? reprit-il en s'efforçant d'afficher un ton impersonnel, mais la vieille le prit comme un léger reproche et se raidit.

– Je ne passe pas toutes mes journées à espionner mes voisins, même si ce n'est pas le temps qui manque.

– Quand on habite le même immeuble… tenta de minimiser le commissaire.

– La seule chose que je puis vous dire, c'est qu'il ne donnait pas l'impression de se priver », précisa-t-elle en déplaçant ses avant-bras qui laissèrent place à deux gros cercles de sueur sur la table de verre.

Soneri regarda alors autour de lui : on saisissait dans la pénombre un univers de fantômes naufragés et une triste ambiance de poussière immobile. L'exact contraire du goût moderne et raffiné de l'appartement de Galluzzo.

« Il menait la grande vie ?

– Je ne fais les poches de personne, précisa Clara en enfonçant le clou, mais si quelqu'un ne mange jamais chez lui et qu'une femme de ménage vient deux fois par semaine, c'est qu'il a les moyens. »

À en juger par le dernier repas de Galluzzo au *Nabucco*, la vieille était sans doute dans le vrai.

« Dans le monde d'aujourd'hui, on ne sait pas de quoi les gens vivent », poursuivit la voisine à voix basse d'un air complice et soupçonneux après s'être matérialisée subitement à ses côtés. Dans cet attique obscur, Soneri avait la sensation de cuire au bain-marie. Il entendit la rumeur atténuée du cortège d'ouvriers passer tout près de là. Les mêmes qu'il entendait du temps de l'école, comme exhumés d'un monde perdu fait de grèves automnales, de cours d'immeubles remplies d'enfants et de jeunes mères vociférantes.

« Je n'y comprends plus rien, renchérit la vieille, et je me trompe peut-être de croire qu'il vivait au-dessus de ses moyens, se corrigea-t-elle.

– Moi non plus, je n'y comprends rien », laissa échapper le commissaire en décrochant de ses souvenirs.

Face au destin, il était toujours frappé de stupeur et d'impuissance, et aujourd'hui, face à Galluzzo, il ressentait exactement la même chose. La lumière sous laquelle l'affaire se présentait changeait continuellement, comme dans les paysages de haute montagne.

Il pensait à cet homme amateur de jeunesse quand son portable sonna. Nanetti lui rapporta les résultats des premiers examens sur les sachets trouvés dans la voiture : « Il y a des traces de cocaïne. »

Galluzzo ne se privait donc de rien, comme Mme Vescovi l'avait supposé : belle voiture, jeunes amants, drogue et dîners dans des restaurants de luxe.

« Vous n'avez rien trouvé d'autre ? demanda le commissaire.

– Pourquoi, ça ne te suffit pas ? riposta Nanetti d'un ton débonnaire. En tout cas, la voiture semble avoir été inspectée dans les moindres détails.

– C'est justement ça qui m'intrigue, grommela Soneri.

– Et il faut croire que la portière a été forcée par quelqu'un qui connaît son métier… Il n'a laissé aucune égratignure. »

Le commissaire soupira : « Pourquoi quelqu'un qui sniffe de la coke laisserait ses sachets dans le cendrier ? Tu ne te fais pas des rails de coke dans une voiture ? Si ?

– Tes années d'expérience devraient t'avoir appris que l'exception peut parfois confirmer la règle », le sermonna Nanetti.

Ce n'était pas faux, le catalogue semblait inépuisable.

« D'accord, mais il arrive aussi que les choses prennent le chemin le plus simple, répondit Soneri.

– Quand on aura fini les examens, je te ferai savoir ce que j'ai trouvé. J'espère que ça t'éclaircira les idées. »

Il ne s'était pas aperçu que Clara Vescovi avait écouté toute leur conversation sans bouger. Quand il rangea son portable, elle lui donna l'impression de s'excuser d'un geste imperceptible. Il le lui rendit, tourna la poignée et sortit.

3

Lorsqu'il fut en bas, la via Cavour s'apprêtait à changer de peau. Les boutiques et les bureaux fermaient, et les premières troupes de noctambules, qui piétinaient le tapis blanc de tracts abandonnés par les ouvriers de la *Forneria Duomo*, remplaçaient peu à peu les vendeuses et les employés. L'asphalte était bouillant, bien décidé à maintenir la ville dans sa cocotte en fonte pour réchauffer la nuit. L'obscurité n'apporterait aucune fraîcheur, seulement de l'insomnie et des bouffées de sueur. Soneri s'aperçut avec un certain étonnement qu'il n'avait pas allumé son cigare depuis plusieurs heures parce que la flamme lui était devenue insupportable. Il fit tourner son mégot entre ses lèvres, aussi trempé que son corps en nage. Son portable se remit à sonner.

« La souscription a déjà atteint la somme qu'on s'était fixée, l'informa Angela. Pas mal de magistrats ont voulu y participer et si le revendeur nous fait un prix…

– Je pense que vous faites une erreur, murmura-t-il.

– Tu crois toujours que tout le monde est comme toi, avec ses petites habitudes. Il aura un instrument plus moderne, il sera très content.

– On ne fait rien avec les choses sans passé, décréta Soneri avec amertume avant de lui parler brièvement de

Galluzzo, un type apparemment sans histoire, parachuté dans la ville.

– Commissaire, je sens tous tes rouages en action, c'est bon signe.

– Cet homme ressemble à l'accordéon que vous voulez offrir à Gondo », lui dit finalement Soneri en ramassant un tract par terre.

Il lut la phrase imprimée par-dessus le dessin d'une semelle : « La ville piétine sa tradition ouvrière et se convertit à la rente immobilière », et constata une nouvelle trahison de l'histoire.

« Tôt ou tard, on finira tous comme lui, observa Angela. Plus personne n'a de patrie et tout le monde va et vient, nous sommes tous des migrants déracinés.

– Moi, heureusement, je suis une vieille plante, il faut me tailler au pied. Impossible de me déraciner, déclara Soneri.

– Tu ne voudrais pas au moins venir un petit peu chez moi, ce soir ? Tu sais que j'ai un climatiseur…

– Loin de moi, alors. Le froid artificiel, rien de pire pour les os. »

Il s'achemina vers la Questure, touché par les derniers rayons du soleil oblique qui filtraient entre les immeubles. Une bulle de vapeur stagnait au-dessus de la ville, prête à cacher les étoiles. Il aurait tant voulu se retrouver sur ses collines, là où les prés rafraîchissent l'air et où la brise, fille de l'ombre, surgit des bois.

Au bureau, Juvara s'était soulagé en posant un ventilateur sur l'armoire du bureau pour aérer la pièce.

« D'où tu l'as sorti ? demanda Soneri.

– Je l'ai acheté. J'ai cru que j'allais m'évanouir, aujourd'hui, avec la chaleur. »

Le commissaire le regarda en ricanant. « N'oublie quand même pas que tu es flic », dit-il d'un ton narquois. Il songea alors à la fragilité des nouvelles recrues élevées dans les villes par des mères anxieuses et la compara à la rudesse de son éducation paysanne. L'inspecteur le tira juste à temps de ses considérations, lui évitant ainsi de se sentir hors jeu.

« On a fait tout un tas de vérifications sur Galluzzo, mais on n'a pas trouvé grand-chose, lui dit-il.

– Plus personne ne se connaît dans cette ville », murmura le commissaire en repensant à ce que lui avait dit Angela.

L'inspecteur le regarda avec perplexité avant de se remettre à lui parler comme s'il s'était interrompu dans sa lecture.

« Il est donc arrivé ici il y a deux ans. C'est le plus jeune des quatre frères, et ils ont une sœur, celle du borgo del Parmigianino. À Locri, la famille Galluzzo est assez en vue, très riche, apparemment. Le mari de la sœur aussi, mais ses intérêts sont dans la pierre : il achète et il vend des appartements, il a l'air d'avoir un gros patrimoine immobilier.

– On sait d'où vient l'argent ? intervint Soneri.

– Non. Mais il a l'air de tout faire au grand jour. Enfin, avant de faire fortune, l'homme a quand même eu des problèmes avec la justice pour du trafic de jeux d'argent, mais il en est sorti blanchi, acquitté au procès.

– Tu as une idée des raisons pour lesquelles Galluzzo a décidé d'ouvrir son magasin ici, à Parme ?

– Apparemment, c'est lié à sa rencontre avec De Angelis. Commercialement, l'homme était bien placé à Milan et dans toute la Lombardie, et il avait sans doute besoin de quelqu'un pour s'occuper de l'Émilie. Les Galluzzo ont toujours travaillé dans le prêt-à-porter.

– Il faut que je parle à ce De Angelis : il a l'air d'être au courant de pas mal de choses, vu l'inventaire qu'il a fait avec la sœur, dans l'appartement, rappela le commissaire.

– Il navigue entre la Suisse et l'Italie, l'informa Juvara, mais le cœur de ses affaires est de l'autre côté de la frontière.

– Creuse encore sur la famille Galluzzo, aussi bien à Parme qu'à Locri. Et surveille aussi ce De Angelis », ordonna Soneri, le regard dans le vague, comme il le faisait quand il traduisait directement ses pensées en mots. L'air surpris de Juvara l'obligea à préciser les choses : « Visiblement, les Galluzzo ont de grosses sommes à dépenser, et je voudrais savoir d'où elles sortent. Si tu as du fric à ne plus savoir qu'en faire, tu l'investis là où ça rapporte le plus et dans des endroits sûrs. En général, tu commences par acheter des appartements et ensuite des magasins et des activités, tu vois ce que je veux dire ? »

Juvara acquiesça : « Je vois. Si ensuite vous avez un partenaire qui trafique en Suisse, c'est encore plus facile de blanchir de l'argent avant de le remettre en circulation. »

Soneri leva son cigare en signe d'approbation.

« Quand tu filoches, tu es vraiment mauvais, mais quand il faut raisonner, tu t'en sors parfaitement. »

L'autre rougit légèrement, confondu comme un enfant de chœur.

« Il faut aussi que je te dise autre chose, reprit le commissaire. Galluzzo était homosexuel.

– Il a un fils… Il a été marié… s'étonna l'inspecteur.

– Ça ne veut rien dire. Il draguait des jeunes types et se les ramenait chez lui, l'interrompit Soneri. Je voudrais connaître son terrain de chasse et qui il fréquentait. »

Juvara notait le tout dans un carnet sans que le commissaire ne lui laisse le temps de poser des questions. « Il faut aussi chercher à comprendre s'il s'est fait racketter ou si on l'a fait chanter.

– Mais personne ne paye de *pizzo*[1] à Parme, signala l'inspecteur.

– Je ne parle pas de *pizzo* organisé. Très souvent, les racketteurs qui officient dans le Sud continuent de pister leurs victimes même si elles ont implanté leurs activités à mille kilomètres de distance. »

Juvara continuait de prendre des notes, mais le commissaire était un fleuve en crue. « Vérifie aussi l'histoire des dettes, lui suggéra-t-il. Si sa boutique ne marchait pas, où est-ce qu'il trouvait de l'argent pour mener un train de vie aussi dispendieux ? »

C'était comme si les pensées qu'il avait accumulées au cours de la journée sans jamais réussir à les comprendre ressortaient avec toute la vigueur d'un débordement. Le fait d'avoir orienté l'enquête l'avait soulagé et lui avait donné l'illusion de l'action. En réalité, il ne suivait que son instinct.

Il regarda dehors et constata, là encore avec soulagement, l'obscurité grandissante. Il se sentait poisseux, sa chemise collait mollement à sa peau.

« À quelle heure l'autopsie a lieu, demain ?

– Tôt, à huit heures », répondit Juvara.

Soneri reconnaissait à cet horaire les habitudes de Percudani et l'imaginait négocier avec le médecin légiste pour réussir à le tirer de son lit à l'aube. Son portable sonna.

1. Somme d'argent exigée régulièrement par les organisations mafieuses en échange de leur « protection ». (Toutes les notes sont de la traductrice.)

« Alors, tu viens ? l'assiégea Angela. Je dois te parler d'un truc important qui s'est passé dans l'après-midi.

– Pourquoi on n'irait pas au *Nabucco* ? lui proposa Soneri tout à trac.

– Dis-moi la vérité, tu as peur de ne pas bien manger si tu viens chez moi.

– Non, ce n'est pas pour ça.

– Pourquoi, alors ?

– Parce que le dernier dîner de Galluzzo a eu lieu là-bas.

– Dit comme ça, ce n'est pas de très bon augure.

– Ne sois pas superstitieuse. Ça te dit ?

– Uniquement parce que je suis curieuse et que je n'y suis jamais allée. »

Soneri sortit et traversa la ville, toujours affligée de sa chape de chaleur. Au bout de quelques mètres, il regrettait déjà le ventilateur de Juvara et pensa, par une grotesque association d'idées, au corps de Galluzzo qui attendait d'être disséqué dans la chambre froide de l'institut médico-légal et pour qui la fraîcheur n'avait plus d'importance. Il se doucha chez Angela, mais se remit à transpirer à peine le robinet fermé. Sa sudation s'arrêta net quand il franchit le seuil du *Nabucco,* où un froid hivernal pénétrait les os et prenait les clients à la gorge.

Le restaurant était composé de plusieurs salles, et le serveur leur demanda laquelle ils désiraient : salle de billard avec table, boules et queues, salon de musique et son piano, salle du poker avec jeux de cartes ou celle des pêcheurs, décorée de filets et de rames.

« La salle du maître d'équipage et celle des matelots sont déjà occupées », précisa-t-il.

Soneri se demanda où Galluzzo avait dîné. Sans doute salle du poker, vu son goût du défi. Il l'indiqua alors à

Angela après qu'elle lui eût adressé un signe interrogateur pour savoir où il préférait s'installer.

« Quel endroit horrible, commenta-t-il ensuite, dès qu'ils furent assis.

– Pourquoi tu m'as amenée ici ? J'avais préparé des légumes grillés…

– Espérons que le menu soit meilleur, persifla Soneri sans qu'elle ne parvienne à savoir s'il faisait référence à sa cuisine ou à celle du restaurant.

– Il doit bien y avoir une raison si c'est devenu le resto le plus couru, fit noter Angela.

– Ils font du poisson, ajouta Soneri avec morgue ; il suffit de donner à manger des trucs vaguement exotiques aux provinciaux pour qu'ils se sentent immédiatement sur le pont d'un transatlantique.

Tu ne vas pas toujours leur faire manger tes éternels *tortelli* aux blettes ! protesta Angela.

– Mais non, se défendit le commissaire. Mais les troupeaux me font peur. Il faut toujours qu'ils aillent où on leur dit d'aller et qu'ils disent merci à ceux qui montrent les crocs et choisissent à leur place. Ils n'ont jamais d'idées, alors forcément, ils sont bien contents que les autres en aient. Tous à la queue leu leu derrière celui qui crie le plus fort. »

La cohue de tailleurs et complets-vestons à l'entrée semblait confirmer l'opinion de Soneri.

« Tu penses que ce Galluzzo était à contre-courant ? demanda brusquement Angela.

– S'ils l'ont descendu… ajouta distraitement le commissaire. En tout cas, oui, en tant qu'homosexuel, il était à contre-courant.

– Lui aussi, constata Angela.

– Ah bon ? Comment ça, lui aussi ?

– Un type est venu me voir aujourd'hui, cet après-midi.

– Qui connaît Galluzzo ?
– De vue, à cause du magasin, parce qu'ils font le même métier. Mais je ne pense pas qu'ils se fréquentaient, il me l'aurait dit.
– C'était de ça dont tu voulais me parler ?
– Il m'a raconté une histoire qui pourrait t'intéresser.
– Sur le crime ?
– Non, sur l'usure. »
Soneri en resta bouche bée. Puis il se ressaisit et assuma une posture bureaucratique : « Il doit porter plainte, dit-il.
– Écoute, le coupa Angela, je ne suis pas en train de parler au commissaire. Pour l'instant, il ne portera pas plainte parce qu'il veut essayer de s'en sortir tout seul, mais je voulais quand même t'en parler. Pour avoir des conseils, aussi. Et puis ça pourrait peut-être te servir de connaître les coulisses de cet univers. »
Le serveur les interrompit en énumérant toute une série de plats d'inspiration française totalement inconnus à Soneri. Le commissaire déçut ses efforts de prononciation en choisissant un risotto aux fruits de mer et un loup, qu'il partagerait avec Angela. Il se rattrapa sur le vin en commandant un sauvignon.
« S'il ne veut pas porter plainte, je ne comprends pas pourquoi il s'est adressé à une avocate, reprit Soneri.
– Je le connais depuis longtemps. Je suis une bonne cliente, et il m'a fait des confidences. Il m'a dit qu'il avait de gros soucis et qu'il avait besoin d'en parler avec quelqu'un qui pourrait lui donner des tuyaux. Tu ne ferais pas la même chose ?
– Peut-être, mais se mettre entre les mains d'un usurier…

– Son magasin a bien marché pendant des années. Ensuite, il y a eu la crise de la consommation, des affaires qui ont mal tourné, des embûches… Qu'est-ce que tu peux faire ? Tout envoyer balader ? Une activité qui t'appartient de A à Z ? Il a tout fait pour la relever, il a tenté tous les chemins.

– Pour finir par celui qui va le mener directement à la ruine, précisa le commissaire.

– Il aurait suffi que les banques lui prêtent une oreille attentive, mais au lieu de ça… Tu sais que j'ai pensé à la même chose pour Galluzzo…

– Tout est possible, murmura Soneri. Et aujourd'hui, où il en est ?

– Il cherche à récolter une certaine somme d'argent en empruntant à plusieurs personnes et il va tenter de convaincre son prêteur de lui consentir un plan de sortie de dettes.

– Comme ça, il perdra aussi l'argent de ses amis, et ses amis, décréta le commissaire, incrédule.

– Il m'a dit qu'il avait affaire à une personne raisonnable… »

Tout en ricanant, Soneri fit le geste de laisser tomber.

« Oui, je sais, c'est un délinquant, se défendit-elle, mais qui ne l'est pas aujourd'hui ? Tu crois que les banquiers, les assureurs ou les courtiers ne le sont pas ? Et ceux qui font de la finance en plumant les petits actionnaires ? Je n'en fais pas un candidat à la béatification, tout ce que je veux dire, c'est que ce n'est pas non plus une brute qui te pointe un révolver en plein front.

– Justement, ça le rend peut-être encore plus dangereux.

– OK, j'ai compris, tu es dans une de ces journées où tu vois tout en noir, s'impatienta Angela.

– C'est surtout que je ne comprends rien à ce type qu'on a tué sans le vouloir. Cette erreur laisse entendre que cette histoire cache quelque chose, s'excusa le commissaire. S'ils avaient eu l'intention de le tuer, on aurait pu tirer des conclusions, mais comme ils ont simplement voulu lui donner une leçon, la question reste ouverte. »

Angela approuva son raisonnement.

« En tout cas, mon homme est disponible pour venir t'en parler. Et il ne bougera pas tant que je ne lui demanderai pas. »

Soneri lui lança un coup d'œil de gratitude tandis que ses pensées vagabondaient.

« Surtout que là, je ne vois pas en quoi ça me concerne…

– J'ai seulement voulu t'en parler à cause des ressemblances avec ton affaire : deux commerçants du même secteur, tous les deux homosexuels… Tu dis toujours que les coïncidences mettent parfois sur la bonne voie… »

Il la remercia d'un sourire. Il allait ajouter autre chose, mais elle le devança : « Il y a une autre raison pour laquelle j'ai accepté de venir ici, en plus de ton indifférence pour ma cuisine. »

Soneri ne répondit rien pour ne pas faire de faux pas.

« Cet endroit appartient à Roger. »

Le commissaire lui jeta un regard étonné et fouilla dans ses souvenirs pour tenter de mettre un visage sur ce surnom déjà entendu.

« Roger, c'est l'usurier. Il s'appelle Roberto Gerlanda, mais tout le monde l'appelle par cette espèce d'abréviation. »

Brutalement, tout lui revenait à l'esprit. Deux enquêtes suivies par Draghi et terminées dans le néant.

« Tu aurais pu me le dire tout de suite, répliqua sèchement Soneri, je ne serais jamais venu ici. Surtout que je déteste cet endroit, conclut-il en jetant un coup d'œil au serveur qui les surveillait sans relâche.

– Au contraire, c'est très instructif, le contredit-elle. Là-bas, dans la salle du maître d'équipage, il y a toujours une table à disposition du patron. C'est là qu'il traite ses affaires ou qu'il fait des gueuletons. Tu ne disais pas que Galluzzo avait pris son dernier repas ici ? »

Le commissaire n'avait pas pensé à cette nouvelle coïncidence. Il s'énerva de ne pas avoir fait tout de suite le rapprochement quand Angela lui avait appris l'identité du patron.

« Si ça se trouve, il a mangé ici, juste à côté de Roger…

– Si on s'en tient aux témoignages, il était seul, objecta le commissaire.

– Ça ne veut rien dire. Ce genre d'affaires va vite. Il suffit parfois d'un oui ou d'un non. N'oublie pas que nous nous trouvons dans le repaire de Gerlanda. »

Le risotto se réduisait à un grumeau déposé au centre d'une assiette démesurée, accompagné de deux crevettes qui avaient l'air de s'être échouées sur les bords.

« Quel foutage de gueule, bougonna Soneri. Prix exorbitants et portions ridicules.

– De toute façon, les gens sont trop gros, dit Angela pour leur défense.

– Ils ont compris qu'il suffisait d'une belle présentation pour faire accepter les arnaques avec le sourire, résuma le commissaire avec cynisme.

– Tu en veux à la terre entière. La chaleur te rend insupportable, le brouillard te ferait du bien, chantonna Angela en essayant de dédramatiser.

– Au moins, il me cacherait la barbarie en marche.

– Allez, pour une assiette…

– Ce n'est même pas ça qui me dérange. C'est de tout accepter sans aucun sens critique et sans jamais protester, même à voix basse. C'est ça, la barbarie. Vingt ans plus tôt, on aurait renvoyé une assiette pareille et le restaurant n'aurait pas tenu trois mois. Alors qu'aujourd'hui il est à la mode : plumés et contents.

– On n'est plus des paysans, on n'a plus besoin d'autant de calories !

– Dommage. On perd la valeur des choses. »

Soneri devint sombre.

« Aujourd'hui, il y avait quatre cents travailleurs licenciés devant la Questure, et personne ne les a suivis. À une époque, tout le monde se serait mobilisé, mais aujourd'hui, la ville n'est plus qu'un bloc d'indifférence où tout un tas de gens s'agitent, obsédés par la rage de s'affirmer. »

Angela l'observa, elle savait qu'il voulait s'épancher.

« Ils liquident tout parce qu'ils ont flairé l'affaire immobilière dans le secteur de la *Forneria*. Ils se foutent complètement de l'activité de l'usine, c'est pour ça qu'ils l'ont laissé partir à vau-l'eau, expliqua-t-elle ensuite calmement.

– Tu vois ? Aujourd'hui, au lieu de produire, ils spéculent. Mais pour vendre leurs appartements, il faut bien que les entreprises continuent d'exister et de créer des revenus !

– Mais ils s'en foutent ! Ils pensent d'abord à eux, pas aux autres. Une fois qu'on est riche, on le reste. Les affaires se jouent sur le moment, pas sur du long terme. »

Soneri préféra se taire pour ne pas se répéter. Il pensa à son père et à son grand-père qui avaient travaillé pour leurs enfants et fut tourmenté par une profonde amertume.

« Tu sais qui est l'un des propriétaires de la *Forneria* ? » le surprit Angela.

Le commissaire haussa les épaules pour faire part de son ignorance.

« Gerlanda. »

C'était une obsession. Depuis plus d'une heure, Gerlanda ricochait dans leur conversation et Soneri finit par comprendre pourquoi Angela avait accepté si facilement de dîner au *Nabucco* : à si bien le connaître, elle savait qu'en étant trop directe il aurait mal réagi et elle avait choisi d'attiser sa curiosité petit à petit. Et maintenant, il se sentait totalement prisonnier des filets de sa ruse féminine.

« En réalité, c'était de ce Roger dont tu voulais me parler, insinua-t-il.

– Je crois que c'est un personnage à surveiller, dit-elle encore. Pour un flic, ça peut servir de connaître les mouvements des puissants. »

Soneri approuva.

« À la Questure, on nous apprend seulement ceux des documents d'un étage à l'autre, ironisa-t-il avant de demander peu après : qu'est-ce que tu sais sur Gerlanda ?

– Pas grand-chose. Mais mon client le craint et le respecte.

– Il t'aura bien dit quelque chose, non ?

– Je te l'ai dit : c'est quelqu'un qui t'épaule et qui est très persuasif. Ce n'est pas le fesse-mathieu typique, du genre le type qui te menace et qui te ruine en un rien de temps. Plutôt un genre de conseiller financier ou un genre de banquier.

– Ils sont de la même race, trancha Soneri avec un certain mépris.

– Je veux dire que si tu fais des projets avec lui, il te conseille sur comment investir, il t'implique… »

Le commissaire avait parfaitement compris.

« Un type dangereux », conclut-il.

Le serveur les interrompit cette fois en se perdant dans une scénographie inutile de casseroles argentées et d'assiettes en porcelaine. Soneri retint son souffle jusqu'au bout et observa, plutôt dépité, le poisson impeccable libéré de sa croûte de sel.

« Un vrai plat d'usurier, conclut-il au vu du maigre résultat.

– Et encore, on n'a rien vu à côté de l'addition, renchérit Angela malicieusement.

– Donner mon fric à ce genre de type… bougonna-t-il. Vu ma position, je devrais faire attention aux gens que je fréquente.

– Tu n'es pas non plus à table avec Roger…

– Un flic ne mange pas dans des restaurants de truands », clarifia-t-il.

En réalité, Gerlanda commençait à l'intriguer, et il était très agacé d'être obligé de demander à Angela tout ce qu'il fallait savoir. Il trouvait aussi qu'il perdait son temps à enquêter sur la petite délinquance de rue au lieu de le passer sur la délinquance en col blanc. Un vieux défaut des forces de l'ordre.

« Tu disais qu'il joue le rôle du conseiller financier ?

– Une chose de ce genre, répondit Angela. Mon client prétend qu'il lui a même rédigé un programme quinquennal pour redresser son activité. D'après le contrat, il lui a accordé un financement approprié.

– Quel taux il demande ?

– Ça dépend du risque. Quinze pour cent minimum.

– Et ses plans fonctionnent ?

– Apparemment, oui. Enfin, parfois, répondit Angela. En pratique, il responsabilise le débiteur : il doit être capable de s'en sortir tout seul, sinon, ça veut dire que ce n'est pas un véritable homme d'affaires, qu'il n'en a pas l'étoffe.

– Une gageure, résuma Soneri.

– De ce genre-là, oui. Et celui qui perd succombe, ajouta Angela.

– Le darwinisme appliqué aux affaires.

– Certains ont réussi et Roger les cite toujours en exemple.

– Je n'en doute pas. Mais ce genre de sélection récompense toujours les salopards, pas les plus honnêtes. »

Angela souligna sa conclusion en le regardant dans les yeux : « Ce n'est pas nouveau. »

Soneri se retrancha dans son mutisme, entre songerie et mauvaiseté. Ils en profitèrent pour se lever, et le commissaire se dirigea vers le hall d'entrée. En attendant Angela devant la salle du maître d'équipage, il se retourna et aperçut Gerlanda, assis seul à une table avec, devant lui, deux bouteilles de vin. Solennel et corpulent, il avait un physique d'ancien boxeur légèrement empâté, et son crâne rasé à blanc avait la brillance opaque du marbre. Ce qui frappait, c'étaient ses gestes sûrs et précis : toute sa manière d'être avait un je-ne-sais-quoi d'irrémédiable. Soneri éprouva tout de suite un mélange de respect et d'antipathie. Il se sentait intimidé par cet homme qui possédait quelque chose que lui n'avait pas. Mais, en même temps, il réveillait aussi son instinct anarchiste, ennemi de toute forme d'arrogance et d'autorité.

Il détourna les yeux avant de croiser les siens, mais il était possible que Gerlanda l'ait vu. Peut-être l'avait-il lui aussi reconnu en ne faisant semblant de rien ? Il sortit sur le trottoir et fut assailli par la chaleur et un relent d'oignon frit, lui donnant aussitôt la sensation de rissoler. Mais il revint à son enquête : ils étaient via Garibaldi, un peu plus haut se trouvaient les marches du *Regio* où Gondo jouait de l'accordéon, et deux pâtés de maisons plus loin, l'immeuble où Galluzzo avait été assassiné. Après l'hôtel de ville, on arrivait au siège de la Questure de la via Repubblica tandis qu'à quelques pas, dans cette même rue, Roger traitait ses affaires en serrant jour après jour les mains de ses victimes. Il n'en revenait pas que tout soit contenu dans ce luxueux et minuscule pan de quartier. Angela le rejoignit enfin, mais le commissaire avait l'air ailleurs, perdu dans ses pensées. Ils se saluèrent alors rapidement sous les onze coups de la pendule du palazzo del Governatore.

4

Il n'avait pas envie de rentrer chez lui. La température conseillait d'attendre que la nuit souffle sa fraîcheur entre les murs bouillants, mais la brise se faisait désirer. C'était l'heure à laquelle Galluzzo avait dû finir de dîner. En quittant le *Nabucco*, le commissaire se mit dans la peau du commerçant pour essayer d'interpréter ses déplacements. Son repas terminé, Galluzzo avait sans doute marché jusqu'à la via Cavour. Peut-être était-il d'abord passé borgo del Parmigianino, où il avait laissé sa voiture, avant de rentrer chez lui ? Ou bien s'y était-il rendu après ? Il avait probablement longé la via Garibaldi jusqu'au piazzale della Pace avant de tourner via Melloni et de s'engager, à la hauteur du borgo del Parmigianino, via Cavour. Tout avait eu lieu sur quelques centaines de mètres de rues enchevêtrées : une promenade de vieil homme.

L'inquiétude le poussa lui aussi à vaguer. En été, la ville ressemblait à une vieille prostituée négligée. La grossièreté affichée sur les terrasses des cafés l'importunait, cette mode de la fête à outrance, et la violence devant le silence mystérieux de la nuit. Il passait près des fenêtres grandes ouvertes sur l'intimité des appartements, sous les balcons où les anciens s'appuyaient aux balustrades afin de soulager leur respiration fatiguée, et rêvait au brouillard qui viendrait bientôt tout refermer d'un souffle et rendre à la ville tout son enchantement. Il détestait l'atmosphère d'abandon et de démobilisation en cette veille de 15 août. Seules les vitrines des primeurs pakistanais et des vendeurs de kebabs, avec leur broche de viande desséchée, restaient allumées. Il décida de retourner à l'appartement. Devant le baptistère, il perçut un premier et timide courant d'air remuer la chaleur stagnante. Il essaya de le suivre, mais le perdit via Cavour au moment où quelqu'un sortait du numéro 15. Il accéléra le pas et, une fois à sa hauteur, reconnut De Angelis. Le commissaire s'arrêta devant lui et l'observa sans rien dire.

« Je suis venu jeter un œil aux documents comptables du magasin, se justifia l'homme, la voix légèrement étranglée.

– Ça devait être très urgent…

– Non, urgent, non. Comme je ne reste pas très longtemps, j'en ai profité.

– J'ai l'impression que ça ne marchait pas très fort, fit remarquer Soneri en faisant allusion à la vitrine qui s'éteignit juste à ce moment-là, tandis que le clocher du *duomo* sonnait les douze coups de minuit.

– Non, ça n'allait pas très fort, répéta De Angelis un peu sombre.

– Il avait besoin d'être soutenu dans ses affaires ?

– Je l'aidais. »

L'homme haussa les épaules, surpris par cette question.

« J'ai plus d'expérience que lui, il n'avait pas ouvert depuis longtemps. Et puis ici, c'est difficile : la ville est riche mais elle a des goûts particuliers avec lesquels il faut s'accorder.

– Sa famille vous l'avait demandé ? »

Il fut repris d'un léger tressaillement tandis que les derniers coups se perdaient au-dessus des toits. L'air, à présent, vibrait doucement, et la nuit cherchait à battre des ailes, ou peut-être étaient-ce les chauves-souris voltigeant autour des réverbères.

« Francesco était le plus jeune des quatre frères, il avait besoin de trouver sa voie. Sa famille m'a demandé de l'aider les premiers temps.

– Il avait plus de cinquante ans… releva le commissaire.

– Il arrive que certaines personnes sans problèmes d'argent passent leur temps à faire la fête. Ses frères l'avaient fait démarrer, il était temps qu'il devienne autonome.

– Le magasin et la marchandise appartiennent à la famille ? » demanda Soneri.

L'autre écarta les bras en signe d'approbation.

« Ils font le même métier.

– Il avait beaucoup de dettes ? » demanda brusquement le commissaire.

De Angelis ne se décomposa pas, on aurait dit qu'il s'attendait à cette question.

« Pas beaucoup, rien d'irréparable. Juste quelques paiements à régler.

– Vous le contrôliez souvent ?

– Dès que possible, en moyenne une fois par mois. On mange mieux à Parme qu'à Milan… ou qu'en Suisse », ajouta-t-il dans un sourire.

Soneri fut sur le point de le contredire en repensant au *Nabucco*.

« Vous pensez qu'il était un problème pour sa famille ? » demanda-t-il au contraire, en parlant de Galluzzo.

Cette fois, l'autre attendit avant de répondre, comme s'il avait besoin d'y réfléchir.

« Vous savez comment sont les familles du Sud… Elles cherchent à protéger leurs enfants, elles s'inquiètent, elles sont un peu sur leur dos…

– Et Galluzzo la fuyait ?

– Il voulait vivre sans entraves. C'est normal, non ?

– Oui, quand on est capable de subvenir à ses besoins », rétorqua Soneri.

Perplexe, De Angelis se tut et regarda les enseignes lumineuses des banques d'en face. À minuit passé, la via Cavour se transformait encore. Quelques ivrognes, une équipe de balayeurs pour débarrasser l'asphalte de ses papiers, des vieux en marcel avec leur chien en laisse et tous les trahis de la nuit, pressés comme les cafards de trouver un refuge dans l'obscurité.

« Ce n'était pas le cas de Galluzzo, poursuivit le commissaire.

– Il n'avait pas la bosse des affaires, répondit gravement De Angelis. C'était une personne très sensible qui aimait l'art et les belles choses. Il avait beaucoup de goût pour le choix des pièces, mais ça ne suffit pas.

– Ses frères étaient fâchés avec lui ?

– Je vous l'ai dit, ils s'inquiétaient. Vous ne feriez pas la même chose si vous aviez un frère de cinquante ans qui se comporte comme un adolescent ?

– Il était en bons termes avec sa sœur ?

– Il allait souvent chez elle, même si son beau-frère était toujours un peu derrière. Son beau-frère, c'est tout le contraire : il fait des affaires immobilières, c'est un type concret. »

Il y eut un moment de silence, aussitôt interrompu par les cris d'une bande de jeunes. Des sirènes retentirent dans le lointain, et Soneri eut la sensation qu'elles exprimaient la frustration d'une ville entière dont la nudité aoûtienne révélait toute l'impudeur et la flaccidité.

Il prit congé de De Angelis, avec cette impression d'être le seul à avoir un devoir précis au milieu de l'agitation débraillée des noctambules. Il entendit les sirènes se rapprocher et accéléra le pas en direction des tablées en terrasse de la piazza Garibaldi. Les sirènes le rattrapaient et une patrouille surgit devant lui.

Il saisit son portable et composa le numéro de la salle de commandement.

« Qu'est-ce qui se passe ?

– Les jeunes du centre social Guevara ont mis le feu à un immeuble qu'ils occupaient pour protester contre leur évacuation, et aussi à plusieurs voitures.

– Où ça ?

– Dans l'Oltretorrente, via Imbriani. »

Le quartier de la résistance aux fascistes et des barricades contre Balbo[1]. Il connut un instant d'enthousiasme à l'idée que le cœur de la ville s'était remis à battre après une longue extrasystole. Il se dirigea alors vers la via Mazzini, dépassa le dos-d'âne du ponte di Mezzo et glissa le long de la via d'Azeglio jusqu'à ce qu'il sente une odeur de brûlé. Mais quand il arriva, tout était presque terminé. Plusieurs agents en équipement anti-émeutes avaient bloqué une demi-douzaine de jeunes, sortes de barbares urbains, hirsutes et torse nu, et les emmenaient avec eux. Les pompiers arrosaient

1. En août 1922, les habitants du quartier de l'Oltretorrente et l'armée populaire des *Arditi del Popolo* remportent une victoire historique en repoussant dix mille squadristes armés envoyés par Mussolini et commandés par Italo Balbo, futur ministre de l'Aéronautique et gouverneur de la Lybie du régime fasciste.

l'immeuble et de la fumée passait par des fenêtres. Ne restait qu'une banderole en lambeaux accrochée entre deux balcons du premier étage, qui disait : NON À UNE VILLE DE PROPRIÉTAIRES, et Roger revint encore une fois à l'esprit de Soneri. Aujourd'hui, c'étaient les gens comme lui qui possédaient la ville. Des gens qui travaillaient dans l'ombre en manœuvrant sans rien produire et en multipliant l'argent par l'argent. Des notables de la lettre de change vivant des besoins ou des vanités. Il prit le chemin du retour. Il espéra que ce qu'il venait de voir ne serait pas la dernière contraction d'un corps moribond.

Le matin suivant, Percudani l'appela pour le tenir au courant de l'autopsie de Galluzzo.

« Il est mort étouffé dans son sang », annonça le juge sans préambules.

Une hémorragie… songea Soneri sans avoir le temps de s'y attarder, car l'autre ajoutait dans la foulée : « Les coups ont provoqué des lésions internes et d'importantes pertes de sang. C'est un reflux qui lui a été fatal, il a dû se retrouver sur le dos en s'évanouissant. Il s'est passé ce qui arrive aux nouveau-nés, avec le lait. »

Soneri se rendit compte à quel point le hasard pouvait avoir une incidence dans la vie de chacun. Les accidents étaient là pour le prouver.

« S'il avait roulé face contre terre, on ne serait pas en train de se creuser la cervelle.

– Ça, c'est sûr, convint Percudani. Mais on n'aurait quand même rien su. Je suis certain que Galluzzo serait allé se faire soigner en faisant croire à une chute de moto. Enfin, tôt ou tard, ça aurait fini par arriver. »

Percudani était fataliste. Tout avait pour lui une raison inéluctable.

« En tout cas, maintenant, on sait qu'ils n'avaient pas l'intention de le tuer, releva Soneri.

– Une punition. Mais à part ça, on n'a rien d'autre », souligna le magistrat.

Le commissaire constata une fois de plus l'absence de liens entre la ville et Galluzzo, qui auraient pu permettre d'échafauder une enquête.

« Cet homme est un chien sans collier, se justifia-t-il.

– Alors, je crois que vous allez devoir jouer à l'employé de fourrière », répondit Percudani pour mettre fin à la conversation.

En reposant son téléphone, Soneri se demanda s'il n'aurait pas préféré avoir affaire à des animaux. Le matin venait à peine de commencer qu'il ressentait déjà le poids de sa nuit d'insomnie passée à se retourner dans son lit comme une saucisse sur le gril. Au moment où le soleil s'élevait au-dessus du rideau opaque de chaleur qui stagnait désormais depuis des jours, il fut terrassé par le travail qui l'attendait. Il allait se lever quand Juvara entra.

« Il y a un type qui veut vous parler, annonça-t-il, intimidé par l'expression de son chef.

– Si ce n'est pas pour l'histoire de Galluzzo, je ne suis là pour personne, trancha-t-il.

– Je ne sais pas si c'est pour ça, continua l'inspecteur. Il m'a seulement dit qu'il voulait vous voir. »

Soneri fit un geste autoritaire : « Tu n'as qu'à t'en occuper.

– Commissaire, insista Juvara avec une sorte de pudeur, c'est Mlle Angela qui l'envoie, je veux dire, Me Cornelio », reprit-il, un peu gêné.

Soneri se résigna et se laissa aller sur son fauteuil en faisant signe à l'inspecteur de le faire entrer.

Un petit homme apparut sur le seuil, bien habillé et l'air apeuré. Soneri l'observa et s'étonna de sa capacité à rester sec malgré la chaleur. Ils restèrent face à face quelques secondes sans un mot avant que le commissaire ne lui adresse l'un de ses gestes éloquents. Mais malgré son impatience grandissante, l'autre continua de se taire. On avait l'impression qu'il était terrorisé à l'idée de se retrouver devant la police.

« Vous me promettez que personne ne saura rien de notre entrevue ? » réussit-il enfin à murmurer.

Soneri se retint d'exploser uniquement parce que ce type lui avait été envoyé par Angela. Mais avant même qu'il n'ouvre la bouche, l'autre continua : « Il en va de ma… » reprit-il à voix basse en s'interrompant aussitôt. On comprenait que l'affaire devait être sérieuse et le commissaire aurait juré qu'il voulait dire que sa vie était en jeu. Mais l'homme utilisa un terme moins explicite :

« Il en va de ma sécurité.

– Expliquez-moi, répondit Soneri calmement en cherchant à introduire un peu de rationalité à l'entretien.

– Je voulais vous parler de Gerlanda, murmura l'homme.

– Vous voulez dire l'usurier », dit Soneri avec mépris.

Ce personnage n'en finissait pas de faire des apparitions et commençait sérieusement à éveiller ses soupçons. L'autre le regarda encore plus apeuré.

« Je ne dirais pas ça comme ça », se contenta-t-il de répondre.

Le commissaire bouillait, mais préféra se réfugier dans l'ironie : « Quelqu'un de bien, alors ? Dans ce cas, qu'est-ce que vous faites là ? »

L'homme déglutit. Il avait l'air très agité, mais sans la moindre goutte de sueur.

« Je ne me suis pas présenté, dit-il en changeant brusquement de sujet. Je m'appelle Rondani », ajouta-t-il ensuite en se levant de sa chaise, dans un mouvement où Soneri reconnut l'afféterie typique de certains homosexuels.

Il lui tendit la main et se limita à un hochement de tête. La fatigue et la volonté d'en finir commençaient à l'angoisser, mais il tenta quand même de tout reprendre depuis le début.

« OK, qu'est-ce qui vous amène ici ?

– Je crains d'être pris au piège, chuchota l'autre en regardant sur le côté, vers la pile de dossiers qui attendaient d'être archivés.

– Ben… quand on s'adresse à certains individus… constata Soneri.

– Ne croyez pas que ce soit aussi simple. Dans ce cas, c'est différent », rétorqua Rondani, pris soudain d'amour-propre.

Le commissaire laissa le silence retomber quelques instants jusqu'à ce que Rondani reprenne son discours :

« Gerlanda n'est pas un usurier, c'est un homme d'affaires qui parie sur les gens.

– Il parie ? C'est-à-dire ? demanda Soneri.

– Il les met à l'épreuve. S'il voit qu'il y a une porte de sortie aux problèmes d'une entreprise, il prête de l'argent et propose une solution. C'est ensuite à nous d'arriver à nous en sortir.

– Mais la plupart perdent leur pari, poursuivit le commissaire. Il n'en faut pas beaucoup pour deviner comment ça se termine.

– Oui, c'est difficile, admit gravement Rondani. Comme tout. Et pour réussir à conclure quelque chose, il faut être un vainqueur, n'est-ce pas ? Lui, il vous met à l'épreuve. Il n'y a que ceux qui sont doués ou qui ont de la chance qui vont de l'avant. Qui peut lui donner tort ? finit-il par dire, la voix teintée d'amertume.

– Et vous ? Vous avez surmonté l'épreuve ? » le pressa le commissaire.

Rondani leva ses mains et les joignit comme s'il priait :

« Je crains que non.

– C'est pour ça que vous vous sentez pris au piège ? »

L'autre acquiesça.

« J'ai honte, ajouta-t-il ensuite, empreint d'une certaine fougue, parce qu'au fond Gerlanda a raison : si je n'ai pas réussi à faire marcher mon commerce et que je n'ai pas non plus été capable de le relever malgré son aide, c'est normal qu'il arrête avec moi. Je ne suis pas à la hauteur. C'est dur, mais c'est comme ça. Lui, il dit que les choses ne peuvent marcher que si les plus doués et les plus forts se distinguent.

– Par contre, vous, aujourd'hui, vous avez l'impression de ne pas en faire partie, constata le commissaire. C'est ce qui vous fait le plus mal », conclut-il d'un ton de médecin qui communique son diagnostic.

Rondani acquiesça de nouveau. Il avait l'air terrifié. C'est alors que le commissaire se frappa les cuisses des mains et lui signifia qu'il était désolé.

« Je ne suis qu'un commissaire de police, lui fit-il observer, et mon devoir est de réprimer les délits. Soit vous m'en signalez un, soit vous vous êtes trompé de personne.

– Je crois qu'il y a des délits, balbutia l'homme avant de s'interrompre.

– Dites-les-moi, alors, répéta Soneri avec brusquerie.

– J'aurais l'impression de faire preuve de lâcheté par rapport à tout ce que je viens de vous dire. L'ultime remède de quelqu'un qui ne se résignerait pas à la défaite », s'excusa Rondani.

Ce n'est qu'à ce moment-là que le commissaire mesura précisément l'admiration que l'homme avait pour Gerlanda. Impossible de justifier autrement cette réticence qui rendait toute conversation inutile et grotesque.

« Si Roger prête de l'argent à usure, il ne respecte pas les règles. C'est pour ça que vous en sortez tous vaincus, s'énerva Soneri.

– Pas tous, rectifia l'autre promptement, il y en a qui réussissent. Les taux sont bien sûr un peu plus élevés, mais ils sont proportionnels au risque. Les banques font exactement la même chose. »

Soneri s'abstint de dénigrer les banques. Il se sentait impuissant, prisonnier d'une conversation sans issue. La porte de sortie se présenta tout à coup, après un nouveau silence.

« Je suis venu vous voir parce que j'ai peur, éclata enfin Rondani. Je ne sais pas ce qui va se passer quand il va falloir que j'explique à Gerlanda que je n'y arrive pas. Il va sûrement me proposer un nouveau plan financier avec des taux encore plus élevés, mais je n'en ai pas très envie. J'ai plutôt envie d'en sortir, de tout envoyer balader. »

Le commissaire avait compris les modalités. Roger commençait par proposer un prêt aux intérêts raisonnables avant de les augmenter.

« Dites-lui que vous en avez assez, que vous ne voulez plus payer et, en attendant, portez plainte, lui conseilla Soneri.

– C'est justement ça qui me fait peur. Il n'arrête pas de répéter qu'il n'a aucun respect pour ceux qui manquent à leur parole…

– Pour les lois non plus…

– Pour moi, c'est aussi une question de principe. Aujourd'hui, je me sens pris au piège, mais en même temps, j'ai envie de prouver que je suis capable de m'en sortir, expliqua Rondani dans un nouvel accès d'amour-propre.

– Alors, je ne sais pas quoi vous dire, liquida Soneri, déçu, en faisant signe de se lever.

– Je voulais que vous sachiez comment Gerlanda travaille. Vous avez peut-être raison, il faudrait porter plainte contre lui, je vous demande juste un peu de temps pour y penser. En attendant, le fait de vous avoir parlé m'a rendu plus sûr de moi. »

Ils se levèrent en même temps et se saluèrent. Une fois l'autre sorti, le commissaire ressentit un trop-plein d'amertume. Rien ne le touchait plus profondément que les histoires de vaincus. Il en avait plus qu'assez de cette société qui se transformait d'année en année en course par éliminations. La colère lui donna une suée, et il recommença à goutter alors qu'il n'était que dix heures du matin. Il décrocha le téléphone et composa le numéro d'Angela.

« Pourquoi tu m'as envoyé ton client ? lui demanda-t-il sans même lui dire bonjour.

– Quel client ?

– Rondani. Celui dont tu m'as parlé hier soir.

– Ce n'est pas moi qui te l'ai envoyé. Je lui avais conseillé d'éviter la Questure pendant un certain temps.

– Il s'est présenté en disant que c'était Me Cornelio qui l'avait envoyé », insista-t-il.

Il entendit un grognement à l'autre bout du fil. « Mouais… » murmura Angela.

Le commissaire sentit monter un nouvel accès de colère : la journée avait vraiment mal commencé.

De toute évidence, Rondani était au courant de leur relation, et Soneri le supportait d'autant moins. Il n'aimait pas que sa vie privée soit mêlée à sa vie publique.

« Tu n'as pas l'air d'avoir un grand ascendant sur tes clients, commenta Soneri, sarcastique. Ou alors, c'est quelqu'un d'autre qui l'a envoyé. Mais son but m'échappe.

– J'ai le même ascendant que toi sur les égorgeurs dont tu t'occupes tous les jours, lui répliqua-t-elle. Rondani est désespéré, il est possible qu'il ait suivi le conseil de quelqu'un d'autre. Ou alors, il l'a décidé tout seul.

– Au lieu d'être en colère contre Gerlanda, on dirait qu'il l'admire. Cocu et heureux de l'être. Il a même refusé d'admettre que c'était un usurier, l'informa le commissaire.

– Il va se faire dépouiller. Roger lorgne aussi sur l'argent qu'il grappille auprès de ses amis, spécifia Angela.

– Tu vois ? Plus personne ne se rebelle. Tout le monde préfère accepter des règles iniques plutôt que de protester pour changer les choses. Ça doit être une maladie », s'indigna Soneri.

Il repensa alors à l'affaire Galluzzo et fut pris tout à coup d'une grande agitation.

« J'aimerais bien savoir ce qui se cache sous cette histoire de Rondani », marmonna-t-il à Angela avant de raccrocher.

Quelques secondes plus tard, il bondit de sa chaise et sortit sans un mot. Juvara arriva trop tard pour l'arrêter et l'aperçut quand il était déjà sous les sapins de la cour. Il marchait à grands pas malgré la chaleur et poursuivit son chemin avec l'opiniâtreté d'un dromadaire, au mépris des vitrines de bars qui l'incitaient à entrer pour se désaltérer. Il se dirigea ensuite borgo del Parmigianino, rejoignit l'immeuble où habitait la sœur de Galluzzo et sonna.

5

Une femme légèrement voûtée, l'air modeste et vieille avant l'âge, lui ouvrit. Elle le fit asseoir à la table d'une grande cuisine dont la fenêtre donnait sur la rue. L'appartement était luxueux et Filomena Galluzzo, avec son visage fané, s'y agitait en donnant l'impression d'en être la gouvernante plutôt que la propriétaire. Bien que le commissaire fût déjà assis depuis un moment, elle resta debout devant lui comme une écolière.

« Votre frère était menacé ? Il ne vous a parlé de rien ? »

Elle secoua la tête.

« Non. Mon frère ne me disait pas grand-chose. Il aimait beaucoup trop son indépendance, ça a donné lieu à beaucoup de discussions.

– Avec qui ?

– Avec ses frères, et aussi mon mari. Il n'y a que moi qui arrivait à le comprendre, dans le fond, on se ressemblait beaucoup, répondit Filomena avec un certain orgueil derrière lequel on pouvait lire l'admiration qu'elle éprouvait pour celui qui avait dû mener la vie dont elle avait rêvé.

– Vos frères ne s'entendaient pas bien ?

– Mes quatre frères travaillaient dans l'entreprise familiale, mais Francesco a très vite décidé de faire le représentant. C'était le plus jeune, vous comprenez. Il n'aimait pas vivre toujours au même endroit. Il tenait beaucoup de notre oncle qui avait un orchestre et faisait la tournée des bals.

– Ils auraient préféré qu'il reste travailler avec eux ?

– Oui, pour les aider. Au lieu de quoi, ils ont été obligés d'embaucher du monde. Ils l'accusaient de dépenser l'argent alors qu'eux-mêmes se tuaient à la tâche.

– Il n'a jamais travaillé avec eux ?

– Si, quelquefois… On avait une marque de vêtements et il venait les vendre ici, dans le Nord.

– C'est vous qui avez eu l'idée du magasin ?

– De Angelis avait besoin d'ouvrir de nouveaux magasins en Émilie, et comme mes frères travaillent avec lui, ils lui ont conseillé de faire appel à Francesco. Ils voulaient qu'il devienne raisonnable. C'est mon mari qui a trouvé la boutique, il est dans l'immobilier. »

Filomena, debout à côté de la table et en face du commissaire, répondait d'une voix monocorde, une voix d'interrogatoire. Elle posait sa main sur la nappe comme si elle avait peur de perdre l'équilibre.

« Il est passé chez vous le jour de sa mort ?

– Il est venu me dire bonsoir après la fermeture, comme il le faisait presque à chaque fois. Il faut dire que c'est à deux pas.

– Vous l'avez trouvé agité ? Vous avez eu l'impression qu'il avait peur ?

– Non. Mais, comme je vous l'ai déjà dit, il ne me parlait pas beaucoup de lui.

– Vous pensez que ses frères lui en voulaient d'être homosexuel ? » demanda Soneri sans ménagement.

La femme tira alors une chaise de sous la table pour s'asseoir, comme prise de vertige.

« Je suis la seule à le savoir. Il faisait attention à ne pas trop se faire remarquer », répondit-elle d'un ton sec et hostile.

Le commissaire changea de sujet : « Il est venu en voiture ce soir-là ? On l'a retrouvée garée en bas de chez vous.

– Et pourquoi il aurait dû venir en voiture ? Je ne sais pas pourquoi elle était garée ici. Moi aussi, j'ai trouvé ça bizarre.

– Peut-être qu'il est sorti après dîner…

– Il l'aurait mise au parking. »

Soneri resta silencieux quelques secondes et regarda autour de lui. L'appartement était d'une tristesse infinie, et Filomena donnait l'impression d'une femme abandonnée, exilée dans une prison dorée.

Elle lui demanda soudain : « D'après vous, qu'est-ce qui s'est passé ? »

Sa voix exprima un mélange de compassion et de bravade que le commissaire ne parvint pas à déchiffrer.

« Je ne sais pas, répondit-il, pensif. Toutes les hypothèses sont possibles. C'est pour ça que je vous demande de m'aider. Pour comprendre.

– Je n'ai pas eu l'impression que Francesco se sentait en danger. Il ne prévoyait pas grand-chose, c'était une cigale.

– Il était très dépensier ?

– Il aimait les belles choses, ça oui, mais je voudrais surtout dire que c'était quelqu'un de joyeux. Rien à voir avec mes autres frères. Ni avec mon mari », ajouta-t-elle, une note plus sombre dans la voix.

Le commissaire hocha la tête, imaginant la mélancolie de ce mariage. Il fut incapable de lui poser d'autres questions. Filomena, si effacée et accablée de solitude, le rendait impuissant. Elle avait perdu le seul frère avec lequel elle avait eu une relation aimante et elle devait maintenant se sentir complètement perdue dans ces pièces inutilement grandes où elle passait ses journées à faire le ménage.

Tout à coup, Soneri l'entendit pleurer avec un léger sifflement, comparable à celui d'un pneu crevé. Ce ne fut qu'une question de secondes, car elle se reprit immédiatement, s'essuya rapidement les yeux et releva son visage sur le commissaire. Elle n'avait plus aucune tristesse ni aucune affliction dans le regard, mais une espèce de fixité qui pouvait aussi bien exprimer la rancune.

« La seule chose que j'ai sue par mon frère, c'est qu'il avait souscrit une assurance, lui fit-elle savoir, comme si elle accusait quelqu'un.

– Quel genre d'assurance ?

– Ça, par contre, je ne sais pas. Mais je suis sûre de ce que j'avance parce que je l'ai surpris avec. Quand je lui ai demandé des explications, il m'a répondu que c'était une assurance qui ne coûtait quasiment rien et qu'il pouvait la déduire de ses impôts. Il ne m'a rien dit d'autre.

– Et vous avez trouvé ça bizarre ?

– Comme je vous l'ai dit, il ne pensait pas à ce qui pourrait lui arriver. Si vous préférez, il vivait au jour le jour. »

Tout en lui parlant, Filomena l'avait scruté d'un regard tellement intense qu'il en avait été gêné. Cette apparence d'humilité cachait une femme de caractère dont la nature trop longtemps refoulée révélait par moments la rage et la tyrannie.

Soneri se détourna de son regard soudainement inquiétant et se leva. Dans l'appartement, quelque chose de tendu, en suspens, surchargeait l'atmosphère, comme si tous les non-dits avaient engendré un bourdonnement d'abeilles, un chœur de petits engrenages en perpétuel mouvement.

Il prit congé de Filomena. La femme affligée aux airs de domestique avait refait surface.

Une fois dans la rue, Soneri se mit en marche et traversa le centre. Il vit Gondo devant le *Regio*, réduit lui aussi à une sorte d'épave. La ville lui sembla peuplée de créatures inaccomplies auxquelles il manquait peu pour être heureuses. Gondo voulait jouer de son instrument, et Filomena, vivre comme son frère, en suivant son instinct. Le commissaire songea qu'il ne lui manquait pas grand-chose non plus : une maison à la campagne remplie de livres, avec des arbres tout autour. Mais en croisant le cortège des ouvriers de la *Forneria Duomo*, accompagnés de leurs boîtes de conserve et de leurs sifflets tonitruants, il réprima aussitôt ses désirs. À leur passage, il éprouva de la pitié : ce qui manquait à leur sérénité n'était pas comparable. Ils défilaient au milieu des gens affairés et indifférents, telle une fanfare extravagante submergeant la ville de son rythme improbable et cacophonique. Plusieurs patrouilles de police les escortaient et bloquaient parfois la circulation, sous les malédictions énervées d'entrepreneurs cravatés chevauchant des scooters rutilants. Des femmes élégantissimes affichaient leur désintérêt en regardant les maillots de bain dans les vitrines. Seuls quelques anciens, descendus de leur bicyclette, s'étaient arrêtés pour les observer avec une certaine curiosité.

Soneri songea alors qu'il était tout à fait normal qu'un mort dont on ne savait rien échappât à une ville. La sonnerie insistante de son téléphone portable le tira de ses pensées.

« Commissaire, l'informa Juvara, il y a quelqu'un qui vous attend.

– Dis-lui qu'il repasse.

– C'est ça, le hic. Je lui ai répété plusieurs fois, mais il insiste et il préfère vous attendre. Il m'a tellement supplié… Il s'est mis dans la salle d'attente, il ne veut plus en bouger. »

Agacé, Soneri eut envie de répondre sèchement, mais parvint à se contrôler.

« Qu'est-ce qu'il veut ? se défoula-t-il en haussant le ton.

– Il dit qu'il doit vous parler, mais il ne veut rien dire de plus. Je lui ai proposé de commencer avec moi mais il a refusé.

– Il ne manquerait plus qu'ils occupent les bureaux, ironisa le commissaire.

– Si vous voulez, je le fais évacuer de gré ou de force, risqua timidement Juvara.

– Surtout pas, ça risquerait de jaser et le questeur serait capable de s'énerver… Par contre, poursuivit-il en changeant de sujet, j'ai une chose urgente à expédier. »

Il devina de l'impatience dans le silence de l'inspecteur et se rappela lui avoir déjà confié pas mal de boulot.

« Draghi en a fini avec l'affaire du viol ?

– Je crois que oui, ils l'ont attrapé : une histoire entre deux voyous qui s'est mal terminée.

– Parfait, poursuivit Soneri, alors dis-lui de me chercher une assurance souscrite par Galluzzo, je ne sais pas quand, peut-être quelques mois en arrière. Je veux tout savoir.

– Quel genre d'assurance ? demanda Juvara.

– Je sais juste qu'il en a souscrit une, pas plus.

– Sinon, j'ai fait plusieurs vérifs que vous m'aviez demandées, tenta l'inspecteur.

– On en parlera au bureau », abrégea le commissaire.

Le soleil avait encore monté et cognait sans pitié sur le cocon chaud et suffocant qui enveloppait la ville. Les rues devinrent plus hostiles dans cette lumière blanche de néon. On aurait dit que les immeubles aussi s'évaporaient, dansant à l'horizon au-dessus de leurs briques bouillantes. Soneri se réfugia sous les hautes arcades de l'hôtel de ville où, autrefois, se négociait le blé, et remarqua au bout de la via Repubblica une autre foule bruyante amassée à l'entrée de la Questure. Un groupe de jeunes gens hurlaient dans un mégaphone et demandaient la libération de leurs camarades arrêtés pour les incendies de la nuit précédente. De vieux slogans de vieilles luttes servaient de ritournelles et rebondissaient mollement sur le jaune paille des austères façades d'époque. Il tourna au coin de la rue pour éviter l'assaut et passer par l'entrée secondaire qui donnait borgo della Posta. Le type dont lui avait parlé Juvara et devant lequel il se retrouva tout à coup lui était complètement sorti de la tête.

L'homme lui tendit la main et Soneri la lui serra en hésitant.

« Schivazappa », se présenta le type sans que le commissaire n'arrive à s'expliquer l'euphorie particulière de son expression.

Il se dirigea vers son bureau et l'autre le suivit. Le ventilateur de Juvara tournait à sa puissance maximale en fouettant l'air chaud qui se répartissait dans toute la pièce. Le commissaire prit place et fit un petit signe à l'homme, qui s'installa en face de lui en le braquant comme un setter.

« Je vous préviens, je n'ai pas beaucoup de temps, l'informa Soneri avec impatience.

– Il s'agit d'une affaire assez grave », répondit sèchement Schivazappa.

Le commissaire le regarda attentivement : la soixantaine et plutôt mince, mais avec çà et là des cheveux blancs laineux de vieux. Lui aussi avait le poil sec tandis que l'impérissable fauteuil en skaï réglementaire rendait Soneri liquide.

« J'espère que ça concerne l'homicide de Galluzzo, dit-il de but en blanc.

– Le commerçant ? Qui sait, ça se pourrait. Cette ville est une jungle… » balança Schivazappa.

Soneri tendit l'oreille, le fixa et lui fit signe d'être bref. L'autre s'approcha en se penchant en avant, le visage assombri : « J'aurais voulu vous parler de Gerlanda. Ou si vous préférez, de Roger. »

Le commissaire ne put retenir un mouvement d'agacement tandis que le ventilateur faisait passer sous son nez plusieurs feuilles qu'il avait délivrées du presse-papiers. Ce n'était plus un hasard si tout le monde lui parlait de l'usurier.

« Vous voulez le dénoncer ?

– Moi, je ne peux pas, mais je connais des dizaines de personnes qui pourraient le faire. C'est juste qu'elles ont peur, expliqua l'homme.

– Et vous, alors, qu'est-ce que vous avez à voir là-dedans ?

– Moi, on ne peut pas me faire de chantage, je ne dois pas d'argent à Roger. C'est bien pour ça que je peux venir vous voir librement.

– Cet homme possède une société financière, dit Soneri en essayant de ne pas sortir de ses gonds, sa profession, c'est de prêter de l'argent, mais pour prouver qu'il prête à usure, il faut que ses victimes collaborent.

– Et qui vous dit qu'elles ne le feront pas ?

– Jusqu'à maintenant, je n'ai entendu que des on-dit, c'est tout.

– Vous êtes trop pressé. Ça ne vous intéresse pas de commencer par savoir comment cet homme se comporte ?

– Je l'imagine, répondit distraitement Soneri en se penchant pour ramasser les papiers envolés.

– C'est difficile à imaginer, dans le cas de Roger. Son esprit raffiné et implacable vient à bout de n'importe quelle forme de résistance psychologique. Si vous passez sous ses griffes, vous n'êtes plus la même personne. Vous êtes anéanti, conclut-il d'une voix grave.

– C'est comme ça qu'ils ont terminé, ceux que vous connaissez ? demanda le commissaire en faisant tourner nerveusement son *toscano* éteint.

– Il sait cueillir le bon moment pour toucher le point faible, comme les plus cyniques des boxeurs », reprit Schivazappa d'un ton à la fois dégoûté et admiratif.

Soneri regarda sa montre : il était tard, presque midi, mais cette conversation commençait à l'intéresser.

« Il doit leur faire un beau lavage de cerveau pour qu'ils soient tous aussi dociles, avança-t-il.

– C'est justement là-dessus qu'il travaille. Avec des résultats dévastateurs. Ils en sortent hypnotisés. Un jour, il les illusionne en leur donnant de l'espoir et un autre, il les précipite dans le désespoir le plus total. Ils finissent tous par perdre la tête et par ne plus rien comprendre. À ce moment-là, Roger peut tout leur demander.

– Pourquoi vous êtes venu si vous ne faites pas partie des victimes ? Et qui sont vos amis ruinés ? demanda le commissaire.

– Vous devez bien vous en douter, non ? Des gens qui ont une activité : des commerçants, des artisans, des professions libérales. Des gens qui ont traversé un moment difficile et qui ne veulent pas tout voir s'écrouler… Quand une entreprise meurt, c'est un projet de vie qui meurt, ce n'est pas seulement une faillite économique, vous me comprenez ? »

Soneri acquiesça.

« Parfaitement, ajouta-t-il. Mais tout le monde sait que ce type est un usurier… Comment peut-on croire que tout finira bien ?

– Vous feriez quoi si les banques vous refusaient toute possibilité et vous suggéraient de vous adresser à la société de Roger ? Il se présente comme un professionnel, il élabore des plans de rééquilibre et de redressement économique en jouant le rôle du sauveur. Et il distribue à ses victimes de l'espoir en veux-tu en voilà, parce qu'elles en ont un besoin absolu. Il montre que la lumière est toute proche, à deux pas, et eux, ils ont l'illusion qu'ils pourront s'en sortir. Ne vit-on pas tous d'illusions ? Ils sont alors entraînés dans le tourbillon de Roger dont on peut difficilement sortir. »

Soneri sentait grandir son indignation.

« Il y a beaucoup de victimes ?

– Énorme. Les banques ont intérêt à se décharger de leurs clients sur Roger une fois qu'ils sont devenus insolvables, soit parce que des directeurs d'agences sont en affaire avec lui, soit parce que les crédits deviendraient des supplices.

– Mais quel intérêt pour Roger si on lui livre des pigeons déjà plumés ?

– Il n'accepte pas de donner de l'argent à tout le monde. Seulement à ceux qui ont des patrimoines conséquents. La banque récupère les biens du débiteur, mais ensuite, il reste ceux de la famille. C'est là-dedans que Roger tape. C'est un homme puissant. Peut-être l'un des plus puissants de la ville », décréta Schivazappa.

Il attrapa ensuite le journal encore intact sur le bureau du commissaire, l'ouvrit et lui montra une page entière de publicité pour la Société Maria Luigia.

« C'est la sienne, l'informa-t-il. Il achète une page par semaine et comme ça, il se fait apprécier par le journal.

– Qu'est-ce qu'il en a à foutre puisque personne ne le dénonce à la Questure ? Ce n'est pas le journal qui va le faire, s'étonna Soneri.

– C'est toujours bien d'avoir l'air d'une personne respectable. L'image compte, souligna l'homme.

– Ce que vous me dites est sûrement très utile, mais purement académique. Au moins tant que personne ne portera plainte, précisa Soneri.

– Laissez-leur du temps, lui répondit Schivazappa en l'agaçant avec son air énigmatique, quelqu'un va peut-être finir par le faire en venant vous voir. »

Puis il se leva brusquement sans que le commissaire ne s'y attende et sortit. Soneri médita quelques instants sur les propos de Schivazappa, sans voir que Juvara était entré dans le bureau et le regardait en attendant de pouvoir lui parler.

« Tu connais Roger ? demanda le commissaire.

– J'en ai entendu parler. Draghi s'en est occupé à un moment donné, je crois, répondit l'inspecteur sans savoir trop quoi dire.

– Ah ! Draghi… se rappela Soneri. Il est là ?

– Non, il est sorti, l'informa Juvara. Il revient dans l'après-midi. »

Draghi était une espèce de nomade aux horaires farfelus : jamais là quand on avait besoin de lui et réapparaissant aux moments les plus inattendus.

« J'ai donc fait quelques vérifications, annonça l'inspecteur en ouvrant un dossier qu'il tenait à la main.

– Je suis tout ouïe.

– Les collègues calabrais m'ont appris que la famille Galluzzo n'était pas tout à fait en règle, attaqua Juvara.
– C'est-à-dire ?
– Ils sont très certainement en cheville avec la pègre locale, ce qui n'a rien d'anormal quand on sait qu'il faut se garantir des couvertures et des protections pour travailler dans certaines zones, avança l'inspecteur. Mais dans le cas des Galluzzo, ils pensent qu'il y a autre chose, même s'ils ne les ont jamais coincés.
– OK, murmura Soneri, sceptique, on en reste aux soupçons. »
Juvara tourna sa page de notes et la fit passer à la fin du paquet.
« Le beau-frère de Galluzzo n'est pas non plus très clair. Il continue d'acheter des appartements, des boutiques et des ateliers, mais sans vendre grand-chose. On ne comprend pas comment il tient debout », reprit-il.
Nouveau geste nonchalant du commissaire.
« Des dettes ? l'invita-t-il à poursuivre.
– Galluzzo était dans le rouge mais vu la vie qu'il menait, on peut se dire que ça aurait pu être pire. Il ne s'embêtait pas, que des choses de première qualité, précisa l'inspecteur.
– Et pour ses jules ? avança le commissaire.
– À ce niveau-là, il n'avait pas des goûts très raffinés, répondit l'autre. On le voyait souvent traîner entre la gare et l'*Astro*, où des étrangers tapinent pour pas cher.
– C'est quoi, l'*Astro* ? demanda Soneri, intrigué.
– Une discothèque un peu décrépie, fréquentée surtout par des gays.
– C'était son terrain de chasse ?
– Entre autres, répondit Juvara, avant d'ajouter : Drôle d'endroit. Bourré d'étrangers prêts à tout, qui dépouillent souvent les clients. »

Le commissaire prit sa tête dans ses mains et se pencha sur son bureau. Il se sentait tellement désarmé que l'idée d'affronter cette enquête l'angoissait.

« On en est au même point, murmura-t-il tandis que Juvara l'observait, le regard inquiet.

– En effet, on n'a pas grand-chose… reconnut l'inspecteur en exprimant une certaine culpabilité.

– Trop de choses, au contraire, rectifia Soneri. Je ne sais pas sur quoi miser : un cambriolage qui aurait mal tourné, un jeune tapin, une histoire d'honneur entre recycleurs d'argent sale, une affaire de dettes ou des frères exaspérés. »

Ils se regardèrent et l'expression effarée et muette de l'inspecteur fut le meilleur des commentaires.

Quelques secondes plus tard, ils entendirent le pas irrégulier de Nanetti parcourir le couloir. Leur collègue fit son entrée et le commissaire se rendit compte, aux auréoles de sueur sur sa chemise, à quel point il devait souffrir de la chaleur.

« On t'attendait pour sortir de l'impasse, l'accueillit Soneri.

– Je n'ai pas grand-chose, grommela l'autre, détails minuscules, mais c'est toujours mieux que rien. »

Nanetti attendit que Juvara prenne son carnet et son Bic avant de commencer.

« Avant tout, Galluzzo n'était pas cocaïnomane. Le médecin légiste l'a totalement exclu après l'examen des muqueuses et des tissus. Les sachets qu'on a retrouvés dans sa voiture m'ont tout l'air d'une fausse piste.

– C'est déjà quelque chose, marmonna Soneri.

– Sinon, la voiture a été lavée, on n'a donc pas d'autres indices. La seule anomalie, c'est un petit bout de papier resté coincé dans une fissure du revêtement interne de la boîte à gants. Il devait faire partie d'un dossier qui a dû se déchirer quand ils l'ont pris avec eux. Du coup, un fragment est resté coincé dans la fente.

– Quel type de papier ? demanda le commissaire, intrigué.

– Du papier très fin. On dirait une assurance, si on regarde bien, on arrive à lire un article de loi, du genre de ceux qu'ils impriment en petit à la fin des contrats. »

L'attention de Soneri s'agita.

« On peut réussir à savoir si le style de papier et le bout déchiré sont récents ?

– On est en train d'examiner les pièces, mais l'impression a l'air récente : les fibres lacérées sur le bout de papier n'ont pas jauni, déclara Nanetti.

– Pour moi, c'est ça qu'ils cherchaient », murmura Soneri d'une voix à peine audible.

Juvara et Nanetti se tournèrent distraitement vers lui sans rebondir sur ce qu'il venait de dire, habitués qu'ils étaient aux marmonnements du commissaire. Ce dernier décrocha son téléphone pour appeler Draghi.

« Tu as réussi à me trouver cette assurance ? demanda-t-il. Quoi ? Souscrite récemment. Oui, je sais, sa sœur me l'avait dit. Une assurance-vie ? Galluzzo ? Bizarre pour quelqu'un qu'on décrit vivant au jour le jour. Eh ben ! s'exclama-t-il. Deux millions en cas de décès ? Oui, c'est assez suspect. Ah oui ? Une femme ? Une vendeuse de pulls ? Ah bon, elle les tricote elle-même. Dans une boutique de mode. Écoute, tu t'es occupé de Roger dans le passé, non ? J'ai pas mal de trucs à te demander. Quand tu reviens, passe me voir. »

À la fin du coup de fil, Soneri semblait plus soulagé.

« Draghi affirme que Galluzzo a souscrit une assurance-vie il y a quelques mois, avec une prime très élevée en cas de décès, y compris par mort violente. Et que la bénéficiaire est une femme qui tient une boutique de mode, en bref, une couturière.

– C'est peut-être cette assurance, le bout de papier qu'on a retrouvé dans la voiture, supposa Nanetti.

– C'est quasiment certain, confirma le commissaire, puisque celle de la voiture était dans son carnet. De toute évidence, ils ne voulaient pas qu'on la trouve, c'est pour ça qu'ils ont fait disparaître la Mini, qu'ils l'ont nettoyée et qu'ils l'ont garée en bas de chez sa sœur.

– Pourquoi en bas de chez sa sœur ? s'interrogea Juvara.

– Je ne sais pas, reprit Soneri. Ça peut vouloir dire que sa sœur et son beau-frère sont mêlés à l'histoire, ou alors qu'on leur a adressé un avertissement.

– J'ai ordonné de nouvelles vérifications sur les frères de Galluzzo, l'informa l'inspecteur, et on surveille le beau-frère.

– Il faut aussi demander l'autorisation de placer De Angelis sur écoute. J'ai l'impression que son téléphone peut nous offrir des informations très intéressantes. N'oublie pas d'en parler à Percudani. »

Nanetti prit congé.

« Je retourne au frais, sous la clim de la Scientifique. J'ai dormi là-bas, cette nuit, sur le divan. »

Soneri pesta d'un ton débonnaire.

« Ne crois pas qu'ils l'ont mise pour nous, ils l'ont mise pour les instruments, sinon ils se bousillent et ils font tout foirer. »

Le portable de Soneri se mit à sonner.

« Passe me voir au bureau, je suis toute seule, annonça Angela. On commandera deux pizzas. »

L'idée de manger sur un bureau encombré de paperasse ne l'enthousiasmait guère et son silence laissa penser à un refus.

« J'ai des choses importantes à te dire », ajouta-t-elle d'un ton froid et professionnel qui n'admettait pas la réplique.

Soneri n'essaya pas de se rattraper. Il raccrocha, se leva et se mit en route sans un mot.

6

L'heure du déjeuner avait complètement assoupi la ville. Ne passaient plus que quelques solitaires à vélo, et Soneri se dit que la chaleur obtenait le même effet que les jours froids et brouillardeux : des rues vidées de ses habitants, enserrés chacun chez soi sous un climat artificiel. Il parcourut les trottoirs en suivant les ombres exiguës des édifices chauffés à blanc par le soleil et déboucha sur l'esplanade de piazza Duomo en espérant que les vieux murs et les marbres du baptistère exhalent des bouffées de vent frais. Il poursuivit vers la via Cavour et le *Regio*, où il aperçut Gondo, assis et endormi au-dessus de son accordéon flambant neuf. Il avait enfilé les bretelles sur ses épaules et l'avait couché sur ses genoux. Il n'avait pas posé ses mains sur le clavier, mais directement sur l'instrument, comme sur une table. Par terre, son assiette pour les offrandes avec un petit panneau : ILS M'ONT VOLÉ MON ACCORDÉON, AIDEZ-MOI.

La présence de Soneri tira Gondo de son sommeil.

« Pourquoi tu ne joues pas ? » lui demanda le commissaire.

L'homme écarta les bras.

« Je ne m'y fais pas. Et quand c'est comme ça, je me trompe.

– En insistant, tu vas finir par t'habituer et tu joueras de mieux en mieux.

– L'autre, c'était le mien. Mon père jouait dessus », reprit Gondo, plus contrarié qu'attristé.

Soneri resta silencieux. Il comprenait très bien ce qu'il voulait dire.

« Chaque instrument a sa propre voix, reprit le vieux d'un ton rêveur. Comment je peux reconnaître mes airs s'ils sont chantés par une voix différente ? »

Le commissaire fit un geste vague. Gondo le regarda alors avec appréhension. « Maintenant qu'ils m'ont acheté celui-là, vous allez arrêter de chercher le mien ? »

Soneri secoua la tête. « Non, mais pour le retrouver, on a besoin de comprendre qui l'a volé. Tu dois nous aider », susurra-t-il.

Le visage de l'homme se détendit en une sorte de résignation.

« Je jure que je ne sais pas qui c'est. D'ailleurs, qu'est-ce qu'il vaut, mon accordéon ?

– D'après moi, ce n'est pas ton accordéon qu'ils voulaient. Ils avaient l'intention de te faire peur », expliqua Soneri sans réfléchir, à la faveur d'une intuition.

Gondo ouvrit grand ses paupières et le scruta avec attention ; son regard brillait enfin.

« Ce n'est pas vrai qu'ils n'ont rien dit, chuchota-t-il ensuite.

– Je m'en doutais.

– Ils m'ont dit de faire attention à ce que je disais si je voulais revoir mon accordéon. Si ça se trouve, rien que de parler avec toi a tout fait tomber à l'eau.

– Tu sais à quoi ils faisaient référence ?

– C'est justement ça qui m'inquiète : à quoi je devrais faire attention ? Je ne comprends vraiment pas ce qu'ils voulaient.

– Ça ne serait pas mieux si tu restais un peu à l'abri pendant quelque temps ?

– Les gens sont habitués à me voir ici ; pour eux, même si je ne joue pas, je suis quand même l'accordéoniste. Si je m'en vais, ils vont penser que je suis mort et ils vont m'oublier en un rien. Et puis un autre mendiant pourrait prendre ma place, conclut Gondo.

– Alors essaye de jouer, sinon c'est toi qu'on va prendre pour un mendiant », lui conseilla Soneri avant de le quitter.

Il dépassa le palazzo della Pilotta et, sous ses hautes voûtes ombreuses, sentit venir un courant d'air du lit du torrent à sec. Il avait maintenant devant lui le parc ducal et, sous le ponte Verdi, l'étendue de cailloux saignée par la chaleur. Angela avait son cabinet dans le dernier pan élégant du centre-ville, entre le parc et le cours d'eau, via delle Fonderie. Les escaliers étroits qui emmenaient au premier étage avaient une légère odeur de moisi, comme dans tous les vieux immeubles exposés aux eaux souterraines.

« Va falloir que je progresse en cuisine pour que tu accoures à mes invitations : j'arrive même plus à t'attirer en te promettant des fuites, ironisa-t-elle dès qu'elle le vit entrer.

– Déjà qu'on n'a pas bien mangé au *Nabucco*… s'excusa le commissaire. J'aurais peut-être dû t'emmener chez Alceste.

– Je vois que tu débordes d'enthousiasme à l'idée de passer un peu de temps avec moi », lui répliqua Angela sur un ton cinglant.

Soneri ne répondit rien. Il regarda par la fenêtre ce bout de ville au-dessus du torrent qu'il aimait tant. La grève était d'une blancheur d'os, brodée çà et là d'algues vert vif croupissant dans des flaques.

« Comme prévu, Gondo ne se fait pas à son nouvel accordéon, dit-il en changeant de sujet.

– Il va s'habituer, tu vas voir, répondit-elle. Dans quelques semaines, on l'entendra rejouer.

– Je n'en suis pas si sûr. Tu sais qu'il est terrorisé…

– Encore ?

– Ceux qui l'ont volé lui ont dit de faire attention à sa langue, mais il ne sait pas à quoi ils faisaient allusion.

– Peut-être qu'il t'a dit ça pour éviter les questions. Peut-être qu'il sait très bien à quoi ils faisaient allusion, supposa Angela.

– Va savoir… se demanda Soneri, avant d'ajouter : Quelqu'un d'autre est venu me parler de Roger. »

Angela garda le silence, étonnée et inquiète à la fois.

« Alors la visite de Rondani n'avait rien de fortuit.

– Ils viennent m'expliquer comment Gerlanda les traite, mais ils ne veulent pas se risquer à porter plainte, se lamenta Soneri.

– D'après moi, ça cache quelque chose, reprit Angela.

– C'est aussi ce que je pense. Le dernier à être venu avait une tête de délateur. Il m'a dit qu'il n'était pas un client de Roger et qu'en m'informant il faisait juste son devoir.

– Ça rentre parfaitement dans le style de cette ville : faire des messes basses pour semer la zizanie sans s'impliquer personnellement, observa Angela. Au moins, Rondani y est plongé jusqu'au cou. »

Ils s'attablèrent après l'arrivée des pizzas. Soneri refusa de manger la sienne dans son carton, la coupa en morceaux et les mit dans une assiette. Il la savoura ensuite en silence en attendant qu'Angela en vienne au fait. Il n'osait rien lui demander de crainte de la vexer, mais elle lut quand même dans ses pensées.

« OK, très bien, puisque tu n'es venu que pour ça, abrégea-t-elle, je vais te faire un compte-rendu à la sauce Juvara.

– Mais arrête ! tenta le commissaire pour sa défense. Je suis nerveux, je ne comprends rien à cette histoire. On ne sait rien du mort, personne ne le connaît, personne ne l'a croisé, et à côté de ça, tout un tas de gens me parlent d'un usurier qui, selon moi, n'a rien à voir avec l'affaire.

– Alors, ça ne sert à rien que je t'explique, conclut Angela.

– Pas du tout, Galluzzo peut avoir plus de dettes que prévu. Aujourd'hui, le type qui est venu me parler de Gerlanda a sous-entendu qu'il y avait peut-être un rapport. Je ne sais pas s'il a balancé cette phrase pour éveiller ma curiosité, mais j'ai eu l'impression qu'il en savait plus que ce qu'il voulait bien en dire », déballa Soneri d'une seule traite.

Angela s'assit alors à côté de lui, un peu plus détendue. Son regard s'était tout à coup radouci. « Je te comprends, tu sais. Moi aussi, ça m'arrive, avant des procès. »

Ils se regardèrent un moment sans parler, en harmonie parfaite. Inutile de se payer de mots, leur complicité suffisait.

« Tu savais que Gerlanda possédait une maroquinerie ?

– Non. Mais je sais que c'est un des propriétaires de la *Forneria Duomo*.

– Eh bien, il a aussi une usine de maroquinerie. Avec un associé.

– Un homme aux mille et une facettes, constata Soneri.

– En fait, l'usine est en déconfiture, et je suppose qu'elle leur sert à couvrir des trafics d'argent sale, révéla Angela.

– Mais ça lui rapporte ?

– C'est l'usure qui rapporte, parce qu'en réalité ce sont ses créditeurs qui la font tenir debout, poursuivit-elle.

– D'accord, mais si elle ne vend pas…

– Roger ne prête pas que de l'argent. Une partie de ce qui est négocié l'est sous forme de marchandise, et le débiteur doit ensuite réussir à la refourguer. La victime devient du même coup un agent commercial pour le compte de Roger. »

Soneri garda le silence et éprouva une certaine admiration pour l'imagination de Roger.

« Et qu'est-ce qu'il refile à ses clients ?

– C'est la partie la plus pathétique, répondit Angela, parce qu'il s'agit le plus souvent de pacotille : porte-monnaies, portefeuilles, ceintures et autres articles en cuir du même genre, tous pratiquement invendables car passés de mode ou de qualité médiocre. La victime se retrouve alors obligée d'acheter au prix fort de la marchandise sans aucune valeur, mais qui fait partie du prêt.

– Roger peut se permettre des taux d'intérêt relativement bas au départ, raisonna le commissaire, car dans les faits, ils sont beaucoup plus hauts.

– Difficile ensuite de revendre la camelote, confirma Angela.

– Tu l'as vue ?

– Rondani me l'a montrée : horrible, affirma-t-elle. Pour la replacer, tu dois entuber quelqu'un qui n'y connaît rien ou qui est de bonne foi. On m'a dit que certains essayent de la refourguer dans le circuit des braderies ou bien aux immigrés qui vendent à la sauvette.

– Il refile quel pourcentage ridicule à ses clients ? demanda Soneri.

– Il peut aller jusqu'à trente pour cent, mais en général, il reste à vingt.

– Qui est son associé ?

– Je ne l'ai jamais vu, expliqua Angela. Je sais qu'il s'appelle Cavatorta et qu'il a le même âge que Roger. Un type qui a toujours vécu à l'ombre du prêteur, sans mettre les pieds dans ses bureaux. Rondani m'a dit que les employés de la maroquinerie le détestent, mais qu'ils le craignent.

– Les licenciés de la *Forneria* détestent aussi Gerlanda, ressassa le commissaire à haute voix. Forcément, ils les a tous mis à la rue », ajouta-t-il.

Il repensa tout à coup à Gondo qui avait peut-être vu et n'aurait pas dû voir, sans même le savoir.

« D'après toi, Gondo ne m'a pas dit la vérité quand il m'a répété qu'il ne comprenait pas à quoi ses deux agresseurs faisaient allusion ? » demanda Soneri.

Angela hocha la tête.

« Oui, d'après moi, il cherche seulement à se protéger parce qu'il a peur. »

Pourtant, le vieux avait paru sincère au commissaire. Il l'avait deviné à son regard clair et stupéfait de montagnard. Des regards qu'il connaissait bien. La sonnerie de son téléphone interrompit ses réflexions. C'était Draghi :

« Je suis au bureau, j'ai avec moi le dossier de Gerlanda.

– Attends-moi, j'arrive dans un quart d'heure », lui dit Soneri en se levant.

Il s'approcha d'Angela et l'embrassa sur la joue en goûtant la douceur de son corps et son parfum engageant, avant de redescendre et de retraverser le pont. Encore une semaine de chaleur et la ville fondrait dans la grève avant de s'en aller, liquide, vers le Pô. Sous les voûtes du palazzo della Pilotta et sur les pelouses où se dessinait l'ombre du monument, des groupes de clochards et de jeunes zonards sommeillaient recroquevillés tandis que les affiches des journaux annonçaient une nouvelle fois la mort de deux personnes âgées dans la solitude irrespirable de leurs appartements.

Pour tenter de se rafraîchir un peu, Draghi s'était placé face au ventilateur qui tournait à sa vitesse maximale. Lorsque Soneri entra, l'inspecteur était de profil au milieu du tourbillon tel un motard, cheveux au vent et col ouvert.

« Donne-nous un peu de fraîcheur, à nous aussi, ordonna le commissaire, et l'autre programma le ventilateur qui se remit à balayer la pièce méthodiquement, en faisant voleter la paperasse à intervalles réguliers.

– On n'a jamais réussi à coincer Gerlanda, attaqua Draghi.

– Dis-moi d'abord pour l'assurance de Galluzzo, l'arrêta le commissaire.

– Une assurance-vie, minimisa l'inspecteur.

– Pourquoi il en a souscrit une ? »

Draghi déglutit et prit un peu de temps avant de répondre.

« Vous voulez que je vous la donne, mon opinion ? demanda-t-il de son accent romain.

– Évidemment, s'agaça le commissaire, sinon pourquoi je t'aurais appelé ?

– Ce genre d'assurance est une forme de garantie pour ceux qui n'en ont plus. Pour ceux qui sont quasiment plumés, vous voyez ? »

Le commissaire acquiesça.

« Et tu penses que Galluzzo était déjà plumé ?

– Sa famille a peut-être beaucoup d'argent, mais s'il a dû souscrire une assurance, c'est qu'il était fauché. Et vous voulez mon avis ? On prend ce genre d'assurance quand un prêteur l'exige. »

On en revenait à Gerlanda. Chaque fois, le spectre de l'homme au crâne rasé, au physique corpulent et massif, et aux manières expéditives et précises de ceux qui sont nés pour diriger, réapparaissait. Draghi réattaqua avant que Soneri ne se fâche :

« Pourquoi un prêteur devrait donner de l'argent à ceux qui n'ont plus rien ? S'il prête, c'est qu'il exige une garantie, et dans la majorité des cas, c'est une assurance-vie. D'une certaine manière, celui qui la signe scelle sa condamnation à mort.

– Dans le cas de Galluzzo, on a pu établir que ceux qui l'ont frappé n'avaient pas l'intention de le tuer, précisa Soneri.

– Vrai, admit Draghi, et c'est ce qui cloche. Mais si je vous disais que la bénéficiaire de l'assurance est une des maîtresses de Gerlanda, vous auriez pas des soupçons ?

– Qui est-ce ?

– Une fille qui a monté son entreprise de mode, une fille assez m'as-tu-vu. »

Soneri se raidit.

« Ah oui, la couturière… se rappela-t-il.

– Non, une tricoteuse. Elle tricote elle-même ce qu'elle vend dans sa boutique, rectifia l'inspecteur, mais ça ne marche pas très bien. Elle est donc, elle aussi, pieds et poings liés à Roger, malgré leur relation.

– Et là, c'est elle qui va tout encaisser ?

– Oh, pour ça, on a encore le temps. L'assurance va pas lâcher facilement et, dans le meilleur des cas, elle va seulement voir l'argent lui passer sous le nez.

– C'est incroyable qu'on n'ait jamais réussi à coincer un type comme lui… râla Soneri en mastiquant son cigare qu'il n'osait allumer.

– C'est simple, expliqua Draghi, il réussit à se faire aimer de tout le monde. C'est comme un enchanteur, il leur prouve que s'ils perdent, c'est uniquement de leur faute. Une fois sur le pavé, ses « clients » s'autoflagellent, persuadés d'être des incapables. Ils prennent plus aucun risque, c'est surtout ça qui les ruine. Gerlanda leur retourne le cerveau, et il leur coupe les couilles.

– Aucune plainte, ça chuchote, ça gémit, c'est tout… » grommela Soneri.

Draghi opina du chef.

« Il les travaille jusqu'à ce qu'ils soient sous son emprise, il les réduit en esclavage. Il leur fait mille et une promesses, et comme ça, il les tient en haleine. Pour les femmes, c'est dans son lit que ça se passe, et elles se font pas prier parce qu'elles croient qu'il va alléger leurs dettes ou retarder le moment de rendre des comptes. Elles s'imaginent qu'elles pourront l'attendrir. Les hommes aussi font la pute, ils peuvent être d'une servilité sans nom, jusqu'à offrir filles et épouse. Des histoires comme ça, j'en ai entendu des dizaines, termina l'inspecteur en soupirant. Et personne arrive à s'en dépatouiller.

– Comment s'appelle la titulaire de l'assurance ? demanda Soneri.

– Mariangela Rosselli.

– Elle connaissait Galluzzo ?

– Je pense que oui. Je sais qu'il lui a commandé des pulls pour sa boutique, et qu'elle a sans doute travaillé pour les activités de la famille. Une parmi tant d'autres… minimisa Draghi, un rien méprisant. Gerlanda possède un vrai harem.

– Toutes endettées ?

– Les types comme lui plaisent souvent aux femmes. Le fait de devoir de l'argent à quelqu'un, d'être à sa merci, l'ivresse de l'esclavage… Elles prennent un plaisir trouble à se sentir dominées. Roger se sert souvent des femmes pour s'emparer des biens du mari ou de leur famille. Commissaire, conclut-il, vous avez pas idée du cynisme de Gerlanda. Ni de la capacité qu'ont les hommes à capituler. »

Le bureau plongea à nouveau dans le silence, interrompu seulement par le ronflement du ventilateur et le bruissement des feuilles de papier. Soneri bouillait de colère. Il ne reconnaissait plus ni sa ville ni le peuple de sa ville. Sa nature polémique, sa rébellion anarchiste, son intolérance à toutes les injustices et son goût pour les barricades, où étaient-ils passés ? Ses yeux de commissaire voyaient défiler une communauté réduite en bouillie, et la chaleur n'était plus que la représentation physique d'une dérive bien plus profonde. Il soupira en retirant les coudes de son bureau. Draghi le regardait avec un petit sourire ironique.

« Ce type, reprit l'inspecteur en continuant de parler de Roger, est une des personnes les plus influentes et les plus estimées de Parme. Il loue des immeubles à des institutions, il signe des contrats avec des maires et des présidents de banques, des présidents de fondations. On peut tout faire, aujourd'hui, avec l'argent, dit-il avec dégoût, y compris s'acheter une respectabilité.

– Ça parle d'éthique et de valeurs, mais dès que ça sent l'odeur du fric… conclut Soneri, encore plus dégoûté.

– Chef, renchérit Draghi en le regardant d'un air sceptique, c'est fini les valeurs ! »

Le problème était là : à quoi pouvait-on se référer ? On ne voyait plus que la révolte aveugle de jeunes gens désœuvrés qui mettaient le feu à des logements occupés. L'impasse de la violence gratuite. Et maintenant, il fallait découvrir d'où venait celle dont Galluzzo avait été la cible. Une violence différente, qui n'avait rien d'aveugle, mais semblait au contraire parfaitement réfléchie.

« D'après toi, pourquoi deux personnes sont venues spontanément me parler des combines de Roger ? demanda subitement le commissaire.

– Je sais pas, répondit l'inspecteur. C'était peut-être le bon moment pour que ses ennemis se pointent. »

Juvara entra à cet instant.

« Percudani a signé pour les écoutes téléphoniques de De Angelis et du beau-frère de Galluzzo, annonça-t-il.

– Bien, approuva Soneri, on va pouvoir écouter ce qu'elles ont à nous dire. »

Au même moment, le soleil se cacha derrière les grands sapins de la cour. La température ne bougea pas d'un iota, et la chaleur humide croupissait toujours au milieu des immeubles comme l'eau morte d'une flaque. Le commissaire attendit encore que la lumière s'estompe avant de se décider à sortir. Dans le ciel, une ligne pâle et sinueuse faisait naître l'espoir d'un orage, mais on avait trop de fois cru à la pluie pour n'avoir finalement qu'un soleil opalin, tenant la ville en couveuse artificielle.

Il pensait à Galluzzo et aux dettes qu'il aurait pu accumuler. Ses comptes bancaires n'indiquaient pas de gros déséquilibres, mais il n'y avait aucun moyen de savoir s'il avait emprunté de l'argent à Gerlanda. Roger donnait une petite partie du prêt à taux régulier, comme une société financière normale, avec toutes les documentations nécessaires. Une partie était constituée par la camelote de sa maroquinerie, mais le gros devait être de l'argent non comptabilisé dont on ne retrouvait aucune trace. Avait-il agi de cette façon avec Galluzzo ?

Il remonta la via Repubblica et aperçut la plaque gravée qui indiquait la Société Maria Luigia au moment où son portable sonna.

« Commissaire, l'informa Draghi, ils ont agressé la Rosselli, celle de l'assurance.

– Quand ?

– Tout à l'heure, je viens de l'apprendre à la salle de commandement.

– Où ça ?

– Via Nazario Sauro 23, chez elle.

– J'y vais », décida Soneri, laissant Draghi à la surprise de cette curieuse inversion des rôles.

Le commissaire pressa le pas et transpira encore davantage. Une fois arrivé via Nazario Sauro, il constata que Mariangela Rosselli était exactement comme la lui avait décrite Draghi avec son efficacité romaine : grande et plantureuse, le regard légèrement effronté qui avait l'air de mettre les hommes au défi. Après son agression, le visage rouge, ses vêtements froissés et toute trempée de sueur, elle semblait dans sa forme la plus naturelle. Quand le commissaire se présenta, elle lui adressa un regard surpris. « Deux policiers sont déjà venus », éclata-t-elle, frisant l'impolitesse.

Soneri acquiesça sans rien dire.

« Police secours, précisa-t-il ensuite.

– Je leur ai dit… répondit la femme sans avoir le temps d'aller plus avant.

– Ils étaient combien ? » l'interrompit le commissaire en parlant des agresseurs.

Mariangela le fixa d'un air résigné.

« Deux, avec un accent. Ils portaient un casque, je n'ai pas vu leurs visages.

– Ils vous ont suivie ou ils vous attendaient ici ? poursuivit Soneri en indiquant le palier sur lequel ils se trouvaient.

– Je pense qu'ils étaient déjà dans la rue et qu'ils m'ont suivie quand je suis entrée. Ils étaient derrière moi au moment où j'ai ouvert la porte.

– Et après, qu'est-ce qui s'est passé ?

– Ils m'ont poussée à l'intérieur et ils ont refermé derrière eux. J'ai pensé qu'ils allaient me violer, j'étais terrorisée, je n'arrivais même plus à réagir. »

Le commissaire parcourut son corps du regard et constata combien elle était attirante.

« Et ensuite ? demanda-t-il.

– Ils m'ont juste fait des menaces.

– Qu'est-ce qu'ils vous ont dit ?

– De faire attention à ce que je dis et de faire attention à ce que je fais. »

Exactement comme avec Gondo.

« Vous savez à quoi ils faisaient allusion ? »

La femme fit non de la tête en agitant sa chevelure châtain qui lui retombait de temps à autre sur le visage.

« Il y en a un qui m'a pris par les épaules et qui m'a secouée pour me faire comprendre qu'ils pouvaient être capables de n'importe quoi, c'était horrible.

– Et ensuite, qu'est-ce qu'ils ont fait ?

– Rien. Ils sont partis. Je suis restée un moment debout à la porte et puis j'ai couru dans ma chambre pour aller pleurer. »

Soneri l'observa en mordillant son cigare éteint. La Rosselli le regardait avec une certaine impatience, comme si elle était pressée qu'il s'en aille. Il en profita pour lui poser une question par surprise : « Vous pensez que l'assurance-vie a quelque chose à y voir ? »

La femme s'étonna :

« L'assurance-vie ?

– Ne faites pas semblant, vous le savez très bien.

– Je vous jure que je ne sais pas de quoi vous parlez, répondit-elle, un brin indignée mais apparemment sincère.

– Il y a quelques mois, Galluzzo, que vous connaissez bien, a souscrit une assurance-vie dont vous êtes la bénéficiaire », l'informa Soneri.

Mariangela resta silencieuse et l'air étonné.

« Et ce n'est pas une somme négligeable », poursuivit le commissaire.

La femme semblait en proie à la confusion, le regard fixe et perdu dans le vide, en butte à ses pensées.

« Vous parliez avec Galluzzo, non ? »

Elle opina :

« Oui, on était intimes, mais je ne savais pas pour cette assurance-vie.

– Il est probable qu'il y ait un rapport avec les menaces de vos deux agresseurs. Ce sera à vous de vous faire connaître auprès de l'assurance. Mais cet argent risque de ne pas faire long feu sur votre compte. Ce sera plus simple de le faire passer sur le compte de Gerlanda. »

Le regard de Mariangela plongea dans celui du commissaire, un regard plein de haine et de peur.

« Quel est le rapport avec Gerlanda ? s'exclama-t-elle en élevant la voix.

– Il prête de l'argent à usure. Je crois que vous en savez quelque chose… »

Mariangela lança son poing en l'air en signe d'agacement.

« Gerlanda m'a prêté de l'argent pour mon activité, il a une société financière, c'est son métier, persifla-t-elle.

– Vous le défendez quoi qu'il arrive ? insinua Soneri.

– Qu'il arrive quoi ? Il m'a aidée. Il m'aide. Et c'est le seul à l'avoir fait, dans toute la ville.

– Vous ne devriez pas vous faire d'illusions, je ne crois pas qu'il soit animé par de bons sentiments.

– Vous ne pouvez pas comprendre, ce n'est pas juste un emprunt ordinaire. Il me prête de l'argent, mais il me donne aussi de l'assurance, sans parler des conseils et de tout ce genre de motivations qui nous manquent, à moi et à d'autres.

– Pour vous faire travailler le double et faire de plus grosses vendanges, la découragea froidement le commissaire.

– Il sait toujours ce qu'il faut faire et quand il nous conseille quelque chose, vous pouvez être sûr qu'il a raison », rétorqua Mariangela avec un regard dévot.

Soneri l'observa un instant, conscient qu'aucun argument n'aurait déplacé ses convictions d'un millimètre. Comme beaucoup, elle se cherchait un chef et était assoiffée d'autorité. C'était ce qui l'avait poussée à se jeter dans les filets de Roger avec tout l'abandon d'une novice. Le commissaire en fut à la fois peiné et dégoûté.

« Vous avez téléphoné à Gerlanda après l'agression ? » lui demanda-t-il.

Elle leva son regard sur le visage de Soneri et acquiesça.

« Et qu'est-ce qu'il vous a dit ?

– D'appeler la police. »

7

La nuit vidait les maisons et déversait dans la ville une foule tapageuse. Un ciel d'air mort assombrissait les étoiles, et une poussière opaque rendait plus noir l'horizon des rues dans lesquelles le cortège frénétique des voitures se faufilait. On passait du sommeil apparent de la journée à des éclatements subits de vitalité futile et à des déflagrations de colère longtemps retenue, nourries d'alcool et de frustration. Des sirènes transperçaient violemment l'air calme et immobile, et accompagnaient les pas du commissaire dans les ruelles épargnées par le tumulte quand, tout à coup, un incendie éclata.

Depuis plusieurs semaines, une bande mettait le feu à des poubelles et des voitures, et la Digos, la Division des opérations spéciales, n'avait pas encore réussi à la repérer. Il s'agissait probablement des mêmes individus qui avaient incendié l'immeuble qu'ils avaient occupé, des petits groupes insaisissables dans le dédale des rues de *Parma Vecchia*. L'âme rebelle de la ville reprenait vie à travers de pauvres petits actes insignifiants, et Soneri songea que la protestation collective d'autrefois en était réduite à d'infantiles gesticulations, démonstratives et régressives. Il observa les flammes consumer une poubelle et ajouter de la chaleur à la chaleur tandis que de nouvelles sirènes s'élevaient au-dessus des toits.

Au moment où les pompiers arrivèrent, la sonnerie de son portable se fraya un passage dans le brouhaha.

Une voix claire et profonde lui annonça simplement : « Je suis Gerlanda, avant d'ajouter, après une fraction de seconde qui sembla une éternité au commissaire : Passez ce soir au *Nabucco*, je voudrais vous parler. »

Il y avait dans sa façon de s'exprimer une sorte d'autorité naturelle dont il ne connaissait sans doute pas lui-même l'origine. Soneri en fut décontenancé avant d'être assailli par une espèce de mauvaise humeur : il n'aimait pas se sentir intimidé. Il ne comprenait pas cette manière de se manifester ni ce qu'il pourrait bien avoir à dire. Puis il se rappela que Gerlanda avait conseillé à Mariangela d'appeler la police après son agression ; peut-être que l'usurier se sentait lui aussi dans le collimateur.

Il s'achemina vers le centre. Au loin, sur le boulevard qui menait à la gare, il aperçut la lueur rougeâtre d'un autre brasier. Il observa le profil vaguement autrichien du Conseil régional, éclairé par de puissants projecteurs dont le faisceau de lumière accueillait des galaxies de moucherons et, en arrivant devant le *Regio*, il entendit Gondo jouer et répéter de manière obsessionnelle le même accord aigu qui faisait penser au cri d'une bête prise au piège.

Quelques minutes plus tard, il foula les dalles bouillantes de la via Repubblica et s'introduisit enfin au *Nabucco*. Il avait légèrement le trac comme avant un examen, mais s'efforça d'avoir l'air déterminé. Il anticipa les gestes des serveurs et mit directement le cap sur la salle du maître d'équipage, certain que l'autre l'attendrait ici. Et en effet, il était juste en face de lui, tel un autel dans une église. Gerlanda leva les yeux : calme et paisible, il inquiétait. Il n'y avait personne d'autre dans la salle, et le commissaire éprouva cette solitude primitive que doivent ressentir les toreros face au destin. Avant même qu'il n'ouvre la bouche, Roger lui indiqua la chaise en face de lui d'un geste poli mais impatient. « Asseyez-vous. »

Soneri obéit sans un mot. Le naturel avec lequel cet homme aux airs de donneur d'ordres arrivait à le précéder était stupéfiant.

« Ces jours-ci, vous avez dû souvent entendre parler de moi, reprit Gerlanda, une fois le commissaire assis. En mal, j'imagine, ajouta-t-il en se versant un verdicchio froid.

– Vous pensez ne pas le mériter ? »

L'autre haussa les épaules.

« J'entends rarement parler en bien des gens à qui j'ai affaire », ajouta le commissaire.

Roger le scruta avec un léger sourire.

« Vous ne voyez que la détresse, vous ne devez pas beaucoup vous amuser, constata-t-il avec gravité.

– Vous voyez de plus belles choses ? » répliqua Soneri.

Gerlanda hocha la tête avant de saisir son verre de son énorme main aux doigts aussi noueux que de la corde et but son vin d'un trait. Le commissaire avait l'impression d'un rite provocateur, une eucharistie païenne célébrée par un druide fou.

« Je vois sans doute plus de misère que vous, affirma-t-il de sa voix à nouveau paisible.

– Où des gens se sont réduits volontairement », insinua Soneri.

Roger sembla rougir l'espace d'un instant, mais son visage revint rapidement à la normale.

« Je ne fais que mon métier, répondit-il avec tranquillité, et il n'en est pas moins respectable. Ne seraient-ce que pour les risques que je prends, là où la plupart ont déclaré forfait.

– Vous prenez aussi celui d'être dénoncé », ajouta le commissaire.

Gerlanda le radiographia et, en grand habitué du jeu, estima que le commissaire n'avait pas grand-chose en main.

« Ils peuvent bien médire tant qu'ils veulent, je n'ai rien à craindre, je ne fais rien d'illégal. Tout ce que mes clients acceptent, ils l'acceptent de leur plein gré, conclut-il en inclinant son crâne rasé vers le centre de la table.

– Je pense plutôt qu'ils n'ont pas vraiment le choix étant donné les conditions dans lesquelles ils se trouvent, constata Soneri, un brin sarcastique.

– Ils l'ont, au contraire, reprit calmement Roger, ils pourraient faire preuve de courage en admettant leur échec. L'admettre avec tout ce que ça comporte. Mais ils n'y arrivent pas, et moi, je suis leur dernière chance quand ils n'ont plus qu'un gouffre de dettes et de honte devant eux. Je les prends par la main et je leur montre la voie pour sortir du trou. Mais pour ça aussi, il faut de l'estomac. Et la plupart d'entre eux se cramponnent à ma jupe comme un enfant craintif. Ils se cherchent un papa qui leur dise ce qu'il faut faire ou ne pas faire. Ils adorent recevoir des ordres, ça leur évite le poids d'affronter la vie et ses difficultés. Ils ne veulent surtout pas penser, ils veulent trouver quelqu'un qui le fasse à leur place : voilà ce qu'ils me demandent, et moi j'accepte de tenir ce rôle pendant quelque temps. J'essaye de les faire devenir adultes, mais c'est un métier difficile. »

Soneri l'observa intensément, mais l'autre soutint son regard.

« J'ai peur que vous confondiez le besoin et le libre choix, commenta-t-il sèchement. La liberté n'existe pas où il n'y a pas de choix. Et j'ai comme l'impression que c'est le cas de vos clients. »

Le sourire de Gerlanda le choqua.

« Vous parlez comme un curé ou un communiste. Vous pensez vraiment que les gens la veulent, la liberté ? Foutaises. La plupart ne veulent que le confort, ils n'en ont rien à foutre du reste. Les rébellions naissent toujours des ventres qui gargouillent, pas des cerveaux qui pensent, décréta Gerlanda d'une voix qui s'était légèrement enrouée.

– C'est parce qu'ils ont le ventre plein que vos clients ne protestent jamais ? demanda encore le commissaire.

– Ils sont responsables de leur situation, répondit l'autre. D'après vous, pourquoi se sont-ils endettés ? Certainement pas à cause de la conjoncture économique ou de véritables besoins, ni pour manger. Je vais vous les donner, moi, les raisons : avidité, présomption, désir de paraître. En un mot : futilité. Voilà l'origine de leurs dettes. Rien que des enfants gâtés élevés dans le confort et incapables de supporter la moindre gêne ni la moindre privation. Certains se sont ruinés pour s'acheter des voitures de luxe, d'autres ont tout dépensé pour des femmes ou pour suivre des projets trop ambitieux, d'autres encore se croyaient qualifiés, mais ne l'étaient pas. Aucun n'a de véritable projet de vie, tous derrière leurs fantasmes ou leur apparence, la chose la plus stupide et vaine qui soit.

– Maintenant, c'est vous qui parlez comme un curé, constata Soneri.

– Peut-être, mais moi, je ne donne jamais l'absolution. Moi, je les accueille quand ils viennent me voir, quand ils sont seuls et désespérés. Et je leur offre le remède dont ils ont le plus envie : l'illusion. Je les réconforte, j'essaye de trouver un peu de lumière dans le noir de leur situation. C'est ça qu'ils attendent : une lueur d'espoir, croire que tout n'est pas perdu. À eux ensuite de décider s'ils prolongent leur agonie ou s'ils changent radicalement leur vie en exploitant la dernière porte de sortie avant la ruine.

– Et vous arrivez à les affranchir ?

– Certains, oui, mais la majorité est incapable de se tirer d'affaire, elle n'a aucun nerf, aucune discipline. Que ça vous plaise ou non, ils le veulent, ils veulent être commandés. Croyez-moi, ajouta Gerlanda en ricanant avec cynisme, la plupart des gens ont la liberté en horreur parce qu'elle les écrase sous le poids de responsabilités qu'ils sont incapables de prendre. C'est beaucoup plus simple de se dire qu'il n'existe qu'une seule route : la contrainte sait souvent être plus douce que la liberté. »

En l'écoutant, Soneri avait senti son esprit rebelle se réveiller, mais en même temps, les raisonnements de Gerlanda exprimaient ce que lui-même avait saisi de sa ville : un abandon passif et une accoutumance qui la rendaient méconnaissable.

« Moi, je préfère me garder les désordres de la liberté », précisa-t-il ensuite d'un ton décidé, comme lors d'une plaidoirie.

L'autre le fixa et l'évalua de tout le respect dû à un rival.

« Je ne vous blâme pas. Le monde s'est toujours enflammé pour les idéalistes. Mais ensuite, il leur a toujours tourné le dos. Je prends juste acte de la réalité : je pense qu'il y aura éternellement ceux qui commandent et ceux qui obéissent. La vie est un combat perpétuel pour rester à la surface, et les vainqueurs décident pour les autres. Mes clients sont mis à l'épreuve et s'ils perdent, ils obéissent. Par contre, s'ils arrivent à s'en sortir, ils s'acquittent, c'est aussi simple que ça.

– Ce sont les pires qui gagnent, grommela Soneri.

– Pas forcément, répondit Gerlanda. Ce sont les plus intelligents, les moins émotifs, les plus solides. C'est ce genre de qualités qu'on demande aux vainqueurs, pas la bonté. Vous ne voudriez tout de même pas que ceux qui font tourner le monde soient des chiffes molles ? »

Son discours sentait la galère et la poudre, mais avait le mérite d'être sincère. Soneri savait qu'il fallait se cogner à la réalité pour l'évaluer dans sa globalité. Et dans cette affaire, l'impact était on ne peut plus violent.

« Quoi qu'il en soit, reprit brusquement l'homme en changeant de sujet, je vous ai appelé pour une autre raison.

– J'imagine.

– Je sais qu'on vous a parlé de moi, ajouta Gerlanda en faisant allusion aux visites reçues par le commissaire, et je tenais à vous dire qu'en dépit de tout ce qu'on a pu vous raconter, je n'ai rien commis d'illégal.

– Pourquoi vous inquiéter comme ça, alors ?

– Cette ville est en train de changer, expliqua Roger en se reversant du vin, et pas forcément en mieux. Au contraire… »

Il avait prononcé ces derniers mots en laissant entendre qu'il était parfaitement au courant de la situation.

Soneri l'interrogea d'un geste, son cigare éteint serré entre les doigts. L'autre marqua une pause et parut réfléchir, avant d'ajouter :

« Je suis même persuadé qu'on ne gagnera rien au change.

– Vous avez reçu des menaces ? demanda Soneri malgré l'aspect paradoxal de la question.

– Pas directement, répondit Gerlanda. Je sens s'agiter quelque chose, je ne saurais pas dire quoi.

– Vous voulez parler du meurtre de Galluzzo ?

– Ça non plus, ça n'est pas très beau comme signal, vous ne trouvez pas ? Dans cette ville, jusqu'à maintenant, on n'avait jamais vu une chose de ce genre. Je veux dire, aussi ambiguë, expliqua Roger.

– Vous me demandez ce qui se passe, mais pour l'instant, je n'ai pas de réponses, répondit Soneri. Et je pense que vous en savez plus que moi. »

Gerlanda secoua la tête.

« Je suis dans les mêmes conditions que vous : j'observe, répondit-il. La seule conclusion à laquelle je suis arrivé, c'est que cette ville ressemble de plus en plus à un corps affaibli, prêt à s'attraper n'importe quelle maladie. »

L'image frappa Soneri car il s'était dit plus ou moins la même chose. Dans la touffeur de l'été, Parme ressemblait à une vieille dame souffrante étendue sur les rives de son torrent à sec.

« Pour l'instant, je ne peux pas faire de diagnostic, admit-il ensuite. Mais vu les symptômes, je ne crois pas qu'il s'agisse d'un simple rhume. »

Ils restèrent tous les deux un moment sans rien dire et sans se regarder.

Le commissaire reprit la parole en changeant brusquement de conversation, comme à son habitude :

« Vous aviez prêté de l'argent à Galluzzo ? »

La question fit son effet, et Gerlanda sembla profondément déçu. De toute évidence, il avait cru pouvoir mettre à distance son image d'usurier, mais voilà qu'elle lui retombait dessus indirectement. Il détourna brutalement son regard et marmonna un :

« Non.

– Galluzzo a souscrit une assurance dont la bénéficiaire est Mariangela Rosselli. Or, il s'avère que vous entretenez d'étroites relations avec cette femme, poursuivit Soneri.

– Je ne sais rien de ces contrats, répondit Gerlanda d'un calme menaçant. Et Mariangela ne m'en a jamais parlé.

– C'est curieux, votre amie aussi soutient qu'elle n'est pas au courant, alors qu'une fortune va bientôt lui tomber sur la tête, fit remarquer le commissaire.

– Je vous l'ai dit, abrégea Gerlanda en se levant, la ville est en train de changer, et je ne pense pas que troquer le vieux contre le neuf sera une bonne affaire. »

Soneri resta assis et continua de l'observer, il paraissait immense. Il avait le même aspect solide que la Pilotta, aussi large et puissant qu'un bœuf. Il donna cependant l'impression d'avoir envie de fuir, en proie à un dégoût que son regard soudain voilé avait laissé transparaître. Finalement, Roger le salua et quitta la salle. Soneri resta encore assis quelques minutes et décida de se lever en voyant un serveur s'avancer sur le seuil pour jeter un œil. Le commissaire lui passa devant et parcourut le couloir en direction de la sortie.

La chaleur lui donna un coup de poing dans la figure. Sous ses pieds, l'asphalte aurait pu faire cuire une omelette tandis que les toits maintenaient toujours leur couvercle bouillant de terre cuite sur les immeubles. Il retourna sur la place, prit la via Garibaldi et emprunta les rues écartées qui s'ouvraient derrière les vitrines éclairées : un enchevêtrement de taudis habités par les immigrés. Puis il se retrouva viale Mentana, en face de l'*Astro*.

Il avait été construit à partir d'un hangar désaffecté dont on devinait encore le squelette. À l'intérieur, la musique résonnait dans les enceintes, et des faisceaux de lumière balayaient à intervalles réguliers les danseurs au centre de la piste et les têtes des clients attablés. Soneri y était allé seul pour se faire une idée de l'endroit où Galluzzo abordait ses amants, mais une fois dans la discothèque, sa curiosité l'emporta et il décida de s'y attarder, le cigare à la bouche. Au bout d'un quart d'heure, il s'aperçut qu'on l'observait. Un jeune type blond et plutôt athlétique, en marcel bleu et pantalon blanc, s'approcha et s'appuya contre le mur à côté de lui, et Soneri se dit que son allure de flic avait dû attirer l'attention.

« Vous cherchez quelqu'un ? lui demanda le type dans un italien haché.

– Les amis de Galluzzo, répondit-il.

– Vous êtes de la police ? »

À l'acquiescement de Soneri, le type sembla déçu. Il disparut sans un mot et revint peu après avec un homme plus âgé qui dévisagea le commissaire d'un regard hostile avant d'adresser un signe au plus jeune afin qu'il dégage.

« C'est pour quoi ? grogna-t-il.

– Je suis à la recherche de quelqu'un qui aurait bien connu Francesco Galluzzo, attaqua Soneri en s'efforçant le plus possible d'assumer une attitude de policier.

– Ici, tout le monde le connaissait plus ou moins », déclara l'homme avec froideur.

Le commissaire l'observa attentivement : il devait avoir quarante ans bien tassés, le genre à s'être laissé aller et dont la bedaine et la calvitie lui donnaient plus que son âge. Il appartenait à cette banale catégorie d'arrogants d'un ennui sans nom. Lui aussi, comme Gerlanda, devait être habitué à jouer, mais sans savoir bluffer, ni oser.

« Évidemment, il abordait les jeunes qui se prostituent », affirma Soneri, glacé.

Si l'autre avait eu des cartes à jouer, elles lui seraient tombées des mains.

« Venez dans mon bureau, c'est à l'étage », proposa-t-il ensuite, soumis, presque aimable.

La pièce était fraîche et bien décorée et atténuait parfaitement les bruits de la discothèque.

« Ce qui est arrivé à Galluzzo nous a tous bouleversés, commença par dire l'homme, qui s'appelait Spaggiari. Je gère cet établissement depuis cinq ans, mais c'est la première fois qu'un de mes clients meurt sous les coups.

– Il venait tous les soirs ?

– Quasiment. On avait fini par se tutoyer.

– Vous connaissiez ses inclinations sexuelles ?

– Je l'avais compris à ses fréquentations. Des jeunes types se prostituent…

– L'ennui, c'est qu'ils le font dans votre établissement », frappa Soneri.

Le visage de l'autre s'assombrit.

« Comment je peux l'empêcher ? Si quelqu'un vient ici en payant son entrée et qu'après il se met en couple, c'est pas mes oignons. C'est plutôt à vous, la police, de garder certaines personnes à distance…

– Lesquelles ?

– Ces étrangers qui font tout ce qu'ils peuvent pour ramasser du fric, éclata Spaggiari, exaspéré. C'est une boîte clean, ici, mais moi, je peux pas me mettre à faire le videur, c'est des vrais sauvages.

– Galluzzo était toujours accompagné de la même personne ou bien il en changeait souvent ? »

L'autre sembla fouiller dans sa mémoire.

« Ça brasse beaucoup ici… Mais il y a peut-être quelqu'un avec qui il discutait pas mal, c'est un de mes barmans, il est italien. »

Ils redescendirent dans la boîte et le commissaire fut présenté à un type aux cheveux peroxydés et aux mains frétillantes et virevoltantes de pianiste. Il devait faire partie des conquêtes nocturnes de Galluzzo, car en parlant, il laissait échapper des « Francesco » qui laissaient penser à une intimité. Mais le barman s'empressa de démentir :

« On était juste des amis, rien d'autre, déclara-t-il. Des fois, il me laissait des messages pour des mecs parce qu'il avait confiance en moi.

– Il les rencontrait ici ? demanda Soneri.

– Des fois, pas toujours. Disons qu'ici, il les connaissait, répondit-il.

– Quel genre ?

– Presque tous des étrangers, reprit l'autre avec une pointe de rancœur. Des Roumains et des Moldaves, de ce que j'en sais. Il aimait bien les blonds, faut dire », ajouta-t-il d'un air de commère.

Machinalement, Soneri fixa la chevelure oxygénée du barman.

« Jeunes ? continua Soneri.

– Jeunes, répéta l'autre sans plus de précisions. Et craignos, renchérit-il, plus par perfidie et par rivalité qu'en vue d'une confidence utile.

– Vous voulez dire des délinquants ? insista le commissaire.

– Ma main au feu que c'est des mecs du milieu qui les contrôlent et qui les placent dans les boîtes ou dans certains quartiers, comme les putes. En plus, ils sont tous dedans, confia le barman. Mais vous êtes de la police, vous devez le savoir, tout ça », conclut-il sur un ton qui ressemblait à un reproche.

Soneri acquiesça pendant que l'autre poursuivait :

« C'est des mecs qui ont envie de tout bouffer et qui sont prêts à tout. C'est des sauvages, au moindre affront, ils te massacrent.

– Qui les contrôle ?

– Ce soir, il s'est pas montré. D'habitude, il vient vers dix heures et il reste jusqu'à minuit, expliqua le jeune homme. Le gars a des moustaches et les cheveux bruns, il est assez costaud. Il est facile à reconnaître, il a des bracelets en or. Mais là, si je vous en parle, c'est parce qu'il est pas là. Ni lui ni ses indics », chuchota le barman en s'approchant du commissaire.

Soneri se tourna vers Spaggiari d'un air interrogatif.

« On a peur, se justifia l'homme. Ils sont capables de foutre le feu à la boîte. C'est jamais les mêmes, on sait jamais avec qui faut s'entendre. »

Le commissaire les regardait sans rien dire et comprenait leurs craintes. Car même si la Questure avait deux fois plus d'agents, elle n'éviterait pas le pire. On ne pouvait rien devant l'obstination d'une vengeance. Ni devant une société qui régressait et redevenait primitive, avec la domination et la peur pour uniques lois.

Spaggiari se rapprocha d'un air complice.

« Ces étrangers contrôlent les putes et la drogue. Ça devient très difficile de les refouler parce qu'ils passent tout de suite aux représailles. Ils sont violents, sans pitié. Avant, avec les Italiens, on pouvait discuter et se mettre d'accord sans se marcher sur les pieds, mais avec eux, on n'a que le droit d'obéir, c'est tout, expliqua l'homme avant de se planter devant lui en le fixant avec des yeux de fou. C'est des bêtes sauvages, ils ouvrent seulement la bouche pour faire des menaces. Je sais pas si c'est leur vie qu'ils ont eue avant, mais ils ont plus aucun sentiment », conclut Spaggiari d'une voix tremblante de colère et de terreur.

Soneri repensa alors au discours de Gerlanda sur la ville en cours de mutation. Parlait-il de la même chose ? Cherchait-il à lui signaler une génération de truands bien plus dangereuse que celle qu'il avait appris à connaître durant toutes ses années de Questure ? La ville ne s'était sans doute pas encore aperçu du mal silencieux qui la rongeait, mais un jour ou l'autre, il exploserait comme un feu longtemps couvé et se mettrait à gronder.

« Comment s'appelle l'homme aux bracelets ? demanda alors le commissaire.

– Ici, tout le monde l'appelle "le contrebandier", parce qu'il a commencé par vendre des cigarettes. Après, apparemment, il est passé aux putes et à la drogue », précisa Spaggiari pendant que le barman essuyait le comptoir avec un chiffon et confirmait ses dires par de petits signes brefs.

Lorsque Soneri manifesta son intention de partir, Spaggiari le saisit par un bras et ce geste l'agaça.

« Je compte sur vous, chuchota l'homme, me mettez pas dans le coup, pour moi, ça finirait mal. »

Soneri le regarda quelques secondes avant de le rassurer :

« Ne vous inquiétez pas, je connais mon métier. »

À la sortie de la boîte, viale Mentana, il fut surpris par le calme de la ville au plus fort de la nuit. Seules quelques voitures et la cloche du *duomo*, sonnant gravement une heure, en interrompaient la quiétude. Il emprunta les venelles à l'arrière de la cathédrale et devina, dans l'air stagnant, l'odeur de plastique brûlé des poubelles retombée au sol qui occupait les vides entre les immeubles étroits. Tout finissait par se dissoudre dans l'agonie nauséabonde d'un plat carbonisé. Les propos de Spaggiari sur la méchanceté et la déferlante de nouveaux pillards dans la vie retirée d'une ville cachée depuis toujours comme une truffe résonnaient dans sa tête. Il voulut appeler Juvara, mais s'en empêcha, au vu de l'heure tardive. L'asphalte avait avalé la fournaise, et maintenant, une brise légère et minuscule soulageait l'âme et séchait la sueur sur la peau. Elle n'avait toutefois pas encore pénétré les maisons : la nuit préparait un nouveau bain-marie.

8

Un soleil opalin éclaira son visage et le réveilla prestement. Il se releva pour s'asseoir dans son lit et constata que l'heure la plus fraîche de la journée était déjà passée : ne restait plus qu'à transpirer. En ces matinées inondées de lumière, il ressentait toujours le besoin des aubes sombres de l'hiver, peuplées de présences discrètes qui se meuvent en silence au milieu du brouillard et des réverbères. L'été ne lui témoignait d'aucun charme, il trouvait la saison vulgaire. Il traversa le centre et débarqua à son bureau où, pour la première fois, le ventilateur de Juvara lui apparut providentiel.

L'inspecteur arriva peu après, le visage chiffonné par un mauvais sommeil.

« Galluzzo avait déjà subi deux faillites, vous le saviez ? »

Soneri secoua la tête et mit en branle son attention.

« Non, mais je savais qu'il vivait largement.

– La première, il y a sept ans : il possédait une société de courtage en immobilier. La deuxième, quatre ans plus tard, cette fois avec une entreprise de vente en gros, dans le textile. »

Ils se regardèrent en silence en se demandant ce que cette affaire voulait dire. Mais comme chacun avait l'air de vouloir garder ses conclusions pour soi, Juvara passa à autre chose.

« Le magasin de la via Cavour n'était pas à son nom, mais à celui d'un de ses neveux qui habite en Calabre, un garçon de vingt ans. »

Soneri laissa échapper un « Ah ! » qui attira l'attention de l'inspecteur. Lequel ajouta :

« Beaucoup de choses ne sont pas à son nom. Ni sa voiture, ni son appartement.

– Peur de réquisitions ou de saisies, sans doute », supposa le commissaire qui, en pensant à ce type de recours, se souvint des menaces dont s'était plaint Spaggiari.

Il décrocha alors son combiné et composa le numéro de Draghi.

« J'ai un travail pour toi, annonça-t-il. Va donner un coup d'œil à l'*Astro*, tu vois cette boîte de nuit, viale Mentana ? Je veux tout savoir : à qui elle appartient, qui la fréquente, si elle marche ou si elle perd de l'argent… C'est là que Galluzzo abordait ses amants. D'après mes renseignements, le trafic est aux mains des Albanais. Leur chef est un type brun, costaud, avec des gros bracelets en or, tout le monde l'appelle "le contrebandier", c'est son surnom. Essaye de connaître son identité et qui est au-dessus de lui. À part ça, dans la boîte, en plus du trafic de culs, y a un gros trafic de came. »

Soneri revint à Juvara qui lisait ses notes.

« Malgré sa faillite, il a continué à claquer sans problème. Restaurants, vêtements de marque, passion pour les Rolex… énuméra-t-il.

– Il allait manger où ? s'informa aussitôt le commissaire.

– À la *Tour d'Argent*[1] mais aussi au *Nabucco*.

– C'était sûr », grommela Soneri.

Juvara ne fit aucun commentaire et poursuivit son rapport sur Galluzzo :

« Il y a dix ans, il a été signalé au cours d'une opération antidrogue dans une boîte milanaise. Apparemment, c'était un gros consommateur, mais aujourd'hui, il semblerait qu'il ait arrêté la drogue.

– Va savoir où il trouvait l'argent pour mener une vie pareille, dit le commissaire après avoir réfléchi.

– Sûrement pas sur son compte en banque, répondit Juvara. Ni dans les recettes du magasin.

– Sa famille devait lui refiler du fric, supposa Soneri.

– C'est sûr qu'elle n'en manque pas, mais pas sûr qu'il soit propre », balança Juvara.

Le commissaire se rappela le visage affligé de la sœur et songea à quel point les individus pouvaient paraître différents de ce qu'ils sont. L'expression triste et résignée de Filomena le convainquait de moins en moins.

« Les collègues de la Direction du district antimafia de Reggio Calabria, continua l'inspecteur, m'ont envoyé un rapport sur Galluzzo d'où il ressort que la famille est soupçonnée de faire partie du pôle financier de la pègre, expliqua-t-il.

– En gros, ils n'ont jamais réussi à les coincer, mais ils sont sûrs qu'ils manipulent de l'argent sale, résuma le commissaire

– Exact, confirma Juvara. N'oubliez pas les activités immobilières de Salvatore Centazzo, ici, dans le Nord, ajouta-t-il.

– Qui ça ?

1. En français dans le texte.

– Salvatore Centazzo, le beau-frère de Galluzzo, le mari de Filomena », clarifia l'inspecteur sur un ton un peu trop didactique et agaçant pour Soneri.

Il avait oublié le beau-frère. La comédie comptait de plus en plus de personnages, et l'enquête prenait de l'ampleur. Un appel de Pasquariello l'informant qu'il avait du nouveau ajouta un personnage de plus au scénario.

« Commissaire, on vient de coincer un Moldave avec une Rolex qui a l'air d'appartenir au type assassiné de la via Cavour.

– Et où il est ?

– Ici, chez nous, on l'a ramené ici. »

Soneri raccrocha sans répondre et sortit du bureau. En marchant le long des couloirs et en descendant les escaliers, il fut saisi de mauvaise humeur. Cette affaire passait son temps à le désorienter. Au début, il avait cru à un vol qui avait mal tourné, ensuite à des coups trop violents pour venger qui sait quel affront, enfin, des dettes et l'ombre de Gerlanda avaient fait leur apparition. Mais voilà qu'aujourd'hui on en revenait à une banale dispute entre un homosexuel et un jeune prostitué moldave.

La solution la plus probable avait donc la tête d'un jeune blond aux petits yeux bleus qui envoyaient des éclairs menaçants. Pasquariello donna son nom : il s'appelait Nicolai Tudor. Il était assis sur le banc adossé au mur et braquait sans bouger son regard sur la porte tel un félin prêt à bondir. Mais au moment où Soneri s'approcha, il emprunta une expression d'indifférence.

« Il dit que c'est Galluzzo qui lui a offert la montre il y a deux mois », anticipa Pasquariello.

Le jeune homme se tourna légèrement pour vérifier du coin de l'œil la réaction du commissaire.

« De Angelis et la sœur ont décrit soigneusement les objets disparus, y compris les Rolex, et les détails coïncident, reprit le commandant.

– S'il te l'avait offerte il y a deux mois, pourquoi on l'a retrouvée chez Galluzzo quelques jours avant sa mort ? » demanda Soneri en fixant le garçon.

Ce dernier releva le menton pour signifier qu'il n'en savait rien.

« Je l'ai pas volée, c'est lui qui l'a offerte », protesta-t-il ensuite en montant d'un ton.

Un agent était sur le point d'intervenir, mais le commissaire l'arrêta en s'adressant de nouveau à Tudor.

« Vous vous voyiez souvent ? demanda-t-il en changeant de sujet.

– Au moins une fois par semaine, des fois deux.

– À l'*Astro* ?

– Même ailleurs.

– Galluzzo avait beaucoup d'amants ?

– Des tonnes, répondit le type en haussant les épaules.

– Et pourquoi il t'aurait offert une Rolex, à toi, en particulier ?

– Il disait qu'il était bien avec moi. Mieux qu'avec les autres.

– Et toi, tu te sentais comment avec lui ? »

Le garçon le fixa, le regard triomphant de méchanceté.

« C'était un client, c'est son argent qui m'intéresse, comme pour les autres », persifla-t-il, désarmant de sincérité.

Les propos de Gerlanda sur les ventres vides revinrent à l'esprit du commissaire et se concrétisèrent en une seconde dans l'expression méchante d'un jeune homme de mauvaise vie.

« Tu te souviens du jour où Galluzzo t'a fait ce cadeau ? » reprit-il.

L'autre acquiesça.

« Le jour de mon anniversaire.

– La date ?

– 8 juin. Je lui avais dit qu'on se verrait pas, mais il a insisté pour me voir que deux minutes et il m'a donné la montre, expliqua le jeune homme.

– Il te faisait souvent des cadeaux ? »

Tudor leva la main gauche pour montrer sa bague en or.

« Ça aussi, c'est Francesco qui l'a donné, dit-il, affichant encore son espèce d'expression triomphante qui sentait le défi et la provocation.

– On fait comment pour savoir si c'est vrai ? » commenta Pasquariello.

Le sourire du Moldave s'éteignit.

Le commissaire regarda son collègue dans les yeux avec cette impression soudaine d'avoir trouvé la solution. C'était presque trop simple. Même pas besoin de chercher. La solution était venue d'elle-même. Il en resta sans voix, et c'est Pasquariello qui parla à sa place.

« Emmenez-le », dit-il aux agents tandis que le commissaire avait l'air presque désarmé au centre de la pièce, le regard dans le vide et l'esprit confus.

Il trouvait un peu gros que l'affaire se résolve grâce aux indices évidents qui accablaient le Moldave. Pourtant, tout collait : il portait la Rolex de Galluzzo, et ses justifications ne tenaient pas face au témoignage de la sœur et de De Angelis.

Il retraversa les couloirs de la Questure et demanda à Juvara dès qu'il entra dans le bureau : « Combien de bijoutiers vendent des Rolex, en ville ? »

L'inspecteur le regarda, légèrement étonné.

« Je ne sais pas. Pas beaucoup, d'après moi.

– Essaye de savoir si l'un d'entre eux en a vendu une à Galluzzo, le 8 juin ou quelques jours avant. »

Juvara obtempéra et se mit à son ordinateur, mais le commissaire ajouta : « Vas-y sur place avec une photo de Galluzzo. »

Une pointe de dépit se dessina sur le visage de l'inspecteur : il était près de midi, l'heure la plus torride.

Dans le même temps, Soneri s'était assis à sa place dans le champ d'action du ventilateur, en s'appuyant à son dossier. Il se sentait vidé. Le moment était enfin venu de pouvoir s'occuper de l'usure et de Gerlanda à temps plein. Mais Gondo refit surface : pourquoi avait-on volé son accordéon ? Car à bien y réfléchir, c'était cette histoire qui avait entretenu la petite flamme du doute : si le Moldave avait pris des complices pour tendre un piège à Galluzzo et le dépouiller, qu'est-ce que le vol d'un vieil accordéon venait faire là-dedans ? Dans la reconstitution des faits, une pièce se présentait sans que l'on sache où la placer. Les menaces faites à la Rosselli n'avaient rien à y voir non plus et devaient plutôt être liées à des micmacs d'argent autour de Gerlanda. Gondo, non. Gondo était lié à l'homicide de Galluzzo, Soneri en était sûr.

Juvara se leva bruyamment de son bureau et vint lui mettre un dossier sous les yeux. Perdu dans ses pensées, il n'y prêta pas tout de suite attention, mais après y avoir jeté un œil, il se rendit compte qu'il s'agissait des fadettes des deux portables de Galluzzo. Le soir de l'homicide, il n'avait ni téléphoné ni reçu d'appels après vingt-deux heures. Il regarda ensuite les appels des jours précédents et remarqua plusieurs numéros récurrents, dont l'un correspondant à celui de Tudor.

La fadette remontait aux quinze derniers jours, trop peu pour satisfaire la curiosité qui occupait à ce moment-là l'esprit du commissaire.

« Je voudrais aussi les fadettes du début du mois de juin, jusqu'au 8 », ordonna-t-il.

Juvara obéit sans broncher. Quelques minutes plus tard, il annonça avec soulagement :

« Il n'y a que trois revendeurs de Rolex dans toute la ville.

– Tu as de la chance, tu n'auras pas à courir partout », commenta le commissaire.

Le téléphone sonna.

« Alors, l'affaire est résolue ? s'informa Percudani.

– Pourquoi, il a avoué ? s'étonna Soneri en retour.

– Non, je ne l'ai pas encore interrogé, mais il me semble que tout prouve sa culpabilité. »

Soneri en resta interdit, le combiné à la main. Il aurait bien aimé trouver quelque chose à dire pour démentir l'assurance du magistrat, mais il n'arrivait pas à traduire ses pensées en un discours sensé.

« Vous n'êtes pas convaincu ? insista alors Percudani.

– Les indices suggèrent que vous avez pris ce garçon la main dans le sac, répondit-il, un brin énigmatique.

– Qu'est-ce qui ne vous convainc pas ? poursuivit le magistrat.

– Je dis juste qu'il vaut toujours mieux vérifier, si on veut prouver ce qui a l'air évident, expliqua Soneri.

– Oui, on peut creuser, c'est légitime, concéda Percudani, à son tour contaminé par le doute. Mais y aurait-il d'autres éléments dont je n'aurais pas eu connaissance ? insista-t-il.

– Non, aucun, le rassura le commissaire. C'est juste une question d'expérience. Mon métier m'a appris que les choses ne sont jamais aussi simples, et que si elles en ont l'air, ça cache toujours quelque chose.

– Très bien, nous verrons », abrégea le magistrat.

Soneri raccrocha et songea que l'expérience n'avait aucune valeur scientifique, juste ce pouvoir d'instiller le doute. Pris d'une légère anxiété, il se leva et sortit. Une idée fixe bourdonnait dans sa tête sans qu'il n'arrive à la saisir, et cette intense activité l'inquiéta à tel point qu'elle l'emmena déambuler dans les rues de la ville, oubliant presque son corps trempé de sueur et le soleil impitoyable cognant sur les trottoirs. Quelques minutes plus tard, il arriva borgo del Parmigianino et sonna à l'interphone de Filomena Galluzzo. La serrure se déclencha, et il entra dans le hall sombre où le climat était plus acceptable. Il monta l'escalier, s'arrêta devant la porte de l'appartement et attendit que la femme vienne ouvrir. On entendait Filomena parler en calabrais au téléphone, la voix excitée. Soneri ne comprenait pas grand-chose, mais fut frappé par le ton cassant qu'elle employait, aussi rêche que la chaux : le ton des donneurs d'ordres.

Quand elle lui ouvrit, Filomena tenta de dissimuler au commissaire les rides de colère qu'elle portait encore sur le visage et reprit l'expression endeuillée et affligée de leur première rencontre en le faisant asseoir à sa place habituelle.

« Vous êtes sûre de ce que vous avez déclaré aux agents pendant l'inventaire ? lança Soneri sans préambule.

– *Dottore*, répondit-elle aussitôt, je connaissais bien Francesco. Il venait de déménager, et c'est moi qui avais tout installé dans l'appartement.

– Je veux parler des Rolex de votre frère : vous êtes sûre qu'elles étaient toutes à leur place les jours qui ont précédé sa mort ? »

La femme le fixa intensément et un bref éclair de méfiance traversa son regard.

« J'en suis sûre. Il avait une passion pour ces montres et il voulait même en acheter une autre. Je n'étais pas très pour, mais il a fini par m'écouter. Il m'a dit : "C'est vrai, les miennes me suffisent."

– Nous avons arrêté un jeune homme, un Moldave, poursuivit le commissaire. Il portait le même genre de montre que celles de votre frère. »

La méfiance brilla une nouvelle fois dans les yeux de Filomena et en modifia l'éclat comme la gélatine d'un projecteur.

« C'est lui ? demanda-t-elle d'une voix menaçante.

– C'est probable, se limita à dire Soneri. Nous devons encore faire des vérifications pour le coincer. Cette personne soutient que votre frère lui en a fait cadeau parce qu'il avait un faible pour lui. »

Filomena tordit son visage et sa bouche comme si elle avait voulu cracher par terre.

« Vous saviez que votre frère aimait les garçons, non ? » ajouta le commissaire.

La femme eut un frisson d'énervement.

« Il n'aurait jamais offert ce genre de montre », marmonna-t-elle.

Mais Soneri devina que la raison de son irritation résidait davantage dans le comportement de son frère que dans le fait d'en vouloir à un probable assassin. Certes, l'homosexualité de Francesco Galluzzo était une épine au pied de la famille, mais il y avait probablement autre chose. C'est pourquoi Soneri changea de sujet.

« De quoi vivait votre frère ? » demanda-t-il avec une certaine nonchalance.

Elle le regarda, légèrement troublée. Puis, ainsi qu'elle l'avait fait la première fois, elle tira une chaise de sous la table pour s'asseoir. Son visage s'assombrit et donna au commissaire l'impression d'un gros effort pour réprimer sa colère, mais elle reprit bien vite le contrôle d'elle-même.

« Avec le magasin », se borna-t-elle à répondre en faisant tout son possible pour que la chose paraisse évidente.

Soneri la scruta calmement, mais Filomena, tel un joueur de poker, soutint parfaitement son regard.

« Je ne crois pas, affirma-t-il, toujours extrêmement calme.

– Qu'est-ce que vous voulez dire ? dit-elle d'une voix monocorde et vaguement menaçante.

– Je veux dire qu'il avait des habitudes trop dispendieuses pour s'en sortir avec un magasin qui ne vendait pas grand-chose. »

Filomena continuait de le regarder fixement sans qu'un seul son ne sorte de sa bouche. Un silence plus qu'éloquent.

« Restaurants, boîtes de nuit, fréquentations masculines… Trop pour un commerçant régulièrement à découvert. »

Elle avait l'air de chercher une sortie de secours. Soneri continuait de l'observer et remarqua qu'elle s'était mise à transpirer. Elle poussa alors un soupir libérateur avant de murmurer :

« Je lui donnais de l'argent.

– Le vôtre ou celui de votre famille ?

– De l'argent, dit-elle à nouveau, gênée. L'argent, c'est de l'argent, non ?

– Ce qui m'intéresse, c'est de savoir si vos frères étaient concernés ou s'il n'y avait que vous et votre mari à débourser, insista le commissaire.

– C'était mon argent. Il y avait assez de zizanie comme ça dans la famille.

– Et votre mari n'y trouvait rien à redire ? »

La femme haussa les épaules au moment où le téléphone sonna. Elle sauta sur ses pieds pour aller répondre, juste le temps de prononcer quelques phrases en calabrais, sèches comme des rafales, et de raccrocher. Soneri eut alors la sensation d'avoir une autre femme en face de lui. On comprenait que l'affliction était un masque sous lequel se cachait un caractère de prédateur.

À la grande surprise du commissaire, Filomena reprit le fil de la conversation là où ils en étaient restés.

« Moi et mon mari, on vit comme dans le temps : l'honneur avant tout. On ne laisse pas un membre de la famille se couvrir de dettes. Et comme on travaille dans le commerce… La réputation, ça veut dire quelque chose dans notre métier.

– Il vous coûtait cher ?

– Assez, oui. Moi et Salvatore, on essayait de le limiter. Je vous l'ai dit : pour ça, mon frère était encore un enfant et, dès qu'il voyait une belle chose… »

D'après les descriptions qu'on lui avait faites, Centazzo n'avait rien d'un type prodigue. En revanche, Soneri trouvait Filomena Galluzzo de plus en plus ambiguë, alternant entre matrone affligée et dame de fer, comme celle qu'il avait entendue parler au téléphone. La sonnerie de son portable interrompit ses réflexions.

« J'ai du nouveau », lui annonça Draghi.

Soneri lorgna sa montre et s'aperçut qu'il était treize heures passées.

« On se voit après déjeuner », répondit-il avant de raccrocher.

Filomena s'était levée et semblait l'inviter à débarrasser le plancher. Il y avait un fond de rancune dans son regard, à la limite d'un désir de vengeance. Soneri lui lança un dernier coup d'œil pour lui faire comprendre qu'il était parfaitement serein, retrouvant ainsi toute son assurance. Il redescendit dans la rue et déboucha via Cavour. La chaleur lui parut encore plus étouffante, mais il résista à la tentation d'entrer dans un bar climatisé. À hauteur de la via Dante, le vacarme des conserves et des sifflets se fit à nouveau entendre du côté de la rue parallèle, via Garibaldi. Il se tourna et découvrit alors une chose qu'il n'avait pas encore remarquée : depuis cet endroit, on apercevait une partie du *Regio* et Gondo, abandonné sur son accordéon. Jusqu'ici, il n'avait pas pensé à l'ouverture de la via Dante qui léchait l'abside de l'église de la Steccata et reliait en ligne droite un morceau du théâtre avec la via Cavour, tout près du logement de Galluzzo. Y avait-il un lien ? Gondo, depuis ses marches, avait-il reconnu quelqu'un le soir où Galluzzo avait été assassiné ?

Son raisonnement resta en suspens et flotta dans son esprit comme un ballon dans le vent tandis que son regard dévisageait les travailleurs de la *Forneria Duomo* qui protestaient devant le Conseil régional. Ils étaient encore moins que la dernière fois et sans doute aussi plus résignés. Les gens continuaient de les effleurer, indifférents et parfois agacés. Soneri éprouva un reflux soudain de mauvaise humeur : il trouvait toute la ville inerte, stérilisée par la chaleur bouillante de la mi-journée. Un corps mort sur lequel erraient des milliers d'insectes rivalisant pour leur survie.

Il entendit, au milieu des clameurs d'ouvriers protestataires, les deux notes obsessionnelles de Gondo tentant vainement de faire prendre son envol à une mélodie.

À cet instant, une célèbre musique surgit de la poche de son pantalon.

« Tu as déjà les pieds sous la table ? s'informa Angela par portable interposé.

– Je suis dehors en train de bronzer, lui répondit-il.

– Tu sais que Gerlanda n'a plus sa maroquinerie ?

– Il l'a vendue ?

– Il semblerait. Mais Cavatorta est encore dessus. On ne connaît pas les acheteurs.

– Comment tu le sais ?

– Par un ami expert-comptable qui connaît pas mal de monde à la chambre de commerce.

– Quand est-ce qu'ils ont conclu la vente ?

– Il y a quelques jours, la nouvelle est toute fraîche. »

Soneri se dit que de gros changements avaient lieu dans cette ville, faits de mouvements indétectables et de déplacements d'équilibres et de pouvoirs.

« J'ai entendu Rondani, poursuivit Angela, et selon lui, le passage ne s'est pas fait sans douleur.

– Qu'est-ce que ça veut dire ?

– Ça faisait un moment que Roger et Cavatorta ne s'entendaient plus. Avec la maroquinerie, Gerlanda aurait voulu réitérer ce qu'il avait déjà échafaudé pour la *Forneria*, mais l'autre n'était pas d'accord. C'est pour ça qu'il a décidé en toute autonomie de vendre sa quote-part à la société qui est maintenant propriétaire, avec une clause qui permet à l'associé de continuer de gérer l'usine. Mais il y a quelques jours, Cavatorta a lui aussi vendu.

– Il a tout lâché sans opposition ? demanda le commissaire avec étonnement.

– Rondani n'en sait pas beaucoup plus. Il y a peut-être eu des discussions. Lui aussi a trouvé bizarre que Roger ait renoncé au plan de revalorisation urbaine de la zone en vendant avant. »

Pour Soneri, il devait y avoir un très gros adversaire si Gerlanda avait battu en retraite.

« Comment se fait-il qu'on ne connaisse pas les acheteurs ? demanda-t-il.

– Les nouveaux propriétaires se cachent derrière le sigle d'une société, expliqua Angela. Peut-être qu'avec les moyens dont tu disposes, tu pourrais réussir à savoir qui c'est, mais à mon avis, ce sera un prête-nom.

– Un jeu d'enfant… » maugréa le commissaire.

Ce ne serait pas le premier personnage à jouer deux rôles dans cette histoire.

9

« Commissaire, attaqua Draghi, le visage tourné vers le ventilateur, vous arrêtez pas de vous demander de quoi il vivait, Galluzzo ? Je vais vous le dire, annonça-t-il de son accent romain un tantinet frimeur. Cocaïne.

– Tu veux dire qu'il dealait ?

– Par charretées. Les Stups auraient de quoi vivre dessus pendant six mois.

– À l'*Astro* ? demanda le commissaire.

– Ouais. C'est là-bas qu'il négociait les pains de coke avec les Albanais, parce que, aujourd'hui, c'est eux qui contrôlent le trafic en s'alliant avec les nouvelles mafias qui se sont casées dans le Nord ces dernières années, en particulier les Calabrais.

– Les Calabrais ? répéta Soneri.

– C'est pas non plus une nouveauté ! » fit remarquer Draghi, un peu étonné.

Mais dans la tête du commissaire deux réflexions s'étaient soudées : le dialecte aigu de Filomena et la colonisation de ses compatriotes.

« Et Galluzzo dealait seulement là-bas ? interrogea-t-il.

– On m'a dit qu'il livrait parfois la came à domicile directement chez ses clients, mais le plus gros avait lieu dans son magasin, via Cavour. Il prenait un pourcentage.

– Et c'était qui, sa clientèle ?

– Une clientèle insoupçonnable, des personnages en vue dont on ne met pas en doute la réputation : politiques, industriels, avocats, médecins…

– La classe dirigeante », commenta Soneri avec sarcasme.

Draghi se contenta de ricaner :

« Un genre de VRP…

– Ça ne va pas nous faciliter la tâche, murmura le commissaire.

– Et pourquoi ? C'est une histoire de second plan, tout au plus. De toute façon, l'affaire est résolue, la vieille voisine de Galluzzo a reconnu Tudor, elle nous a dit qu'elle l'avait croisé plus d'une fois dans les escaliers. La boucle est bouclée, non ? »

Soneri exprima ses doutes en une petite grimace.

« Quand est-ce qu'elle vous a dit qu'elle l'avait reconnu ? demanda-t-il en s'agaçant du retard avec lequel on l'informait des dernières nouveautés.

– Ce matin, répondit timidement Draghi. C'est pas officiel, c'est grâce à un copain du 17. Il m'a mis dans la confidence. Il m'a dit qu'en montrant les photos à la vieille, elle n'avait eu aucun doute.

– Tu m'as dit que les fournisseurs de Galluzzo, c'étaient les Albanais, non ? dit le commissaire en changeant de sujet.

– Ouais. C'est eux qui font tourner les gros stocks, mais c'est les Italiens qui restent au sommet de l'organisation. »

Soneri hocha la tête. Il se rendait compte que Filomena lui avait menti, l'argent ne sortait pas de sa poche, et son frère était loin d'être un personnage clair et transparent. Draghi avait également pris soin de parcourir l'agenda que la victime gardait à la boutique et avait découvert d'autres coordonnées téléphoniques et références de sa clientèle. Le commissaire les examinait lorsque Juvara reparut au bureau.

L'inspecteur s'assit lourdement à sa place et annonça en s'épongeant : « Galluzzo s'est bien acheté une Rolex le 7 juin. »

Encore un témoignage qui s'écroulait d'un coup : De Angelis et la sœur s'étaient-ils mis d'accord pour déclarer que toutes les montres appartenaient à Galluzzo, y compris celle offerte au Moldave ? Après tout, c'était leur intérêt de rejeter toute la faute sur le jeune homme pour détourner l'attention du reste.

« J'ai l'impression qu'on s'est trompés de personne, soupira Soneri en laissant tomber ses mains sur son bureau.

– De toute façon, Tudor est mêlé à l'affaire, faut juste tirer son rôle au clair : principal ou secondaire », résuma Draghi.

Le téléphone les interrompit.

« La voisine de Galluzzo a reconnu le petit ami de Francesco, confirma Percudani. Je crois que la boucle est quasiment bouclée.

– Quasiment, souligna Soneri. Et il est possible qu'elle ne se boucle pas. Il y a encore pas mal de choses à éclaircir.

– Par exemple ? demanda le juge, légèrement angoissé.

– Apparemment, la sœur et De Angelis ont menti : Galluzzo a bien acheté une Rolex la veille de l'anniversaire du Moldave. La même Daytona qu'il avait au poignet. Je pense même, continua Soneri sur sa lancée, que les deux étaient au courant du cadeau et qu'ils ont fait exprès de mettre la montre sur la liste des objets volés. Histoire de décharger la faute sur un jeune étranger peu crédible. »

Le juge resta silencieux sans que le commissaire ne comprenne s'il réfléchissait ou s'il était seulement déçu de constater que la solution de l'affaire finissait en queue de poisson.

« Le questeur tenait déjà tout pour acquis, reprit ensuite Percudani, cela dit, j'avais moi aussi l'intention d'ordonner la vérification que vous avez faite, vous m'avez devancé.

– Je suis désolé de décevoir le questeur, grommela Soneri en essayant de ne pas faire montre de sarcasme.

– Il devait être pressé de se présenter devant les caméras. Il va devoir reporter le rendez-vous, commenta Percudani. Mais pour nous, il est urgent de suivre une autre piste.

– Pour l'instant, on bat plutôt des sentiers, se désola le commissaire. Galluzzo dealait de la cocaïne parce qu'il avait besoin d'argent pour son train de vie. La sœur soutient qu'elle lui en donnait, mais là aussi, je pense qu'elle ne dit pas la vérité.

– Centazzo n'aurait pas déboursé un centime, confirma le juge. J'ai moi aussi pris mes renseignements sur cet individu.

– Vu l'assurance souscrite par Galluzzo au bénéfice d'une des maîtresses de Gerlanda, je pense que l'usurier est mêlé à tout ça. »

Percudani laissa échapper la moitié d'un juron.

« Ah oui. Le financier occulte de Parme, on n'a jamais réussi à le coincer.

– Visiblement, il connaît des difficultés, l'informa Soneri. Il y a quelques jours, il a vendu son usine de maroquinerie en renonçant à une affaire sur une zone très rentable : ça ne lui ressemble pas.

– Les équilibres de la ville sont en train de changer, et d'après moi, cette affaire va nous dire comment », conclut Percudani en raccrochant.

Le commissaire fut ravi de constater qu'ils étaient sur la même longueur d'onde. Il regarda dehors : l'air immobile et la chaleur suffocante laissaient deviner ces après-midi suspendus où tout est condamné aux rez-de-chaussée obscurs et aux premiers étages encore enveloppés de la fraîcheur du sol. Dans l'ombre, on préparait la mutation d'une ville passive, anesthésiée par le mois d'août.

« À ce niveau-là, tout est possible, dit Draghi, en reprenant le fil de leur conversation. Soit Galluzzo dealait en se mettant des doses de côté ou en planquant de l'argent, soit il s'endettait auprès de l'organisation. À tout prendre, je pencherais plutôt pour la première hypothèse, glosa l'inspecteur.

– L'aspect le plus intéressant de l'histoire est d'arriver à savoir qui va récupérer l'espace que Roger occupait jusqu'ici, intervint Juvara qui n'avait pas encore pris part à la discussion.

– Gerlanda est encore solide, c'est tout sauf un faible, ajouta Draghi.

– L'histoire de la maroquinerie est quand même un gros signe de faiblesse, souligna le commissaire, parce qu'en ce moment, tout le monde fait des affaires avec les zones industrielles, la modification du plan d'urbanisme en a remis un paquet en jeu. La mise est très élevée.

– Difficile de croire qu'un type comme Roger ait laissé échapper une occasion aussi énorme, ajouta Draghi.

– Ça a marché avec la *Forneria*, dit Juvara.

– Pas tout seul, rectifia le commissaire avant d'ajouter : À propos de la *Forneria*, ce serait pas mal de savoir qui se trouve derrière. Et de connaître les acquéreurs du terrain de la maroquinerie. »

L'œil du commissaire, telle une boule de roulette, hésita quelques instants entre Draghi et Juvara et s'arrêta finalement sur ce dernier, imbattable pour ce genre d'enquête.

« Quand est-ce qu'on aura les fadettes ? demanda enfin Soneri.

– Sans doute avant ce soir, répondit Juvara. On doit recevoir les premiers P-V des écoutes demain. »

Ils restèrent un court moment sans rien dire, conscients tous les trois de devoir tout reprendre depuis le début. Puis le regard de Soneri se détacha des visages de ses collègues et, à travers les vitres du bureau, s'enfonça dans l'épais rideau de chaleur qui stagnait sur l'horizon de tuiles de la vieille ville. Une envie soudaine de bouger le cueillit en pleine contemplation, il lui fallait se distinguer de ce ciel mort et immobile. Les deux inspecteurs le virent bondir sur ses pieds, prendre son portable et sortir, comme poussé par le souffle du ventilateur qu'il venait de traverser.

La lumière opaque de l'après-midi finissant semblait filtrer d'un abat-jour, mais la chaleur ne lâchait rien. Il franchit le porche de la Questure côté via Repubblica et se mit en route le long du trottoir en direction de la barrière qui marquait la fin du centre historique et se poursuivait sur la plus large via Emilia.

Il avait de vagues pensées en tête et une urgence indéfinissable qu'il tentait d'éclaircir en marchant. C'est alors qu'en voyant l'entrée du *Nabucco* de l'autre côté de la rue, il eut une idée lumineuse. Il repéra la plaque de la Société Maria Luigia, entra dans l'immeuble et monta les escaliers.

Il se retrouva au premier étage devant une porte blanche d'appartement élégante et discrète. La nature même de la ville semblait y être gravée : en apparence irréprochable, un bordel en réalité. Il fut accueilli par une employée en tailleur à l'expression hostile : « Vous êtes de la police ? » et Soneri se demanda si elle réservait à ses clients la même expression d'amabilité glaciale. Elle disparut ensuite dans le couloir avant d'y revenir deux minutes plus tard, juste le temps pour le commissaire d'apprécier la température de la climatisation et le silence profond des bureaux. La femme lui fit signe de la suivre et s'arrêta en face de l'une des portes avant de l'entrouvrir et de l'inviter, d'un nouveau geste, à y entrer.

Il fut frappé par le contraste entre la stature de Gerlanda et l'étroitesse de la pièce où tout avait l'air étranglé, en recherche d'espace.

« Asseyez-vous, dit l'homme d'une voix grave, je savais que vous finiriez par venir. D'une certaine manière, je m'y attendais. »

Surpris par cette dernière phrase, Soneri resta un bon moment debout devant Roger en tentant de la déchiffrer. L'autre lui adressa alors un geste plus vif, à la limite de l'injonction, pour lui indiquer le fauteuil.

Une fois assis, le commissaire constata avec effroi que sa visite n'était motivée par aucun but précis ni question directe à poser à Gerlanda. Il avait des choses à lui demander, mais il se rendait compte qu'il s'agissait davantage de questions intimes que de questions de commissaire. Auxquelles Roger ne répondrait certainement pas, fût-il en présence d'un prêtre. Soneri s'en tint donc à une simple curiosité :

« Alors comme ça, vous m'attendiez ?

– On avait commencé une conversation… répondit Gerlanda d'un air vague. Je pensais que ça vous intéresserait de la terminer.

– C'était une conversation qui vous concernait, signala le commissaire.

– Elle concernait cette ville, ce qu'elle est et ce qu'elle devient. Elle concerne tout le monde, en définitive. »

Il parlait assez bas, presque fatigué.

« Il se passe de drôles de choses, admit Soneri. Ou tout du moins inhabituelles », ajouta-t-il.

Gerlanda le scruta d'un regard pénétrant. Ses prunelles possédaient une dureté intimidante, comme les boxeurs qui se défient sans se lâcher des yeux.

« Vous voulez parler de la mort de Galluzzo ?

– Oui. Mais pas seulement. »

L'homme s'agita, comme pris de frissons, et donna au commissaire cette impression de vouloir chasser un insecte pénible.

« Je n'ai jamais aimé les joutes, reprit-il d'une voix un peu plus forte, sous laquelle devait bouillonner la colère, et j'ai toujours parlé clair. Vous continuez à me rôder autour avec vos soupçons alors que je vous ai déjà expliqué que ce que je fais n'a rien d'illicite. Si je le supporte encore, c'est parce que je vous reconnais du courage et qu'en dépit de votre hostilité je suis prêt à vous écouter. Parce que je respecte les hommes comme vous, qui ont des couilles. Il n'y en a plus beaucoup dans cette ville…

– Je ne fais que mon travail, rien de plus », esquiva Soneri.

Gerlanda éclata de rire.

« L'autre jour, je vous ai dit que vous aviez l'air d'un curé ou d'un communiste, mais aujourd'hui, je vous trouve complètement dépassé. Je ne dis pas ça pour vous vexer, se dépêcha-t-il d'ajouter, pour moi, c'est une qualité. Mais c'est une qualité qui ne rend pas heureux, elle donne la rage au corps.

– J'essaye de remettre un peu d'ordre dans un monde où c'est la tyrannie qui l'emporte. C'est peu, mais c'est mieux que rien, déclara Soneri.

– Un conseil, reprit sérieusement Gerlanda, ne jouez pas les Don Quichotte. Que vous le vouliez ou non, vous faites partie de la police et la police a toujours été du côté des puissants. Depuis quand la police change le monde ? Dites plutôt qu'elle a empêché que ça change ! »

Il y avait un mélange de cynisme et d'amertume dans les propos de Roger, mais ce qui blessait surtout le commissaire, c'était d'être obligé d'admettre, une fois encore, un fond de vérité à ses propos. Il ressentit à nouveau ce sentiment d'impuissance qui le cueillait régulièrement face aux laideurs de son métier. Doublé de la conscience d'être excentrique et dispensable.

« Alors, disons que je le fais pour vivre. Je préfère vivre la conscience en règle. Parce que la colère, de toute façon, tout le monde l'éprouve, et vous compris », répliqua-t-il.

C'était maintenant au tour de Gerlanda d'être obligé de reconnaître un fond de vérité aux propos de Soneri, il avait eu l'air ébranlé et se montra de nouveau agité.

« Et vous, Gerlanda, continua d'attaquer le commissaire, vous êtes en règle avec votre conscience ? »

L'homme le scruta à nouveau, imperturbable.

« La conscience… répéta-t-il, un brin ironique. Encore faudrait-il se mettre d'accord sur ce terme. Moi, je pense qu'elle ne consiste qu'en de vagues convictions sur le monde auxquelles nous avons envie d'être fidèles.

C'est comme une recette de cuisine : chacun dose les ingrédients pour obtenir le goût qu'il préfère.

– Vous en avez mis qui sont très indigestes…

– Je sais à quoi vous faites allusion et je connais parfaitement votre façon de raisonner, vous savez. J'avais la même à une certaine époque, répondit Gerlanda, tout à coup passionné. Vous croyez encore qu'il reste dans ce monde des gens avec des idées dans la tête et une lueur de spiritualité. Je vous le répète, vous êtes dépassé. Personne n'en a plus rien à foutre des idées, nous sommes dans un monde de choses et d'objets. Superflus, qui plus est. C'est en ça que les gens croient aujourd'hui : posséder des choses. Et comme on leur fait croire qu'ils les auront facilement et sans se fatiguer, on est cernés par des gosses pleurnichards qui réclament leurs joujoux. Le confort les a ramollis jusque dans leur corps, et ils sont devenus ineptes. Ils viennent me voir parce qu'ils veulent s'acheter de beaux vêtements, une maison de campagne, ils veulent une gouvernante comme dans les publicités. Leur désir est plus fort que la honte. Des gamines en viennent à se prostituer avec la bénédiction de leurs mères pour se payer des écoles de mannequin dans l'espoir de passer à la télé, termina Gerlanda en tournant la tête vers un parterre imaginaire qui pourrait l'approuver.

– Vous voyez ? Vous aussi, vous êtes dégoûté, et vous non plus, vous ne vous opposez pas. Vous en profitez, plutôt », objecta Soneri.

Roger se reprit à rire.

« Pourquoi devrais-je avoir des scrupules devant des gens qui n'en ont aucun et qui sont prêts à hypothéquer leur vie pour satisfaire un désir futile ? N'oubliez pas, grogna-t-il de manière sinistre, ceux qui ont faim ne s'adressent pas à moi. Les pauvres ont conscience de leurs limites, ils connaissent encore la signification du verbe renoncer. Moi, je traite avec ceux qui ont grandi dans une abondance écœurante et qui, aujourd'hui, ne sont plus que des incapables sans épine dorsale, parce qu'ils ne sont pas habitués à souffrir. Vous ne voyez pas à quoi cette ville en est réduite ? Le supermarché a remplacé les idées, la télé a pris la place des curés et des philosophes, l'argent est la nouvelle idole unique et totalitaire. Il ne nous reste plus que deux possibilités : soit en profiter, soit tenter de s'y opposer. Moi, j'ai choisi la première et vous, la seconde. Le seul point sur lequel on se retrouve, c'est le mépris qu'on peut ressentir pour ce monde-là. »

Soneri s'efforça par tous les moyens de trouver un argument pour le contredire, mais n'eut aucune repartie. Il dut reconnaître, avec amertume, que Gerlanda avait secoué au plus profond de lui-même quelque chose qu'il aurait préféré laisser en sommeil.

« Viendra le moment du changement, murmura-t-il alors dans un soupir.

– Ce seront les autres qui nous y obligeront, constata Roger.

– Quels autres ?

– Il me semble vous avoir déjà signalé que la ville se transformait. Vous êtes un flic, oui ou non ? Parce que les vers ont déjà commencé à faire ripaille sur son cadavre.

– Peut-être, mais pour l'instant, l'odeur est encore supportable. Je remarque des signes de changement, mais ils restent cryptés. »

Gerlanda l'observa d'un air soupçonneux.

« À vous de les déchiffrer. Pour moi, les choses sont assez claires.

– Pour moi, elles sont bizarres. La vente du terrain de la maroquinerie, par exemple », frappa Soneri.

Comme les fois précédentes, Gerlanda parut surpris par ce coup de poignard. Il avait sans doute baissé la garde en se perdant dans de nouvelles réflexions sur les mutations de la ville.

« Qu'est-ce qu'une vente a de si bizarre ? » se défendit-il en ayant l'air de battre en retraite.

Le commissaire sourit.

« Avec la modification du plan d'urbanisme et avec ce genre de surface, c'est le moment de faire des affaires. Et vous, vous vous y connaissez en affaires.

– Je n'aurais pas fait d'affaire en vendant ?

– La zone va bientôt devenir constructible…

– Rien ne dit qu'il sera avantageux d'y construire des immeubles.

– Arrêtez de me prendre pour un naïf », répondit Soneri, agacé.

Gerlanda jeta alors au commissaire un regard limpide et vaguement menaçant.

« Je vous ai déjà dit que je n'aimais pas les joutes. J'aime que les choses soient claires. Vous n'avez jamais fait de boxe ? »

Le commissaire hocha la tête.

« Quand on a en face de soi un adversaire qui frappe fort, on commence par essayer de lui rendre les coups, mais on apprend vite que c'est inutile. Sur le ring, on comprend très vite les hiérarchies. On se flaire, pour ainsi dire. Le plus faible ne va pas à l'attaque, il cherche à limiter les dégâts. Il ne provoque pas, il tente au contraire de contenir. C'est sans doute une attitude un peu lâche, mais certainement intelligente. »

Le commissaire réfléchit un instant.

« Et qui est cet adversaire qui vous met la raclée ?

– Je n'ai pas dit que je me prenais une raclée, précisa Gerlanda. Pour l'instant, je comprends que l'autre frappe fort et qu'il est plus résistant physiquement. C'est bien pour ça que je tente de le contenir. Mais vous savez, dans le monde des affaires, il y a toujours une troisième voie, qui est aussi la plus fréquente : celle de l'accord.

– Vous l'avez empruntée ?

– Si c'est nécessaire, je le ferai, déclara l'homme. Mais certains adversaires n'y ont jamais recours et ne font jamais de prisonniers, ajouta-t-il.

– Moi non plus je n'aime pas les joutes, Gerlanda. Vous feriez mieux de tout me raconter, nous aurions peut-être les mêmes objectifs, pour une fois. »

L'autre sourit.

« Même si je voulais tout vous raconter, je ne pourrais pas vous donner d'informations incontestables. Il y a déjà des émissaires qui font le tour de la ville, des VRP très assidus. Souvent des avocats locaux à qui on a confié d'innocentes procurations. La pègre, aujourd'hui, est très bien habillée et possède des bureaux marketing. Et surtout, elle est insaisissable. D'ailleurs, ceux qui tirent les ficelles ne sont pas ici. »

Soneri observa attentivement Roger : son visage s'était refermé et paraissait à présent aussi blindé qu'un coffre-fort. Des négociations étaient sans doute en cours entre l'ancienne et la nouvelle pègre. Mais Gerlanda n'avait pas encore décidé de descendre de cheval.

Le commissaire se leva sans rien dire, et l'atmosphère tendue et oppressante laissa les choses en suspens pendant quelques instants.

« Vous avez compris que plusieurs vautours voltigent déjà au-dessus de ma tête, dit Gerlanda d'une surprenante voix grave, et certains se sont posés sur votre fenêtre, ajouta-t-il en faisant allusion à Rondani et Schivazappa, mais je ne suis pas encore mort. La première fois, après tout ce qu'on vous a dit sur moi, j'ai voulu vous rencontrer au *Nabucco* pour vous mettre au courant. Je sais ce que vous pensez de ma personne, mais je crois que même pour ceux qui me détestent le plus, il vaut mieux que je reste encore vivant. Croyez-moi, tous ces changements n'arrangeront personne. »

10

Une fois sur le trottoir de la via Repubblica, Soneri regarda sa montre et vit qu'il ferait nuit dans une heure. Il contempla le ciel et son voilage uniforme rougi par le soleil couchant au-dessus du clocher du palazzo del Governatore, traversa la place et emprunta la via Mazzini jusqu'au ponte di Mezzo pour passer le torrent. Il se laissa ensuite guider par la descente jusqu'à la statue de Corridoni, tourna à gauche et pénétra dans le quartier de l'Oltretorrente. L'usine de maroquinerie ayant appartenu à Gerlanda se trouvait juste avant la barrière qui marquait la fin du centre, tout au bout de la via Bixio : le bâtiment de briques, d'un rouge *cotechino*[1], jurait avec la demi-teinte couleur paille typique de la ville et semblait, au milieu des immeubles éclatants et refaits à neuf, aussi incongru qu'une météorite. Il traversa la rue et franchit la grille entre les deux piliers de ciment juste au moment où une voiture sortait. Il dut se pousser pour la laisser passer et, quand elle tourna via Bixio, Soneri reconnut De Angelis au volant. Sans lui laisser le temps de lui faire signe, l'autre accéléra et disparut à travers les immeubles.

1. Saucisson à cuire à base de couenne et de viande de porc hachées.

Il essaya vainement de trouver un lien entre l'apparition de l'associé de Galluzzo et la vente des terrains de l'usine : au lieu de confirmer une hypothèse, chaque élément nouveau divergeait et faisait naître d'autres scénarios. Le questeur avait beau avoir fait un résumé global aux journalistes avec de belles paroles fleuries spécial conférence de presse, du genre : « enquête à trois cent soixante degrés », Soneri connaissait la réalité et celle-ci suffisait à le rendre de mauvaise humeur.

Par chance, un type aux cheveux blancs mi-longs sortit des locaux de l'usine et le tira de ses pensées. Soneri l'observa pendant qu'il s'approchait : sa chevelure évoquait le vent même si l'air ne remuait plus depuis des jours.

« Cavatorta ? » hasarda le commissaire.

L'autre s'arrêta à quelques pas et acquiesça d'un regard méfiant.

« Pourquoi ?

– Je suis Soneri, de la Questure, je voudrais vous parler.

– Je ne vois pas ce qu'il y a à dire », répondit l'homme, peu amène.

Il s'était légèrement tourné sur le côté, déjà prêt à repartir.

« Pas mal de choses, au contraire... rectifia le commissaire. Mais quelques-unes me suffiraient, pour le moment. »

Cavatorta se détendit et se résigna à l'écouter. Il regarda alors le commissaire en lui faisant signe qu'il pouvait commencer.

« Où en sont vos relations avec Gerlanda ? »

L'homme se figea un instant et exprima la même interrogation méfiante du début de son interpellation. Il haussa les épaules quelques secondes avant de répondre :

« On vient de se séparer.
– Vous vous êtes quittés en mauvais termes ?
– Je ne voulais pas vendre, bougonna Cavatorta.
– Vous vouliez attendre que la surface soit valorisée par le plan d'urbanisme ? »
Nouveau haussement d'épaules.
« Si y avait eu que moi, j'aurais continué à travailler.
– Vous saviez pertinemment que c'était Gerlanda qui faisait tenir l'usine en obligeant ses clients à vous acheter des lots de marchandise », affirma Soneri.
L'autre le fixa, les yeux pleins de rancune.
« C'est vous qui le dites. On avait une grosse clientèle », répondit-il en élevant la voix.
Le commissaire remarqua que Cavatorta transpirait copieusement et que sa chemise était trempée. Il regarda alors les briques de l'usine, frappé par le contraste avec les couleurs claires des immeubles voisins qui semblaient représenter la modernité en marche. Il éprouva de la peine pour cet homme aussi démodé que son usine qu'il s'entêtait à défendre.
« Peut-être, mais ça rapporte plus de vendre des immeubles, précisa Soneri.
– C'est à voir, grogna l'autre.
– Dans ce cas, pourquoi avoir vendu votre part ? »
Cavatorta eut un petit rire d'embarras, ou peut-être de colère.
« Aujourd'hui, j'ai plus grand-chose, dix pour cent à peu près.
– Je croyais que la maroquinerie était à cinquante-cinquante entre Gerlanda et vous, insista le commissaire.
– Il y a trois ans, on a connu une perte, et mon associé a décidé d'augmenter le capital. Moi, je n'avais pas assez d'argent, alors ça m'a coûté des parts. C'est

arrivé encore deux fois et peut-être aussi cette année… Ensuite, sans savoir pourquoi, tout a changé.

– Vous voulez dire pour la vente ? »

L'homme se passa la main sur la figure comme s'il cherchait à se défaire d'une toile d'araignée.

« J'avais bien compris que Gerlanda était en train de me flanquer à la porte, mais je pensais qu'il le faisait pour se récupérer les bénéfices que le terrain pourrait rapporter. Ça faisait au moins deux ans qu'il se démenait auprès des politiques pour obtenir un terrain constructible. Et puis, sans prévenir, voilà qu'il s'en débarrasse et qu'il vend.

– Il n'a pas donné d'explications ?

– Aucune explication. J'ai tout découvert par un avocat qui est venu me voir en tant que représentant du nouveau propriétaire et, vu le peu d'actions qui me restait, il m'a proposé un chiffre qui ne se refuse pas.

– Vous avez accepté tout de suite ?

– Vous auriez voulu que je fasse quoi ? Rester là-dedans en dépit du bon sens ? Gerlanda m'avait déjà mangé une grosse partie de mes parts, je n'allais pas, en plus, me faire barboter ce que les autres m'offraient !

– Ils ne vous ont pas dit qui étaient les nouveaux propriétaires ?

– Si, mais c'est un sigle, ça me dit rien. Le seul qui s'est présenté avec une offre, c'est cet avocat dont je vous ai parlé, un certain Di Giacomo. C'est lui qui m'a dit que mon ancien associé avait voulu me garantir le poste de contremaître.

– Vous vous souvenez du sigle ?

– SORE, je crois. »

Le commissaire se l'imprima en tête tandis que son regard errait dans le couloir où stagnait une vague odeur de tan.

« Vous connaissez bien De Angelis ? »

Cavatorta sursauta légèrement et pensa une seconde à ce qu'il pourrait répondre avant de soupirer comme si ça ne valait plus la peine de garder un secret.

« Il est venu payer un lot de marchandise.

– Vous aviez l'habitude de travailler pour lui ?

– Pas directement, lui, il fait dans le prêt-à-porter. Il sert aussi d'intermédiaire, il nous assure des commandes en Suisse. »

Ils restèrent un petit moment silencieux. Le soir tombait peu à peu sur les immeubles et libérait la ville d'une journée torride supplémentaire. Mais la nuit ne s'annonçait pas meilleure. Soneri abandonna Cavatorta à ses errements au milieu des briques qui risqueraient sans doute d'être détruites par un bulldozer. La dernière image de l'homme fut celle de ses cheveux priant en vain la tramontane.

Il remonta la via Bixio jusqu'au ponte di Mezzo et, au-dessus de la grève asséchée, son portable sonna.

La voix d'Angela se mêla au grand espace qui s'ouvrait à la vue le long du torrent. Il regarda en direction du ponte Verdi et de la haute chevelure de platanes plantés par la duchesse, l'épouse de Napoléon. Tout près de là travaillait sa compagne et, comme il inspectait les alentours, l'horizon saturé d'humidité ondoyait et faisait s'évaporer les contours des immeubles.

« J'ai plein de choses à te dire, annonça-t-elle.

– On pourrait aller au *Milord*, proposa Soneri qui avait une envie folle de se sentir comme chez lui.

– Ça ne me dit rien de sortir de ma tanière et de marcher sur des braises ; ici, je suis au frais.

– Là où je suis, pas besoin de charbon de bois. Après le coucher du soleil, tu cuis direct sur le gril », objecta le commissaire en s'arrêtant sur les dalles de granit aussi brûlantes que les briques réfractaires d'un poêle.

Il longea les quais de la Parma et passa près du marché de la Ghiaia, enfoncé entre la Pilotta et la petite volée de marches de la via Mazzini. Autrefois, quand le torrent était encore vivant, les bateaux accostaient sur ce contrebas au niveau de l'eau. Plus loin, il retraversa la Parma et s'engagea via delle Fonderie. Au moment de sonner à la porte, un soir déjà nuiteux enveloppait la ville et les premiers noctambules essaimaient bruyamment dans les rues. Depuis quelques heures, Soneri traînait une terrible frustration qu'Angela ne parvint pas à apaiser.

« Je n'arrive pas à trouver de sens à cette affaire, avoua le commissaire. Je crois que je suis en face d'un phénomène nouveau, un baptême du feu. »

Angela resta silencieuse un moment, concentrée sur ce qu'il venait de dire.

« Moi aussi, je suis d'accord avec toi.

– Gerlanda était sur le point de liquider Cavatorta, son associé historique, pour pouvoir se récupérer tout le bénéfice du terrain, mais ensuite, il a vendu sans explications. Tu trouves ça logique ? » demanda Soneri.

Angela secoua la tête.

« Apparemment, il n'y a rien de logique dans cette histoire, même si ça doit vouloir dire quelque chose, répondit-elle. Pour achever la liste des bizarreries, va savoir pourquoi la surface a été rachetée par le beau-frère de Galluzzo, balança-t-elle enfin dans l'un de ses coups de théâtre réservés à ses plaidoiries.

– Centazzo ? s'étonna le commissaire.

– Lui-même. Derrière la SORE, il y a Centazzo.

– Comment tu le sais ?

– L'avocat de la société est super connu, et j'ai un ami qui entretient de bonnes relations avec lui. Un soir où ils ont un peu trop levé le coude, le nom de Centazzo a resurgi, révéla Angela.

– Pas d'autres ?

– Non, il ne m'a dit que celui-là, mais il en dit long. »

Soneri tenta une nouvelle fois de rapprocher cette information de celles qu'il possédait déjà, comme un joueur qui pioche une carte et cherche à la placer où elle serait le plus utile. Mais entre la cocaïne de l'*Astro*, les menaces à Gondo et à la Rosselli, l'ambiguë Filomena Galluzzo, les mystérieuses apparitions de De Angelis, l'arrestation de Tudor et le rôle obscur de Gerlanda, il n'arrivait pas à remettre en ordre quoi que ce soit de sensé.

« Je ne reconnais pas cette ville, murmura-t-il peu après. Je n'arrive plus à la prévoir, ajouta-t-il en repensant à Gerlanda et à son mystérieux avertissement sur le pire à venir, cette mutation génétique d'un terrible virus nourri par les affaires, qui empoisonne la politique avec la corruption.

– Il nous manque les filtres d'interprétation pour cerner ce qui se passe, réfléchit Angela. Les changements vont plus vite que notre capacité à comprendre.

– C'est comme un lièvre qui déboule et qui fait sans arrêt des écarts », résuma le commissaire.

Angela disparut en cuisine et revint avec un plateau rempli de tranches de melon sous un voile de jambon cru.

« Je m'attendais à pire, commenta Soneri.

– J'ai fait un effort, tu déprimes assez comme ça. »

Le commissaire pensait au couple Centazzo et à leurs liens avec la Calabre. Gerlanda avait peut-être lâché l'affaire à cause des puissants soutiens de Centazzo, ou bien alors il avait repéré un coup plus avantageux.

« Tu es en train de ruminer ce que je viens de te raconter ? » lui demanda Angela.

Il acquiesça.

« Les comptes ne sont toujours pas bons », murmura-t-il.

Elle en rajouta une couche : « J'ai appris autre chose. »

Le commissaire s'arrêta de mastiquer, et Angela se mit à rire.

« Je ne t'ai jamais vu pendu à mes lèvres à ce point. »

Son hilarité déjouait l'énervement du commissaire.

« Tu te souviens de l'autre affaire ? Celle de la *Forneria* ? Eh bien, là non plus, Gerlanda n'est pas seul.

– Je sais, il est associé à des gens qui l'ont aidé à relever l'usine il y a quatre ans, lui répondit le commissaire.

– C'est ce que tout le monde croit, mais, en réalité, ses associés aussi ont fini par céder.

– À qui ?

– À une société qui s'appelle Building, mais je ne sais pas qui la possède. Je sais juste que la vente a eu lieu. Grâce à l'agence immobilière de Centazzo », termina Angela en appuyant avec emphase sur les derniers mots.

Soneri se remit progressivement à mastiquer, le regard dans le vide, comme étourdi. Pour la première fois, il entrevoyait une lumière au bout de ses raisonnements. Il l'avait encore imprimée sur la rétine quand son portable sonna, mais celle de Pasquariello était autrement plus puissante.

« Commissaire, ils ont mis le feu au *Nabucco*, exposa-t-il d'une voix excitée.

– Quand ?

– Il y a une heure, c'est un locataire de l'immeuble qui a prévenu les pompiers. Il n'y avait personne à l'intérieur parce que c'est le jour de fermeture, mais on a dû faire évacuer l'immeuble et les bâtiments voisins. »

Soneri sauta sur ses pieds et s'approcha de la fenêtre. La carrure de la Pilotta et la haie d'immeubles de l'autre côté du torrent empêchaient d'apercevoir les flammes dans la nuit opaque.

Il rejoignit la via Repubblica en courant. Haletant sous la chaleur, il sentit une odeur de brûlé écœurante au moment où une fumée de poix s'élevait, plus noire que le ciel. Il se fraya un passage dans la foule, juste assez pour recevoir en pleine face la chaleur des flammes qui dansaient et s'échappaient des fenêtres dans un grondement épouvantable. De temps en temps, on entendait un choc à l'intérieur de l'établissement, un vitrage qui éclate en morceaux ou une poutre qui s'écroule. L'eau des pompiers avait l'air de glisser et de remonter dans le ciel sous forme de vapeur. Soneri observa les visages impuissants de la foule qui assistait à l'incendie et sur lesquels se reflétait la lumière vive du brasier. Il y chercha Gerlanda, sans succès. Peut-être observait-il la scène du haut de sa fenêtre dans un silence plein de rancœur lié à la fin de son règne ? Ou bien songeait-il à sa vengeance ? Au fond, il se devait de réagir s'il ne voulait pas succomber, selon sa vision du monde.

Juvara arriva hors d'haleine.

« Ce soir, barbecue, l'accueillit Soneri en montrant l'incendie.

– Après la chasse au grand gibier, lui répondit l'inspecteur.

– La chasse au grand gibier ?

– Les patrouilles ont ramené cinq types des collectifs autonomes qui avaient des mèches et des bidons d'essence.

– Et ils pensent qu'ils ont fait centre ? ironisa le commissaire.

– Je ne sais pas, répondit Juvara. Vous pouvez quand même reconnaître que c'est un bel indice d'arrêter cinq jeunes équipés comme ça, juste après le début d'un incendie.

– Sauf qu'ils ont tendance à mettre le feu à des poubelles, minimisa le commissaire.

– À des immeubles aussi », lui rappela l'inspecteur.

Il avait raison. Les soupçons les accablaient.

« Je ne crois pas que ce soient eux, bougonna Soneri, ça va finir comme avec le Moldave, ils vont faire une erreur grossière.

– Il est toujours en état d'arrestation, lui signala Juvara.

– Ni lui ni ces petits incendiaires n'ont à voir avec cette histoire », affirma le commissaire avec assurance.

Les flammes avaient diminué, et les pompiers, munis de leurs lances, avaient réussi à les repousser à l'intérieur du restaurant en avançant lentement. Des chocs inattendus et sinistres se produisaient encore et les rendaient prudents. La foule s'était faite plus nombreuse et on l'éloigna d'une dizaine de mètres supplémentaires. Elle regardait brûler le *Nabucco* comme si elle assistait à un meeting.

Juvara revint après s'être entretenu brièvement avec le chef d'équipe des pompiers.

« Pour eux, c'est un incendie criminel à quatre-vingt-dix-neuf pour cent, l'informa-t-il. Le feu a éclaté tout d'un coup et le système anti-incendie n'a servi à rien. Ils pensent que l'amorce a été vraiment puissante, chimique, très certainement.

– Du travail de professionnel, commenta Soneri.

– La porte de derrière a été forcée, poursuivit l'inspecteur, mais le feu ne l'a pas beaucoup touchée, on voit encore les traces de la pince monseigneur. Ils ont dû entrer par les cuisines qui donnent sur la cour pour aller mettre le feu dans la salle à manger.

– Dans la salle du maître d'équipage, à tous les coups, imagina le commissaire.

– Elle s'appelait comme ça ? demanda Juvara, qui n'avait jamais été au *Nabucco*.

– Il y avait plusieurs salles, expliqua Soneri, celle du maître d'équipage était réservée à Gerlanda. »

L'inspecteur poussa une exclamation inintelligible comme s'il n'avait pas tout saisi, mais c'était son habitude devant les réflexions à haute voix du commissaire.

En attendant, l'incendie s'était calmé après avoir tout dévoré, et les pompiers découvrirent alors le désastre dans toute sa netteté. Le *Nabucco* n'était plus qu'un tison fumant, voilà tout ce qui restait du restaurant de Gerlanda. Juste devant, en une sorte de cérémonial de conscience collective, la foule amassée et silencieuse n'avait plus qu'à en faire le constat.

Le portable de Soneri sonna.

« Je vais aller interroger les cinq jeunes qu'on vient de nous amener, l'informa Percudani. Qu'est-ce que vous dites de l'incendie ?

– Qu'ils n'ont rien à y voir, répondit Soneri, sûr de lui. Le questeur va s'en servir pour prouver à la presse qu'on est en train de bosser.

– Moi non plus je ne pense pas que ce soient eux. Ils n'ont pas l'air très en mesure d'accomplir un travail aussi complexe, approuva le magistrat. Mais si nous voyons juste, l'affaire devient inquiétante, ajouta-t-il.

– Malheureusement, je ne peux pas vous donner tort, marmonna le commissaire, même si pour l'instant je ne saurai vous en dire plus. »

Il raccrocha et jeta un dernier regard sur la foule qui observait la fumée sortir de ce qui restait de l'entrée du *Nabucco*. Le plafond s'était écroulé, entraînant dans sa chute l'appartement du dessus. Les flammes en avaient profité pour entrer et noircir les murs, et la fumée, en remontant, avait léché la façade d'une couleur de châtaigne grillée, comme un dernier coup de pinceau.

Tout le bâtiment avait l'air torréfié, et les pompiers en bloquèrent les accès après l'avoir déclaré inhabitable. La foule recula encore et une bonne partie d'entre elle décida de repartir à l'assaut de nouvelles émotions. Car chaque nuit, de nouveaux feux brillaient. La ville se consumait lentement. De jour sous le soleil et de nuit sous des flammes qu'une rage floue et indéfinissable attisait après de longues périodes d'agitation. En revanche, les incendiaires du *Nabucco* avaient fait preuve d'une détermination précise, résolue et professionnelle.

Soneri abandonna la via Repubblica aux pompiers restés sur place. Il était tard, mais plutôt que de rentrer il préféra s'en aller méditer dans les rues de la vieille ville, là où les murs se regardent de près et forment des tranchées obscures… Il ne comprenait pas si c'était la réalité qui changeait avec une rapidité étourdissante ou si c'était lui qui était précipité en arrière, englouti par son passé. Sans doute les deux à la fois, tel un presbyte entre deux âges obligé de prendre du recul s'il ne veut pas que sa vue se brouille.

Les derniers bars fermaient et Parme s'apprêtait à dormir quelques heures avant le lever du soleil. Au loin, des sirènes hurlaient tandis que Soneri profitait enfin d'un peu de quiétude, tapi dans le ventre des venelles et la lueur voilée des lampes de chevet. Il savait qu'il vivait les derniers moments d'une ville en voie d'extinction, où lui et tant d'autres avaient vécu pendant des années en s'appropriant les rues et les cafés. Aujourd'hui, le décor était le même, mais de nouveaux acteurs avaient pris la relève.

Il se laissa guider par ses rêvasseries qui l'emmenaient au hasard des trottoirs déserts, le long des murs qui empestaient parfois la pisse. Une fois chez lui, l'image de Gerlanda lui revint à l'esprit, son avidité vaine et son pouvoir hargneux qui cependant ne l'avaient pas préservé de la chute. Car tout passe, et pour Roger aussi, le moment était venu de quitter la scène.

11

Les fadettes du portable de Francesco Galluzzo donnèrent raison à Soneri, mais déclenchèrent un tollé aux étages supérieurs de la Questure. Le commissaire avait toujours eu des doutes sur la culpabilité du prostitué, et deux appels du commerçant vers treize heures, le jour de l'anniversaire du Moldave, confirmaient qu'ils s'étaient probablement mis d'accord pour se voir en début d'après-midi. Une moyenne de deux ou trois appels quotidiens entre Tudor et Galluzzo deux semaines avant l'homicide ne laissait aucun doute sur l'intimité de leur relation. Enfin, Tudor avait envoyé trois SMS une heure après les faits alors que personne n'était encore au courant de l'agression et que le commerçant était sans doute en train d'agoniser dans son appartement de la via Cavour. Malheureusement, on ne connaissait pas le contenu des messages car les portables de la victime avaient disparu.

La situation du Moldave s'allégeait d'un seul coup, et le questeur était particulièrement contrarié de voir la solution de l'affaire lui échapper, d'autant plus que les jeunes interpellés après l'incendie du *Nabucco* n'avaient rien à y voir non plus, même s'ils avaient reconnu avoir mis le feu à des poubelles. En outre, la liste des appels de Galluzzo contenait d'autres informations. Du genre à manipuler avec précaution. Du genre à donner des sueurs froides au questeur.

Juvara, avec la patience méthodique d'un technicien de laboratoire, apposait un nom à chacun des numéros de téléphone que le commerçant avait appelés pendant un mois. Il en ressortait un répertoire des plus respectables, digne d'un chef de clinique ou d'un directeur de banque. Fait très étrange pour une personne arrivée en ville depuis seulement deux ans et apparemment inconnue de tous. On y trouvait les coordonnées d'un adjoint au maire, d'une demi-douzaine d'avocats, d'industriels assez connus, de médecins, de directeurs d'agences bancaires et de petits financiers de province ainsi que celles d'un administrateur général des Finances publiques, d'un acteur et d'un parlementaire. Galluzzo était loin d'être un inconnu. Et s'il l'était pour la majorité, il frayait avec beaucoup de désinvolture parmi les notables de la ville.

Soneri, après avoir posé la liste en contemplant le visage satisfait de Juvara, se leva et passa la tête par la porte du bureau. « Draghi ! » cria-t-il sans grande conviction, sachant que l'inspecteur passait sa vie dehors. On l'avait aussi surnommé « le nomade » à cause de sa manière de s'habiller, entre vieillot et excentrique.

Quelqu'un hurla dans le couloir : « Draghi, on t'appelle ! » et il se présenta alors devant le commissaire.

« T'es là en deux secondes ? J'ai gagné les trois bons numéros, constata Soneri en regardant Juvara stupéfait. D'habitude, il nous faut un mandat de comparution. »

Draghi sourit tandis qu'on lui mettait sous les yeux la liste des appels avec les noms correspondants.

« Belles fréquentations, commenta-t-il peu après. On dirait le carnet d'adresses d'une maquerelle de luxe.

– On sait enfin de quoi vivait Galluzzo, marmonna le commissaire. Tu connais quelqu'un dans cette liste ?

– Évidemment, commissaire ! Y en a qui s'en mettent plein le nez, là-dedans, ricana Draghi en mimant un sniff.

– Justement, approuva calmement Soneri. Galluzzo écoulait de la cocaïne et sans doute autre chose. Mais si on ne trouve pas à qui il l'achetait, ça ne va pas nous aider des masses à comprendre qui l'a tué.

– C'est clair ! reconnut l'inspecteur. Vous pensez que ceux qui l'ont cogné l'ont fait pour le punir de pas avoir payé ou pour une négligence de ce genre ?

– Peut-être, répondit le commissaire sans certitude. Mais j'ai bien peur que cette histoire ne soit qu'une banale engueulade entre un dealer et ses fournisseurs. »

Draghi et Juvara se turent et le fixèrent attentivement. Quand le commissaire parlait dans le vague sans être sûr de lui, ça cachait toujours quelque chose d'important.

« Très souvent, on cherche un truc et on en trouve un autre, lâcha Soneri, histoire de sortir du silence gênant qui s'était créé.

– Je vais essayer de cuisiner un peu cette bonne société, déclara Draghi. Et tant pis si ces personnages puissants sont prêts à lâcher des armées d'avocats.

– Je ne vais pas t'apprendre la vie, répondit le commissaire en le congédiant avant d'ordonner à Juvara : Toi, restes-en aux écoutes… D'ailleurs, ça en est où ?

– Toujours pas grand-chose. Ces gens sont très prudents, je pense qu'ils se doutent qu'on les écoute. »

Le commissaire était d'accord.

« J'aimerais que tu fasses autre chose : trouver qui se cache derrière la SORE et la Building.

– Qu'est-ce que c'est ?

– Deux sociétés qui doivent être sous prête-noms. L'avocat Di Giacomo représente légalement la première, et il y a Centazzo derrière. Pour l'autre, on ne sait rien, à part que ce même Centazzo a servi d'intermédiaire aux associés de Gerlanda pour vendre la *Forneria* à la Building.

– Ça ne va pas être facile, pronostiqua Juvara. D'après mon expérience, ce genre d'individu utilise la méthode des poupées russes.

– Oui, on le sait, constata le commissaire, ils édictent leurs propres règles pour faire leurs saloperies, et après une armée de parasites diplômés en droit réfléchissent du matin au soir à comment baiser la justice. Et nous, au bout du compte, on n'a plus qu'à trier la paille, conclut-il, furieux.

– Ne soyez pas si jacobin, l'exhorta Juvara, légèrement ironique.

– J'en ai ras le bol de me faire baiser, c'est pas question de jacobin ! Ils se contrefoutent du fisc et ils magouillent tout ce qu'ils peuvent pendant que nous, on bosse pour trois francs six sous. Mais bien sûr, les gens respectables, c'est pas nous, c'est eux. »

L'inspecteur ne savait pas quoi répondre à la sortie du commissaire. Il haussa finalement les épaules et se mit à tapoter sur son clavier. Soneri le regarda, quelque peu dépité par son indifférence. Désormais, tout le monde baissait la tête, tout le monde capitulait. Sa ville était irrémédiablement malade et résignée au pire : le haussement d'épaules de Juvara en était la preuve, tout comme le laisser-aller quotidien qu'il remarquait autour de lui. Sans compter le désintérêt et l'absence de mémoire qui touchaient la plupart des gens.

Il se leva et alluma le ventilateur. Les pales se mirent en route paresseusement, et il dut patienter pour recevoir de l'air sur la figure, agréable comme une première gorgée d'eau fraîche. Le téléphone le ramena à l'étreinte bouillante de son fauteuil en skaï.

« Commissaire, j'ai ici quelqu'un qui voudrait vous parler, l'informa le planton.

– Qui ?

– Il dit qu'il s'appelle Rondani. »

Soneri ordonna d'une voix agacée de le laisser entrer, mais à peine raccroché, le téléphone se remit à sonner. La voix du questeur Capuozzo n'arrangea pas son humeur, d'autant qu'il savait parfaitement ce qu'il allait lui dire.

« J'ai l'impression qu'on en est toujours au même point, lança-t-il.

– On a fait pas mal de semis, répondit Soneri, on espère récolter rapidement.

– Attention commissaire, avec la chaleur, faudrait pas que ça ramollisse. Par ici, en tout cas, on ne voit rien pousser, ironisa lourdement le fonctionnaire Capuozzo. J'ai comme l'impression que vous divaguez.

– Je divague ?

– Commissaire, il s'agit ici de découvrir l'assassin de ce Galluzzo, pas de coincer des usuriers. À quoi vous jouez ? À la brigade financière ? »

Le commissaire parcourut de mémoire la liste possible des délateurs sans trouver le coupable. De toute évidence, Capuozzo avait une taupe dans ses bureaux.

« Monsieur le questeur, aujourd'hui, l'argent est roi, et si on le piste, on peut comprendre comment fonctionne la société.

– D'accord, mais ne vous perdez pas, commissaire. Ne divaguez pas, répéta-t-il. Votre travail consiste à trouver l'assassin du Calabrais, pas à vous préoccuper de la marche du monde », abrégea Capuozzo.

Soneri raccrocha, écumant. Il aurait bien hurlé, cassé des vitres ou balancé sa lampe contre la photocopieuse, mais il s'en empêcha, sans trop savoir si c'était par lâcheté ou par simple bon sens. Il avait reçu l'ordre de coincer l'assassin de Galluzzo, rien de plus. Il lui fallait remplir sa tâche en baissant la tête, sans se préoccuper de l'objectif final. Sans réfléchir. Comme sur la route quand on appuie sur l'accélérateur sans savoir où aller. Tout l'exact contraire des bourreaux du commerçant qui, eux, connaissaient parfaitement leur but. Lorsque l'agent lui fit face pour lui rappeler son visiteur, il se sentait profondément humilié. Et une fois de plus, forcé de divaguer.

« Je n'ai pas beaucoup de temps à vous accorder, précisa-t-il à Rondani en s'asseyant en face de lui.

– Je n'en aurai pas pour longtemps », répondit l'autre.

Le commissaire le scruta avec attention et en déduisit que le type était mesquin.

« J'ai décidé de parler, reprit l'homme en chuchotant comme une bigote.

– C'est votre avocate qui vous l'a conseillé ? lui demanda Soneri pour comprendre si Angela était dans le coup.

– Non, non ! répondit Rondani. Je suis venu de ma propre initiative. C'est vous qui m'avez convaincu : c'est légitime de porter plainte. Il faut juste un peu de courage et prendre quelques risques. »

Le commissaire prit sur lui de ne pas lui faire part du fond de sa pensée.

« Je ne supporte pas qu'on se foute de ma gueule ! » siffla-t-il froidement.

Et comme l'autre sursautait d'étonnement, il poursuivit : « Vous vous êtes décidé à porter plainte quand vous avez su que Roger ne pouvait plus nuire à personne. De quel courage vous me parlez ? Il faut de l'estomac pour donner des coups de pied à un cadavre ? »

L'homme avait légèrement rougi.

« Je ne sais… Je ne sais pas à quoi vous faites allusion, bredouilla-t-il en jouant la stupéfaction.

– La seule chose utile que vous pourriez faire, c'est de me dire qui a pris la place de Gerlanda. Qui vous a proposé de l'argent pour venir le dénoncer et l'éliminer une bonne fois pour toutes.

– Je suis venu faire mon devoir et vous m'accusez, protesta Rondani, sans plus savoir s'il devait geindre ou s'indigner.

– Bien sûr, bien sûr », coupa Soneri, qui ne supportait même plus sa présence.

Il repensait aux propos de Capuozzo : il ne s'agissait plus de réfléchir, mais d'agir et d'accomplir son devoir, c'est-à-dire capturer l'assassin de Francesco Galluzzo.

Il appela Juvara : « Accompagne-le et trouve-moi quelqu'un pour le procès-verbal. »

Rondani allongea timidement la main, mais le commissaire lui indiqua la porte de manière expéditive. Il saisit ensuite son téléphone et composa le numéro d'Angela.

« Ton client est venu porter plainte contre Gerlanda, l'informa-t-il.

– Vu qu'il a agi de son propre chef sans me tenir au courant, j'estime qu'il n'est plus mon client.

– Et au lieu de ça, tu te le gardes.

– Commissaire, je ne suis pas Juvara. Je suis libre d'avoir les clients que je veux sans te demander l'autorisation. Pour couronner le tout, Rondani n'a pas d'argent, et je risque de ne pas être payée.

– Tu n'as pas compris. Je te demande de faire comme si tu ne savais rien pour essayer de savoir certaines choses dont j'ai besoin.

– Le coup idéal pour me faire radier de l'ordre des avocats ! le félicita Angela avec ironie. Tu m'étonneras toujours, commissaire. Quoi qu'il en soit, ce qui s'est passé est assez clair : Gerlanda est en échec et Rondani lui donne le coup de grâce.

– Si c'est pour ça, il est déjà mort : hier soir ils ont brûlé le *Nabucco*. Rondani s'est décidé à se mettre à table parce qu'il est couvert et protégé.

– Je ne le ferai pas parler, oublie. Et puis il ne va sûrement pas tarder à m'envoyer une révocation. C'est lui qui va stopper avec moi. Il connaît parfaitement la nature de notre relation.

– Je n'ai pas envie de jouer les tueurs pour le compte d'un tiers, grommela Soneri. Tu te rends compte que Rondani va provoquer l'arrestation de Gerlanda pour rendre service à celui qui a pris sa place ? La police devient la complice de la pègre qui a triomphé à Parme.

– Tu as l'usurier entre les mains, ce serait dans son intérêt de parler, non ?

– Gerlanda ne parlera jamais. Il reste un malfrat, et en plus, il a perdu. Il préférera se ranger des voitures en bonne et due forme plutôt que de risquer la vengeance. Et puis, qui te dit qu'il n'a pas conclu un accord ? »

Le commissaire mit fin à la conversation et se leva en s'arrachant à la grosse traînée de sueur qui s'était formée le long du dossier de son fauteuil. Juvara le regarda passer et le héla juste avant qu'il ne franchisse la porte :

« Il reste plusieurs numéros de téléphone dont je n'ai pas encore trouvé les noms.

– Insiste, ces fadettes sont une mine. »

Une fois dehors, il traversa la cour et se mit en route via Repubblica. On avait bloqué la moitié de la rue avec des barrières au niveau du trou noir du *Nabucco* et évacué les troupes de travailleurs de la *Forneria Duomo*. Ne restaient que quelques pancartes abandonnées contre le mur sans plus personne pour les tenir. Soneri poursuivit jusqu'au porche de la Société Maria Luigia et monta au premier étage où Gerlanda s'affairait dans un espace aussi petit que l'île de Sainte Hélène. Il sonna, et la même employée bourrue qu'il avait rencontrée la fois précédente vint lui ouvrir. Elle ne fut pas surprise de le revoir, ni hostile. Elle le précéda jusqu'à ce qu'ils arrivent devant la porte, qu'elle entrouvrit, laissant deviner une partie de la pièce. Gerlanda était assis, les mains posées sur son bureau, le regard résigné.

« Déjà là ? » demanda-t-il en se ranimant.

Sa question étonna Soneri, qui s'y arrêta un instant. Roger devait être au courant et attendait sa visite. Il hocha alors la tête.

« Ce n'est pas moi qui vais m'occuper de votre affaire, lui annonça le commissaire en se rappelant les propos de Capuozzo. Comme vous le savez, je m'occupe d'autre chose.

– D'autre chose ? répéta Gerlanda en ricanant, peu convaincu. Tout se tient, dans cette ville.

– Je sais. Les gagnants et les perdants aussi, commenta Soneri.

– Je respecte les règles du jeu, comme vous pouvez le voir. Les temps ont changé, et je ne peux plus rivaliser. N'oubliez pas que ce sont les plus durs, les plus féroces et les plus impitoyables qui gagnent. Et malgré tout le mal que vous pensez de moi, beaucoup m'ont dépassé.

– C'est justement pour ça que je suis venu vous voir, expliqua Soneri. Je voudrais que vous m'aidiez. »

L'autre le fixa de son regard limpide où l'on pouvait encore lire une certaine assurance. « Laissez tomber, commissaire, ne cédez pas à la vanité de vouloir éduquer la société, ça ne sert à rien. Si je vous disais tout ce que je sais, votre curiosité serait satisfaite, mais ça ne changerait rien. Vous pourriez sans doute prendre un ou deux petits poissons, mais vous n'atteindriez jamais la tête du banc. »

Soneri sentait monter de la colère mêlée à une grande insécurité.

« Ne sous-évaluez pas vos ennemis et ne sous-évaluez pas non plus les gens comme moi, répondit-il en s'efforçant de ne pas perdre son calme.

– Par pitié ! »

Et Roger leva ses mains en un geste de défense qui avait l'air contre-nature.

« Je ne veux rien affirmer par rapport à tout ça. Je me limite juste à vous prévenir : ce sont des gens qui ont beaucoup d'argent et qui savent le faire peser sans aucun respect des règles.

– Vous en avez beaucoup, mais vous avez perdu.

– Je n'en ai pas assez. Et je suis seul. Un artisan ne peut pas rivaliser avec l'industrie. Et puis je n'utilise pas de méthodes brutales, j'ai encore du respect pour l'histoire de la ville. Mais tout ça, c'est passé de mode, aujourd'hui. Après tout, j'ai aussi trop résisté. »

Soneri allait lui répondre, mais Roger ajouta :

« Je voudrais vous donner un conseil : ne fouillez pas à fond dans cette histoire, parce que tôt ou tard, on vous en empêchera. Même chose si vous alliez plus loin dans votre enquête sur ma personne. Les gros poissons n'aiment pas qu'on nage trop près d'eux.

– Et moi, je n'aime pas nager dans un seau », grogna le commissaire.

Gerlanda sourit et laissa échapper une expression qu'on aurait presque pu prendre pour de la bienveillance.

« Vous m'êtes sympathique, dit-il. Vous croyez que j'ai envie de me retirer ? On est bien obligé d'accepter ce monde, c'est le seul que nous avons. Tous ceux qui prétendent le refuser l'acceptent quand même, qu'ils le veuillent ou non. Et soit ils commandent, soit ils obéissent. Arrêtez de croire que ça sert à quelque chose de lutter contre deux ou trois exécutants, aussi impitoyables soient-ils. Les vrais délinquants sont beaucoup plus haut, y compris parmi ceux qui sont censés garantir la sécurité de tous, et ce genre de connerie du respect des règles. Théâtre, tout ça, rien que du théâtre ! Où tout peut s'acheter parce qu'il n'y a que l'argent qui compte, c'est tout. Vous pouvez bien coincer deux ou trois pauvres types avec des flingues ou deux ou trois voleurs, mais pour un de pris, vous en trouverez mille autres avec la faim au corps qui espèrent prendre leur place. »

Soneri se rappela le haussement d'épaules de Juvara et l'indifférence de l'ensemble de la ville, et réalisa qu'il n'avait pas de grands arguments à opposer à la thèse de Gerlanda.

« Vous savez qu'au début de mon activité j'avais un peu honte ? poursuivit l'homme. Il me restait des résidus de moralité qui me culpabilisaient quand je prêtais de l'argent à des personnes en difficulté, quand j'avais flairé l'aubaine, flairé leur faiblesse. J'enfonçais mes dents dans leur cou, mais j'étais souvent assailli de scrupules. La peur de réussir, comme on dit. Ça m'est vite passé. Il m'a suffi de sentir les dents des autres dans ma propre chair pour très vite comprendre que la morale ne servait qu'à masquer la brutalité du monde. Et que dans les affaires, elle n'était qu'un obstacle. Elle te mène à des hésitations fatales alors qu'il suffit de mordre pour ne pas se faire dévorer. Ne vous faites pas avoir par les gens respectables : les industriels, les entrepreneurs, les banquiers, les avocats… Ils utilisent tous les mêmes méthodes, ils possèdent tous une sauvagerie sans limites, sinon ils ne seraient pas là où ils sont. Les affaires te font régresser au stade primitif, là où la raison sert uniquement à organiser la violence. Ou bien à se garantir des complices en politique, grâce à l'argent qui ouvre toutes les portes. Le reste, les rites de notre prétendue démocratie ne sont que de la dramaturgie, rien d'autre que du théâtre.

– Peut-être, mais malgré tout ce que vous dites, la fin vous désavoue, vous finissez le cul par terre.

– Il y a une fin pour tout. Quelqu'un de plus sauvage est arrivé, à la tête d'une troupe d'affamés. Je n'aurais pas pu résister. Chacun de nous doit avoir assez de jugeote pour comprendre quand le courage devient de la bêtise.

– Et vous pensez que de raconter ce qui vous est arrivé à la police fait partie de ce dernier précepte ? » interrogea Soneri qui sentait ses arguments se réduire en miettes en même temps qu'il les avançait.

Gerlanda acquiesça.

« Pour commencer, et comme je vous l'ai déjà dit, reprit-il, cela ne servirait qu'à éliminer certains exécutants sans toucher à la coupole. Et pour finir, j'attirerais leur vengeance. Pour l'instant, ils se sont limités à lâcher certains de mes clients contre moi pour m'envoyer la police et me faire passer un beau quart d'heure judiciaire. Mais quand j'en serai sorti, ils me laisseront tranquille, pour eux, je ne serai plus qu'un retraité. Sinon, ils me le feront payer. Et moi, j'ai plus de soixante ans… » termina-t-il d'une voix qui s'éteignit petit à petit dans le silence.

Ils y restèrent plongés un bon moment. Gerlanda fixait d'un regard absent un coin de la pièce, Soneri se sentait vidé. Roger n'était plus désormais qu'un criminel sans espoir ni avenir, et le commissaire, pour d'autres raisons, avait la même sensation. Un roulement de tonnerre les tira de leur immobilité.

« Le temps aussi est en train de changer », constata Gerlanda.

Soneri tomba d'accord. Il se leva sans un bruit et sortit du bureau.

12

Le ciel s'assombrit et tonna au loin sa rancœur tandis que le commissaire traversait le centre. L'air n'en demeurait pas moins irrespirable, compressé entre l'asphalte et les nuages bas. La sensation de vide qu'il avait éprouvée en présence de Gerlanda continuait de l'assaillir sans relâche lorsqu'il entendit les notes bouleversées de Gondo alterner avec le tonnerre. Ses accords étaient sporadiques et ne suivaient pas le tempo de la mazurka de Migliavacca, ils donnaient l'air d'être joués par des mains arthritiques. Gondo était devenu un musicien amnésique, on lui avait volé son vieil accordéon, et du même coup, sa mémoire. Le commissaire passa à côté du *Regio* et vagua un moment avant de tomber sur le *Milord*. En poussant la porte, il se demanda si c'était la faim ou le besoin d'apaiser ses amertumes matinales qui l'avait guidé jusque-là. Rien d'un hasard, en tout cas. Les *tortelli* d'Alceste étaient un traitement temporaire mais efficace. Il retrouva sa forme en retournant à la Questure, aidé par la promesse d'averse qu'on lisait dans le ciel.

« Commissaire, l'informa Juvara dès son arrivée au bureau. Le questeur a téléphoné, il voulait absolument vous parler. »

Soneri se rappela avoir éteint son portable pendant le déjeuner.

« Qu'est-ce qu'il voulait ?

– Il m'a chargé de vous informer que l'enquête sur les activités d'usure de Gerlanda a été confiée à la brigade financière. »

Le commissaire grimaça et se laissa faire en grognant. Pour lui, désormais, l'affaire était close, mais pour la ville aussi, qui l'oublierait progressivement. Comme il méditait sur le temps qui passe, une sorte de frémissement le représenta parfaitement : il se tourna vers la fenêtre, le vent s'était levé.

« Ça va au moins renouveler l'air, imagina Soneri.

– Tant qu'à espérer, espérons en grand : deux heures de flotte pour nettoyer toute la crasse de la ville.

– Il faudrait du trichlo… reprit le commissaire sans avoir le temps de finir sa phrase, Juvara s'étant levé pour lui montrer deux numéros de téléphone soulignés sur la fadette du portable de Galluzzo.

– Je sais à quoi ils correspondent, lui dit-il. Ce sont des lignes directes de la boîte, de l'*Astro*.

– Tu l'as dit à Draghi ?

– On en a parlé avant. Il cherche encore des infos, mais il sait déjà que l'établissement est contrôlé par le milieu albanais. Celui qu'ils appellent “le contrebandier”, c'est le chef.

– On connaît sa véritable identité ?

– Il ne me l'a pas dit. Mais il a découvert que le patron de l'*Astro*, Spaggiari, n'est qu'un prête-nom. Il était au bord de la faillite quand les Albanais lui ont proposé de l'argent pour refaire surface. Draghi a eu l'info par un indic.

– Et en échange, ils en ont fait une base opérationnelle pour leurs affaires », termina Soneri en s'étonnant de la rapidité avec laquelle ils s'étaient infiltrés dans la ville.

Quelques années plus tôt, Spaggiari aurait fait appel à Gerlanda pour réussir à s'en sortir, mais aujourd'hui, il avait fini entre les mains des Albanais.

Le commissaire s'approcha de la fenêtre pour l'ouvrir. L'air était toujours aussi immobile et irrespirable, mais le ciel continuait d'être pâle et le tonnerre, de gronder.

« On est dans une impasse », annonça-t-il alors, sans que Juvara ne comprenne s'il faisait référence au temps ou à l'enquête.

La sonnerie du téléphone brisa cette atmosphère méditative. C'était Draghi.

« Commissaire, la fadette de Galluzzo confirme bien qu'il fournissait sa clientèle en cocaïne.

– Et il l'achetait aux Albanais ? demanda Soneri.

– Les modalités sont un peu différentes.

– C'est-à-dire ?

– Il prenait la coke en dépôt-vente, révéla l'inspecteur.

– Qu'est-ce que ça veut dire ? Il faisait le VRP ? plaisanta le commissaire.

– Non, le système est archi simple : les Albanais fournissaient la came à Galluzzo qui la revendait en prenant sa marge. Une fois revendue, il soldait ses comptes avec eux. C'est comme ça que ça marche, assura Draghi. Aujourd'hui, n'importe qui peut devenir dealer avec cette méthode. Ça permet aussi de protéger les consommateurs parce qu'ils peuvent choper leur came sans éveiller les soupçons, par exemple en faisant semblant de s'acheter une chemise, exactement comme dans la boutique de Galluzzo.

– Et lui, il en prenait aussi ?

– Apparemment, non, répondit Draghi, peut-être un ou deux rails de temps en temps, mais ça restait occasionnel. Commissaire, pour moi, les sachets de la voiture, c'est juste une fausse piste. Ou alors, c'est les types qui ont cogné Galluzzo qui en prenaient.

– Oui, mais il y a l'assurance. Qui plus est au nom d'une des maîtresses de Gerlanda, lui rappela le commissaire.

– Ils l'ont peut-être achetée, suggéra l'inspecteur. Si tu veux faire preuve de ta supériorité absolue, tu chopes les affaires et les femmes de ton rival, non ? »

Possible. C'était d'ailleurs la théorie de Gerlanda : tout pouvait s'acheter. Un pragmatisme que le commissaire finissait par partager, à son corps défendant.

Avant de clore la conversation, Draghi lui communiqua son intention de continuer de travailler dans l'environnement de l'*Astro* pour soutirer de nouveaux tuyaux.

« Commissaire, conclut-il, tôt ou tard il va falloir en serrer un pour le faire parler.

– Mieux vaut ne pas trop s'activer, on réussirait seulement à les mettre sur leurs gardes, l'avertit Soneri. J'aimerais mieux les pousser à commettre une erreur. »

Un fracas de tonnerre sembla déchirer le ciel et ouvrir une percée à la pluie.

« On en est où avec les écoutes ? demanda ensuite Soneri à Juvara.

– Pour l'instant, rien d'intéressant. Soit ils sont malins, soit ils ont un code qu'on n'arrive pas encore à décrypter. »

La nue avait accéléré l'arrivée de l'obscurité. Une lumière cendrée enveloppait les immeubles et annonçait l'orage. Juvara souffrait en silence en épluchant les fadettes, et les auréoles de sueur sur sa chemise augmentaient au même rythme que l'humidité.

Un agent entra un papier à la main et le posa sur le bureau du commissaire. Il s'agissait des dernières dispositions du questeur concernant les services de garde du 17 et les rondes dans les quartiers les plus à risques. Soneri remarqua la présence de l'*Astro* dans les objectifs à surveiller.

« Qui a dit à Capuozzo qu'on avait la boîte dans le viseur ?

– Moi, répondit timidement Juvara. Il me l'a demandé.

– Il t'a demandé quoi ?

– Où en était l'enquête. »

Le commissaire fut incapable d'articuler le moindre mot tant il était exaspéré. Il ronchonna dans sa barbe et frappa tout à coup du poing sur la table. À cet instant, le téléphone sonna devant un Juvara légèrement effrayé.

« Tu viens de parler à Capuozzo, devina Angela au ton avec lequel il avait répondu.

– Non, pire. L'entretien est devenu un excès de courtoisie, on en est à l'espionnage, maintenant. Dès que je sors d'ici, le questeur téléphone à mes hommes et se fait raconter tout ce que je fais.

– Console-toi, tu disposes d'une espionne prête à tout balancer.

– Tu as des nouvelles de Rondani ?

– Comme prévu, il m'a envoyé sa révocation : je ne suis plus son avocate, lui annonça Angela.

– Et alors ? Quelle espionne tu fais ?

– Ne me sous-évalue pas, je connais beaucoup de monde et j'ai su que Rondani a soldé la plupart de ses dettes, en plus d'avoir purgé deux hypothèques au bénéfice de Gerlanda.

– Quelles dettes ?

– Celles qu'il devait aux fournisseurs. J'ai eu l'occasion de les rencontrer quand j'étais son avocate et j'ai parfois dû jouer les médiateurs.

– Beaucoup d'argent ?

– Beaucoup, oui. Payé cash, rubis sur l'ongle.

– C'était quand ?

– Quelques jours avant qu'il vienne te voir. Il a attendu que tout soit réglé pour venir porter plainte. Mais la chose sans doute la plus intéressante est de savoir qui s'est occupé de la procédure d'un point de vue administratif.

– Qui ? s'empressa de demander le commissaire.

– L'associé de Galluzzo, un certain De Angelis. Une espèce de magouilleur. »

Soneri sursauta sans parvenir à comprendre si c'était pour ce qu'il venait d'apprendre ou pour la vibration du coup de tonnerre qui s'était mis à galoper au-dessus de sa tête. On voyait De Angelis apparaître un peu partout. Associé de Galluzzo, client de Cavatorta, ami de Filomena et de son mari : une ubiquité pour le moins suspecte.

« C'est donc lui qui aurait fait sauter Gerlanda », pensa le commissaire à voix haute, même si leurs deux personnalités rendaient la chose improbable. Quoi qu'il en soit, De Angelis avait sûrement protégé ses arrières.

« C'est possible, reprit Angela. Le type manipule de grosses sommes d'argent et les met à l'abri dans un coffre-fort suisse : les paiements aux fournisseurs ont été effectués par une société ayant son siège à Lugano. Par ailleurs, il est souvent le partenaire en affaires de Centazzo.

– Le nouveau pouvoir financier… commenta Soneri qui tentait l'ironie sans parvenir à quitter sa gravité.

– Peut-être pas complètement, mais c'est sûrement lui qui a le plus fort taux de croissance, répondit Angela. Ils agissent sans bruit et sans répit et se dévorent la ville à grosses bouchées, ajouta-t-elle.

– Ils la rachètent morceau par morceau, approuva Soneri.

– Ils ont des montagnes de fric à dépenser, mais le vrai problème, ce sont ceux qui acceptent de vendre. Y compris les entreprises familiales, poursuivit Angela.

– Tu en connais qui l'ont fait ?

– Je pourrais t'en citer des dizaines, répondit-elle. À la troisième génération, les dynasties industrielles se retrouvent aux mains de jeunes héritiers pleins aux as et sans aucune motivation, qui préfèrent profiter de la vie au lieu de bosser. Le premier qui leur propose le pactole se récupère les clés de la baraque, et ensuite, ils n'ont plus qu'à dilapider ce que leurs pères et leurs grands-pères ont accumulé. Beaucoup d'autres sont en difficulté et veulent sauver leur peau. La voilà, la fine fleur de l'entrepreneuriat parmesan. »

Soneri soupira bruyamment avant de saluer Angela et de la remercier pour ses informations. Son esprit vola ensuite vers Gerlanda, probablement déjà aux prises avec les perquisitions et les contrôles de la brigade financière. Mais au moins, Gerlanda avait essayé. Tous les autres avaient mis les bouts et lâché l'affaire.

Juvara se leva et remit la radio sur l'indicatif de Police secours. Il y avait une rixe dans une barre d'immeubles laissée à l'abandon à la périphérie nord de la ville, sur la route du Parc des expositions. Soneri tendit l'oreille : l'*Astro* se trouvait dans la zone. Les collègues du 17 avaient l'air agités et parlaient comme s'ils étaient en train de courir. On entendait en arrière-fond le ronflement du moteur de la voiture, ils devaient suivre quelqu'un. Puis, tout redevint calme et l'un des policiers demanda l'intervention d'une ambulance.

« Ça deale par là-bas, commenta Juvara, profitant d'un silence radio.

– Encore un règlement de comptes, supposa le commissaire, en ce moment, il y en a un par jour, on peut juste en prendre acte.

– Il faudrait envoyer l'armée... dit l'inspecteur.

– Je ne te savais pas putschiste, plaisanta Soneri. Ce pays a supporté beaucoup trop d'uniformes », ajouta-t-il plus sérieusement.

Peu après, Pasquariello se fit entendre au téléphone.

« Commissaire, annonça-t-il, on vient d'emmener le Moldave aux urgences, le fiancé de Galluzzo. Ils venaient juste de le relâcher, à midi. »

Soneri fit tout de suite le lien avec la rixe.

« C'est grave ?

– Assez. Il s'est pris un coup de couteau dans le ventre et il a perdu beaucoup de sang. Mais il a eu de la chance. Le hasard a voulu qu'une patrouille passe par là, autrement ils l'auraient achevé.

– Ils les ont vus ?

– Ils ont pris la fuite mais il y a un blessé ; il est gonflé, le Moldave, il avait un couteau.

– Tu as contrôlé son nom et ses empreintes digitales ?

– Commissaire, ce Nicolai Tudor est gravé dans ma mémoire. »

Il se souvint alors que Pasquariello l'avait arrêté après l'avoir trouvé en possession de la Rolex offerte par Galluzzo.

« Tu dis qu'il venait juste de sortir ?

– Oui, le proc' de permanence avait prévu hier sa remise en liberté et ils l'ont relâché ce matin, confirma le commandant. Ça se voit qu'ils voulaient se le faire.

– Mais pourquoi ? demanda Soneri, plus à lui-même qu'à son collègue.

– Question de flair, reprit l'autre. Dans ces cas-là, ils ont souvent la trouille que l'autre balance des trucs, alors ils suppriment le témoin. Ou alors, il y avait de vieilles rancunes, je ne sais pas…

– S'ils avaient l'intention d'éliminer un témoin, ils auraient pris un revolver, réfléchit le commissaire. On ne voit plus beaucoup de sicaires poignardeurs, de nos jours.

– Le couteau est une arme efficace et silencieuse. N'oublie pas que c'est arrivé à côté d'une route à une heure où il y a encore pas mal de monde qui circule. En tout cas, conclut Pasquariello, si la patrouille n'était pas passée par là, pour lui, l'heure avait sonné. »

« Comment savoir si cette histoire est en lien avec l'affaire Galluzzo ? » s'interrogea Soneri après avoir mis fin à la conversation, toujours en proie à une incertitude désagréable. Cette enquête n'en finissait pas de le mettre sur la route d'événements apparemment éloignés de l'homicide du commerçant. « Il y a trop de fils à l'écheveau, il faut en choisir un », lui avait même intimé Capuozzo, dans l'une de ses métaphores éculées de bureaucrate. Le tout étant de savoir lequel.

Le pli qu'on lui fit porter peu après ne l'aida pas à faire son choix. Il s'agissait d'une note volumineuse envoyée par les collègues calabrais à qui il avait demandé des informations sur Galluzzo et Centazzo. Les liens entre les deux familles sautaient immédiatement aux yeux. Filomena avait épousé Salvatore dans le Nord, tandis que la sœur de ce dernier avait épousé l'un des frères Galluzzo. Mariages d'intérêt selon les meilleures traditions. D'après les informations fournies par la police calabraise, les Galluzzo contrôlaient une partie importante de la côte *reggina* sans s'exposer directement, grâce à plusieurs boss locaux. Leurs intérêts allaient des marchés publics au commerce de la drogue en passant par l'usure, activité signalée en forte croissance. Mais la *cosca* – le clan – s'employait depuis un bon moment à élargir sa toile, en cherchant de nouveaux marchés loin de la Calabre, là où se trouvaient de grosses affaires à se répartir. Dans le Nord, par exemple, où il constituait des sociétés grâce à des prête-noms locaux en apparence au-dessus de tout soupçon et investissait de gigantesques flux d'argent sale afin de s'implanter dans de lucratifs secteurs de l'économie qui compte.

Soneri fut détourné de sa lecture et de sa réflexion par le mouvement menaçant des deux gros sapins de la cour agités par le vent. L'orage avait-il décidé d'ouvrir les vannes ? La note d'information avait ouvert les siennes et ce qu'on y lisait n'était pas moins violent qu'une averse de grêle. Les pages réservées aux Centazzo, par exemple. Les collègues calabrais les décrivaient comme une dynastie de notables depuis longtemps en collusion avec des avocats, comptables, notaires, experts-comptables, dans des activités illicites. L'honnêteté de façade de tout bon malfaiteur.

« Quelque chose d'intéressant ? demanda Juvara en détachant son regard de la fenêtre où les sapins se donnaient en spectacle en dansant dans le vent.

– Je viens de découvrir le virus, se borna à répondre le commissaire en repensant à Gerlanda et à sa prophétie du pire à venir.

– Le virus ? demanda Juvara avec étonnement, sans comprendre grand-chose.

– Celui qui est en train de tuer la ville, répondit le commissaire aussitôt interrompu par la sonnerie du téléphone.

– On en a pris un, le blessé, annonça Pasquariello. Je pense que c'est un Albanais, mais je n'en suis pas sûr, ses papiers sont faux.

– Il y en avait un autre ?

– Oui, mais il a pris la fuite. »

Soneri raccrocha, mit la note d'information de côté et se leva pour sortir. En se dirigeant vers le bureau de Pasquariello, il savait qu'il s'occupait d'un aspect marginal de l'affaire, mais c'était le seul en lien direct avec Galluzzo. Le reste n'était qu'un « scénario suggestif », selon les termes de Capuozzo.

L'Albanais était jeune et paraissait assez éprouvé. Sa blessure au bras droit l'obligeait à le porter en écharpe, mais son visage, revêche et anguleux, avait le regard fixe et froid de ceux qui sont capables de la sauvagerie la plus stupide.

« Il s'appelle Ilir Mustafaj, fit savoir Pasquariello en le montrant du doigt, on l'a identifié grâce à ses empreintes digitales. Il a de nombreux précédents et il a déjà été expulsé une fois, poursuivit-il, aussi précis qu'un employé aux archives.

– Vous l'avez déjà interrogé ?

– On a essayé, mais c'est comme si on parlait à une chaise », expliqua Pasquariello.

Soneri fixa les traits durs, presque méprisants, de l'Albanais. Son visage de marbre exprimait la misère et l'ignorance, les coups reçus : un entraînement impitoyable qui supprimait toute forme de sensibilité et de sentiments. Le commissaire, résigné, écarta les bras. « Ramenez-le en cellule », ordonna-t-il.

Pendant que les agents traînaient Mustafaj hors du bureau, Pasquariello prit Soneri sous le bras et lui montra un répertoire téléphonique replié, trouvé dans l'une des poches de l'Albanais, ainsi qu'une carte SIM.

« Il avait ce répertoire sur lui, l'informa-t-il, par contre, la carte SIM vient du portable de celui qui a pris la fuite. »

Soneri empocha le tout et salua son collègue tandis qu'un nouveau fracas de tonnerre fit trembler la Questure. Le jour déclinait et le commissaire observa l'après-midi s'éteindre et les nuages s'amonceler dans le ciel bas.

« Les collègues calabrais ont appelé, l'informa Juvara dès son retour. Ils nous signalent une cargaison de peaux en direction de Parme déchargée dans le port de Gioia Tauro. Pour eux, il y a autre chose que de la came à tanner.

– Came tout court, acheva le commissaire.

– Ils nous demandent de surveiller l'expédition. Ils disent qu'ils ont eu un tuyau.

– L'arrivée est prévue pour quand ?

– Le temps de traverser la botte : dans la nuit si le camion est rapide, plus probablement demain. Quoi qu'il arrive, on a la plaque et le type de véhicule. Les carabiniers se chargent de le surveiller avant de le confier aux patrouilles compétentes des secteurs. »

Le commissaire hocha la tête en signe d'approbation. Dehors, le vent continuait de souffler et donnait un sentiment d'impuissance.

« Ce ciel n'arrive pas à pisser, constata Soneri, déçu.

– Et moi, intervint Juvara, je n'arrive pas à bout de ces sociétés, dit-il en observant, perplexe, l'écran de son ordinateur.

– Quelles sociétés ?

– La SORE et la Building, les sociétés qui ont acquis les zones industrielles, précisa l'inspecteur.

– Qu'est-ce que tu as réussi à savoir ?

– Que l'avocat Di Giacomo en est le représentant légal et que Centazzo les administre avec plusieurs sigles de sociétés. Mais je n'arrive pas à comprendre qui en sont les propriétaires. C'est le système des poupées russes, et à la dernière boîte, on tombe sur l'Enterprise, une société qui a son siège à Lugano. Je ne trouve strictement rien sur elle. J'aurais besoin d'une commission rogatoire, mais ça demanderait beaucoup trop de temps sans être sûr du résultat. »

Le commissaire demeurait dans une grande perplexité, mais se rappela soudain les révélations d'Angela sur De Angelis et le paiement des dettes de Rondani. « Il les met à l'abri dans un coffre-fort suisse », avait-elle dit. Dont le siège était à Lugano. On y voyait un peu plus clair dans cette affaire, mais on tournait toujours autour de l'homicide de Galluzzo. Le questeur allait encore l'accuser de divaguer.

Angela donna de ses nouvelles un peu plus tard au téléphone.

« Tu viens chez moi, ce soir ? Vu le temps, je préfère rester à la maison. Ils ont annulé le *Nabucco* dans la cour de la Pilotta, la moitié de la ville est en émoi.

– Pourquoi en émoi ?

– Mais comment, pourquoi ? C'est l'événement le plus attendu de la saison et il faut que ça tombe le même soir que le premier orage du mois d'août ! répliqua Angela.

– Le *Nabucco* ? Ils n'ont pas remarqué qu'il avait brûlé ? ironisa le commissaire qui avait l'impression d'assister à une grotesque farce collective.

– Quel éternel pessimiste ! se moqua Angela en l'imitant. Tu ne penses qu'aux catastrophes, mais eux, ils ont envie de s'amuser et de faire la fête ! Parme est le meilleur des mondes possibles, ils n'ont aucune envie qu'on en dise du mal. Verdi, le passé ducal, les architectes français et la "petite Paris" satisfont largement leur imagination. Ils croient toujours à la gloire que ça représente. Va leur dire que Parme a perdu son éclat, ils ne te croiront jamais.

– Ils vont bien être obligés de s'en rendre compte, maugréa Soneri.

– Peut-être, mais pour l'instant, les gens vivent au jour le jour. Ils ne pensent pas à l'avenir, ils se contentent de profiter du présent. Il y a de l'argent, la ville est belle et les loisirs ne manquent pas. On a arrêté de se casser le cul en pensant à l'avenir et, dans deux générations, on se rendra compte qu'on n'aura rien produit. On fera l'expérience du vide et on constatera qu'on en est resté au même point. Mais là, il sera trop tard et le petit théâtre de marionnettes sera liquidé en un seul coup de vent. »

Soneri imagina plutôt un ouragan et éprouva un sentiment d'impuissance et de frustration.

« Maintenant, c'est toi la pessimiste. Ou alors tu es contrariée de ne pas pouvoir assister au *Nabucco* ?

– Tu ne trouves pas que les événements rendent la ville ridicule ? Il y a de la méthode dans cette fable noire, non ? Ou bien tu penses que tout est le fruit du hasard ? interrogea Angela.

– Je n'en sais rien. L'hypothèse de l'incendie du restaurant de Gerlanda à quelques jours de l'opéra en plein-air pour jouer sur le nom laisse entendre qu'ils se sentent en force. Au point de se permettre de ridiculiser la ville et de lui mettre des claques.

– Ce serait encore plus inquiétant, conclut Angela.

– La réalité est déjà inquiétante, riposta Soneri. Trop de gens ont baissé la tête devant les nouveaux maîtres en faisant des affaires avec eux.

– Tu penses à Gerlanda ?

– Il aura lutté jusqu'au bout, mais il faisait trop partie des murs. La ville était douillette et ramollie, et comme les lettres de change et les messes basses étaient les armes les plus en vogue… Il a sans doute payé le résidu d'humanité qui lui restait dans un monde qui transforme les pires des vices en qualités : l'égoïsme, la sauvagerie, l'avidité. Contre les bêtes sauvages, on n'a qu'une solution, être aussi sauvage qu'elles. »

La conclusion était pénible et le silence s'imposa. Le combiné à la main, Angela et Soneri devinaient leur expression réciproque et se comprenaient à la perfection, comme s'ils se regardaient les yeux dans les yeux. Ils raccrochèrent alors d'un seul élan, en totale harmonie.

13

Il retourna à son bureau et jeta un œil sur le ciel tumultueux : des nuages phosphorescents, tels de gigantesques lampyres, clignotaient au milieu du grondement qui chevauchait le vent.

Il posa l'agenda et la carte SIM de l'Albanais qu'ils avaient arrêté sur le bureau de Juvara. « Du pain frais sur la planche », annonça-t-il.

L'inspecteur examina la carte et ouvrit l'agenda quasiment en miettes.

« Qu'est-ce que c'est ?

– Les hommes de Pasquariello ont attrapé un des deux agresseurs au couteau. Tu sais, la rixe de tout à l'heure… »

Juvara fit la connexion.

« Un coup de cul. C'était pas du luxe, ajouta Soneri.

– Vous pensez… balbutia l'inspecteur.

– J'ai l'impression qu'on n'est pas loin de comprendre certains épisodes, répondit le commissaire. Même si les petites mains qu'on a coincées ne vont pas nous avancer à grand-chose. À rien, même. »

Juvara le regarda d'un air intrigué, mais renonça à poser la moindre question, sachant pertinemment que Soneri changerait de sujet, comme chaque fois qu'il réfléchissait à voix haute.

« Où en est notre chargement ? demanda-t-il, en effet.

– Il devrait arriver cette nuit. S'ils ne font pas de pause, vers trois heures.

– Tu as prévenu Draghi ?

– Il est fin prêt. Il m'a dit qu'ils les attendaient.

– Dis-moi si tu connais des numéros dans l'agenda », lui ordonna Soneri.

Juvara se mit à le feuilleter.

« Celui-là, je le connais, c'est celui de Besnik Moisiu, affirma-t-il.

– Besnik Moisiu ?

– Notre fameux "contrebandier", le boss. C'est lui qui contrôle la drogue et la prostitution de Parme. On l'a identifié grâce aux collègues de Bari. Il est très connu de leurs services : il a d'abord fait dans les cigarettes et les clandestins ; après, il s'est installé en Italie pour gérer un réseau de prostitution et il s'est gagné le respect des mafieux en évinçant les bandes locales. Ensuite, il a embarqué des Slaves avec lui pour aller dans les régions plus riches du Nord, où il n'a trouvé aucune résistance : un terrain fertile à coloniser, son Ouest à lui. »

Soneri écoutait sans rien dire. Une idée de plus en plus précise germait dans son esprit, impossible à faire passer dans un rapport de police. Il pourrait éventuellement en parler de vive voix à Percudani, mais c'était surtout Capuozzo qu'il fallait convaincre.

« Ce Mustafaj est donc un homme de Moisiu », récapitula-t-il.

Juvara acquiesça avant d'ajouter :

« Son coursier. Je pense qu'il faisait partie des fournisseurs de Galluzzo.

– Probable, marmonna Soneri, l'esprit absorbé.

– J'en suis quasiment sûr », précisa Juvara.

Soneri se montra tout à coup plus attentif.

« Sûr ?

– Galluzzo demandait toujours le même poste à l'*Astro*, d'après moi, celui de Moisiu. Ensuite, Moisiu envoyait quelqu'un pour livrer la cocaïne, sans doute Mustafaj. Pour finir, les clients de Galluzzo se présentaient au magasin de la via Cavour pour se réapprovisionner sous couvert d'achats de vêtements. On a vérifié les fadettes et on a vu qu'un des clients appelait aussi l'*Astro*, au même numéro que Galluzzo.

– Tu sais qui c'est ?

– Un expert-comptable, Busi. »

Le commissaire sursauta. Le cabinet Busi était particulièrement réputé. Le directeur, un monsieur d'un âge avancé, était non seulement l'un des professionnels les plus titrés de la ville, mais aussi le conseiller de bon nombre de dynasties industrielles. Juvara n'était pas à Parme depuis assez longtemps pour se rendre compte de l'importance de la famille Busi.

« Tu dis Amilcare Busi ? Mais c'est un vieillard !

– Non, moi, j'ai Giorgio Busi, vingt-huit ans. Ce serait un autre ? »

Soneri fouilla une nouvelle fois dans sa mémoire et fit défiler ses souvenirs de lycée. Il s'arrêta sur la photo d'une sortie à Assise, prise dans le cloître de la basilique San Francesco. Mais à l'époque, celui qui posait à côté de lui s'appelait Renato Busi, le fils d'Amilcare. Ils avaient passé de nombreuses soirées à ricaner sous les réverbères, et Renato n'avait jamais fait sentir son appartenance au patriciat de la ville. Giorgio devait être son fils. Au fond, il n'avait que quelques années de plus que le sien, si celui-ci avait survécu.

Juvara vit blêmir le commissaire. La douleur de ce malheur passé était toujours intacte lorsque Soneri s'y heurtait, comme les anciennes fractures qui font mal aux changements de temps. Découvrir ainsi le petit-fils Busi rendait les jours bien davantage voleurs d'espoirs et d'illusions.

« Vous le connaissez ? » murmura prudemment l'inspecteur.

Le commissaire sombra soudain dans la mélancolie.

« J'étais dans la même classe que son père », répondit-il.

Juvara évita d'en rajouter et Soneri lui en fut reconnaissant. Le silence grandissait autour d'eux, seulement troublé par le grondement du ciel.

« Je devrais changer de ville, trancha-t-il, enviant son inspecteur pour qui l'endroit n'avait aucune profondeur temporelle et où tout se ressemblait.

– Vous l'avez déjà fait », lui rappela timidement Juvara.

Exact. Son erreur avait sans doute été de revenir assister au déclin.

« Le destin de la troisième génération », marmonna Soneri en se souvenant des propos d'Angela sur la progéniture des industriels.

Cette constatation le fit revenir à son enquête :

« Et les anciens clients de Galluzzo fréquentent maintenant le cabinet Busi ?

– En partie. D'autres types de clients fréquentent son domicile, un appartement de quatre cents mètres carrés, via Farini.

– Évidemment, il connaît plus de monde que Galluzzo, observa le commissaire.

– Il organise des fêtes presque toutes les semaines, les vendredis et samedis soir. On y trouve tous les rejetons de la bonne société de Parme. Il suffit de regarder les voitures garées juste en dessous pour avoir une idée des revenus, l'informa Juvara.

– Les jeunes espoirs de la ville qui se font des trous au cerveau un rail après l'autre », conclut le commissaire, amer et sarcastique.

Il leva alors les yeux et regarda le ciel noir, toujours empli d'éclairs muets. Il se sentait comme les nuages, désireux de se délester mais toujours suspendus à la rancœur du tonnerre, lourds et impuissants.

Il ouvrit le dossier qui contenait les documents de l'enquête et découvrit la photo de Mustafaj. Il décida d'en faire une photocopie, qu'il fourra dans sa poche. Il avait une idée en tête, et même s'il n'en connaissait pas l'issue, il sentait que cette nuit serait décisive. D'ailleurs, comme une promesse, le vent s'était remis à souffler.

Angela l'appela à l'instant où Soneri sortait. Des rafales balayaient et soulevaient la touffeur intenable des rues et des venelles où elle paressait depuis des jours. Il faisait noir, les arbres étaient secoués et des tourbillons de poussière, pareils à des follets, traversaient les avenues. Sur la grève asséchée de la Parma, au bord des résidus de flaques verdâtres, les grenouilles avaient cessé de chanter et attendaient les eaux nouvelles. Il traversa le ponte Verdi et laissa derrière lui la Pilotta déserte. Il se retrouva devant la masse inquiète du parc ducal, avec ses platanes séculaires au feuillage agité, ivres et ondoyants.

En arrivant chez Angela, il éprouva la solitude des naufragés.

« C'est bientôt la fin de l'été, constata-t-elle en regardant les arbres. Le vent emporte la canicule.

– Une autre saison a commencé, annonça Soneri, sibyllin. Mais l'orage n'est qu'un décor. Comme la musique dans un film dramatique. »

Elle le fixa avec gravité avant de disparaître à la cuisine pour aller chercher le dîner. Ils auraient pu être les acteurs du film, avec leur expression sérieuse. Les deux assiettes de gnocchis à la tomate qu'Angela tira du four et la bouteille de gutturnio qu'elle déboucha les ragaillardirent.

« La soirée s'annonce sérieusement décisive si l'on s'en tient à ton menu, observa le commissaire, presque badin.

– Je sais que tu vas connaître des heures difficiles, répondit-elle sur le même ton.

– Je pense que nous en saurons beaucoup plus sur cette affaire demain matin. Je vais peut-être m'en libérer.

– Tu dis ça à chaque fois. Quand tu approches de la fin, tu es aussi fatigué qu'une accouchée.

– C'est vrai. Je ne supporte plus d'autopsier les saloperies de la société. Et j'ai passé l'âge de changer de métier. Je préfère viser la retraite. J'ai envie de me retirer loin de la ville pour cultiver mon jardin et aller aux champignons.

– Mais arrête ! s'exclama Angela en accompagnant sa phrase d'un geste péremptoire. Personne n'en sort, de la société ! Tu peux éventuellement éviter ses giclées d'ordures, mais tu seras toujours dedans. D'ailleurs, le problème n'est pas là. »

Il la regarda et lui adressa un signe interrogatif du menton.

« Ta sensibilité. Si tu étais un flic comme les autres, tu n'en aurais pas grand-chose à foutre de toutes ces horreurs. La vérité, c'est que tu es un moraliste. C'est ça qui te fout en rogne. Tu n'as pas renoncé à tes idéaux et quand tu vois la réalité s'en éloigner, tu deviens enragé. Si beaucoup de tes collègues continuent d'avancer bêtement, c'est parce qu'ils n'affrontent rien. Ils se battent sans se demander de quel côté ils sont, c'est tout. Comme les soldats. Un bon soldat ne doit pas trop penser ni être trop perspicace, sinon il se rendrait compte que ce qu'il fait ne sert à rien.

– Les meilleurs soldats sont de l'autre côté en ne voulant rien savoir. Des gens butés, terrorisés à la moindre menace. Du côté des vainqueurs, maugréa Soneri.

– Mais non, s'opposa Angela. Les vainqueurs savent mieux interpréter notre époque, c'est tout. Et ils font des affaires sans se demander comment. Et pour les conclure, pas besoin des prescriptions d'une loi que personne n'est capable de faire respecter. Parce que la loi est comme eux, asservie à l'argent.

– Dit par une avocate… Est-ce que tu comprends, au moins, pourquoi je suis hors de moi ?

– Évidemment que je le comprends ! Je fréquente beaucoup plus de puissants que toi, avec mon boulot, et je connais les mouvements de cette ville beaucoup mieux que toi. On devrait obliger les commissaires à assister aux conseils d'administration pour prévenir le crime. Ça ne sert à rien de s'en prendre à la petite délinquance de rue. C'est comme si tu balayais par terre avec des maçons à côté. »

Un chœur de sirènes fit vibrer l'atmosphère. Soneri se mit à la fenêtre qui regardait vers le torrent et aperçut une lueur sautillante entre les arcades du portique de la Pilotta. Nouvel incendie rageur dans la ville aveulie. Nouveau furoncle au beau milieu du décorum ducal. Des flammes rouges comme l'enfer dansaient dans la cour du palais, on aurait dit une lanterne secouée par le vent.

Soneri revint s'asseoir et attaqua son assiette de gnocchis pour se consoler.

« À quelle heure, cette nuit ? demanda Angela.

– Vers trois heures. On a un chargement de peaux qui couvre une livraison de cocaïne. Les collègues calabrais ont eu un tuyau.

– C'est à croire que le monde entier s'abreuve de confidences. C'est emblématique de la ville, en tout cas. Pour connaître la vérité sur Parme, il suffit d'écouter les messes basses de la rue, des bars et des salons, ou des cabinets d'avocats. Tu devrais écouter ce qui se raconte sur Di Giacomo, celui qui sert de représentant légal aux sociétés de Centazzo.

– C'est comme ça, ici : tout le monde sait tout et tout le monde piapiate en faisant semblant de ne rien savoir. Ils jouent tous un rôle comme si tout était en place. Une gigantesque farce. Les champions du "je te le dis, mais je t'ai rien dit", râla Soneri.

– Eh oui. En attendant, Centazzo et ses partenaires occultes possèdent un énorme patrimoine immobilier. Même moi, ça m'a étonnée. Acquis grâce à des prête-noms complaisants pour ne pas trop attirer l'attention. Des employés modestes achètent des hôtels particuliers, des électriciens se retrouvent propriétaires de cliniques… Apparemment tout est légal, inattaquable. Di Giacomo te le garantit, expliqua Angela avec ironie.

– Ah bon ? Des hôtels particuliers ?

– Le Palazzo Ravetti, via Repubblica, par exemple. Figure-toi que la commune et la région y possèdent des bureaux. Visiblement, on leur a fait un prix, histoire de garder de bonnes relations. Ils ont aussi racheté la clinique Villa Rosa : les héritiers du propriétaire brûlaient de s'en débarrasser, et comme elle est conventionnée, il paraît qu'on les a couverts d'or. Centazzo détient même la librairie Sangiorgi, la librairie des écrivains. À mon avis, elle va bientôt fermer, elle gagne plus d'argent en vendant des téléphones portables qu'en vendant des bouquins. »

Toujours ce même sentiment d'impuissance à l'assaut du commissaire. Centazzo avait racheté la librairie Sangiorgi, un morceau de sa vie.

« Combien de rendez-vous tu as donné à la librairie Sangiorgi ? » lui demanda Soneri.

Angela sourit tristement et fit un signe de la main pour dire qu'elle ne les comptait même pas.

« Les villes sont comme les amants, elles nous rappellent nos moments de bonheur, quand on était complices, murmura le commissaire tandis qu'il sentait grandir en lui une sombre indignation.

– On ne peut rien y faire. Même dans d'autres mains, elle aurait connu le même sort : téléphonie mobile ou soutiens-gorge. La mairie n'a pas les moyens de s'opposer aux transactions privées.

– Elle n'est pas inscrite au patrimoine ? risqua Soneri.

– Si. Les murs et le mobilier. Ça leur permet de mettre des godasses à la place des bouquins sur les étagères en noyer. Niveau métaphore, je trouve la transition assez significative. »

Le commissaire écarta les bras avant de les laisser retomber. Il se remit à contempler la cour de la Pilotta que les projecteurs des pompiers éclairaient comme un décor de cinéma.

« Oui, répéta Angela derrière lui, on ne peut rien y faire. Et toi non plus tu ne pourras rien y faire, contre les infiltrations de Centazzo, de De Angelis et de toute leur congrégation de mafieux. Ceux qui ont l'argent ont toujours raison. Parce que l'argent, c'est du plaisir immédiat. Nos pères étaient tournés vers l'avenir, avec pour ambition de solides fondations, mais aujourd'hui, les gens préfèrent vivre au présent. »

Debout à la fenêtre, Soneri écoutait Angela sans la regarder. Ses mots se détachaient à l'arrière-plan, comme ceux d'un narrateur illustrant scènes et personnages, et le film qui défilait sous ses yeux n'avait jamais été aussi clair. Il entendit au loin la voix des cloches de

San Giovanni dispersée par le vent. Sa montre indiquait bientôt vingt-trois heures. Un frisson d'inquiétude le frappa de plein fouet et l'arracha à la fenêtre. Il lui fallait sortir, fuir les cauchemars qui l'affligeaient. Il embrassa Angela qui assistait en silence à ces sortes de préparatifs. Juste avant qu'il ne s'en aille, elle l'invita à trinquer en lui tendant son verre rempli du reste de gutturnio.

« À nous, malgré tout », murmura-t-elle, complice.

Son vin avalé, le commissaire sortit sous les rafales qui crachaient au visage la poussière de la rue. Il traversa une nouvelle fois le torrent et considéra les dégâts du feu sur les poubelles. La fumée avait noirci les briques austères de la Pilotta à qui le temps avait restitué la couleur de l'argile, et une dernière patrouille de pompiers discutait avec des vigiles municipaux. Soneri continua tout droit, passa devant le monument au partisan et se dirigea vers le *Regio*. Un soupçon couvait en lui, mêlé à de la curiosité, un je-ne-sais-quoi allant et venant au rythme d'un ascenseur ou d'un plat trop copieux.

Gondo était assis sur ses marches et somnolait tête baissée. Il avait posé son nouvel accordéon à distance respectueuse, comme s'il le boudait. Quand il sentit sa présence, le musicien se releva et le salua d'un sourire triste de vieux. C'était la première fois que Soneri le voyait comme ça, tout édenté, désarmant de candeur.

« Tu ne t'entraînes plus à jouer ? lui demanda le commissaire.

– Ça ne sert à rien, j'y renonce. J'ai beau remuer les doigts sur le clavier, j'ai l'impression d'être aveugle, je ne trouve plus mes notes. Quand je l'enlace, je le sens distant, comme une femme qui se refuse. Une femme et un accordéon, c'est la même chose, vous savez, il faut être en harmonie », conclut-il.

Soneri le regarda baisser à nouveau la tête.

« Tu vas t'arrêter de jouer ? »

Le vieux esquissa un mouvement timide pour écarter les bras.

« À mon âge, on perd facilement la mémoire. Mais c'est mieux comme ça. On a moins de regrets. Et puis, je n'avais pas grand monde autour de moi, ma musique, aujourd'hui, c'est fini. »

Gondo se tourna vers l'accordéon posé à côté de lui.

« J'aimerais bien le redonner à cette avocate… Je ne me souviens plus de son nom. Elle pourra peut-être l'offrir à un autre accordéoniste. Moi et lui, termina-t-il en faisant allusion à l'instrument, on ne s'est pas trouvés.

– Tu vas faire quoi, maintenant ?

– Je vais demander l'aumône tant que ma santé me le permettra. »

Soneri sentit quelque chose s'éteindre en lui. Une surdité subite, comme s'il avait mis la tête sous l'eau. Cette fois, la ville avait perdu sa musique pour de bon. Elle n'entendrait plus que le vacarme du grouillement incessant des rues et des immeubles, une cacophonie de notes sans aucune grâce.

« On va peut-être réussir à retrouver ton vieil accordéon », dit-il à Gondo. Mais ses mots naissaient plus d'un regret que d'une conviction, et le vieux s'en rendit compte.

« Ils l'ont déjà détruit, et sa musique avec », murmura-t-il.

La colère et l'impuissance ne lâchaient toujours pas le commissaire. C'était la première fois que la barbarie progressait à ce point dans une affaire et qu'il se sentait trop isolé pour la combattre, cette vague limoneuse dont la puanteur remontait des égouts. Il leva les yeux juste en face de l'élargissement de la via Dante avec, au bout, la trouée de la via Cavour, à côté du numéro 15.

Il rencontra alors le regard de Gondo : ils avaient vu la même chose. Leurs visages exprimèrent un accord tacite l'espace d'une seconde, héritage d'un code né avant le langage. Soneri tira de sa poche la photo de Mustafaj et la montra au vieux, qui la tourna légèrement sous la lumière des réverbères du *Regio* avant d'acquiescer.

« L'autre soir, il est passé ici, et ensuite il a été via Cavour », affirma-t-il d'une voix rancuneuse.

Le commissaire comprit que le vieux privé de son accordéon n'avait plus rien à perdre.

« Il y avait quelqu'un d'autre avec lui, ajouta-t-il ensuite.

– Tu te souviens de l'heure ?

– Minuit avait sonné depuis un moment, mais il n'était pas encore la demie », précisa Gondo.

Les horaires correspondaient à ceux de la mort de Galluzzo établis par le médecin légiste. Soneri replongea dans ses pensées, davantage satisfait d'avoir eu l'intuition du secret du vieux que de sa révélation. Il avait toujours trouvé ce vol infondé suspect.

« Alors ils t'ont vu, ce soir-là… en déduisit Soneri.

– Je les ai vus, peut-être bien qu'eux aussi… répondit Gondo. Je ne suis pas toujours assis là. Eux, en tout cas, c'est pas des gens d'ici, ils avaient un accent. »

La fin de la phrase résonna dans l'esprit du commissaire, mais en revoyant le visage dur de Mustafaj, il se dit que le vol d'un vieil accordéon ne lui ressemblait pas. Ce genre d'individu avait plutôt recours à des revolvers, à des couteaux ou aux poings, comme avec Galluzzo. Certes, le motif d'intimider le vieux était plausible, mais Soneri subodorait autre chose.

« Tu m'as dit que tu n'avais pas vu la tête de ceux qui t'ont volé ton accordéon, reprit-il, alors comment tu peux être sûr que ce sont les mêmes qui sont entrés chez Galluzzo ? »

Gondo regarda Soneri droit dans les yeux.

« C'étaient les mêmes, j'en suis sûr. Ils parlaient avec un accent, qui voulez-vous que ce soit ? Quels ennemis je peux avoir, moi ? Je n'ai rien, je joue juste de l'accordéon !

– Mon raisonnement m'échappe », pensa tout haut le commissaire comme un coup de vent lui balançait des grains de poussière à la figure.

Nouveau grondement de tonnerre, tout proche, intimidant. Sa voix avait couvert celle de Gondo et emporté ce qu'il disait.

« Les autres m'ont vu, dit-il simplement après que le tonnerre se fut dissipé.

– Les autres qui ? » demanda le commissaire, pressentant une révélation imminente.

Gondo fixa de nouveau Soneri avant de répondre, comme s'il voulait s'assurer qu'il soit bien attentif.

« Le beau-frère et l'autre, déclara-t-il. Je ne sais pas comment il s'appelle. »

Le nom de De Angelis effleura l'esprit du commissaire.

« Comment tu sais que c'était le beau-frère ?

– Je l'avais déjà remarqué aller et venir dans la boutique, à d'autres occasions. Je vis ici, moi, tous les vieux commerçants qui sont encore là, c'est mes amis.

– Quand est-ce qu'ils t'ont vu ?

– Le même soir. Des fois, quand il fait trop chaud, je reste ici toute la nuit. Dans ces cas-là, je m'endors sous les arcades du théâtre ou alors je fais deux pas le long du trottoir. Je ne pourrais pas dire s'ils se sont aperçus que j'étais là, mais enfin, si après ils m'ont fait voler mon accordéon… Ils ont dû profiter d'un tout petit moment, quand je suis allé vers la Steccata… raconta le vieux, l'air absorbé.

– Qu'est-ce qu'ils faisaient ? l'encouragea Soneri.

– Ils avaient une grosse valise à roulettes. Ils ont pris la via Dante où ils avaient laissé leur voiture et puis ils sont partis. Ils avaient l'air pressés. Ou alors ils étaient tout retournés. Va savoir… » envisagea Gondo.

Ils restèrent un moment silencieux. Un éclair les immobilisa comme des statues, suivi d'un gros coup de tonnerre.

« Cette fois, c'est vraiment sérieux, annonça le vieux de manière ambiguë, sans que l'on sache s'il faisait référence à la météo ou à l'enquête.

– Ce serait bien de te trouver un abri, s'empressa de lui suggérer Soneri. Justement parce que cette nuit, ça va être sérieux. »

Gondo se mit à rire. « J'ai vu pire sur le Montagnana quand je faisais le bois avec mon père ou quand j'avais les fascistes en ligne de mire. Ce n'est pas un orage de ville qui va me faire peur. Et puis, ajouta-t-il, je n'ai plus rien à demander. »

Le commissaire le regarda et sentit son cœur se serrer, entraînant des contractions aussi rapides qu'une fibrillation. Pour la première fois depuis plusieurs semaines, un frisson sournois de fièvre lui traversa l'échine. Au bout de la via Garibaldi, le vent apporta le sifflement d'un train et, peu après, l'odeur douceâtre de la terre mouillée et des premières gouttes qui s'en iraient au nord par San Leonardo. Rien ne le soulagea. Le palazzo del Governatore fit sonner une cloche solitaire, unique son de la ville au milieu du fracas du ciel et de la violente bataille de la nue.

« J'aimerais bien que tu joues pendant que je m'en vais », le pria Soneri.

Gondo eut un léger tremblement, on aurait dit un rire étouffé. Il regarda son nouvel accordéon, alla le soulever et le posa sur ses cuisses.

« Le seul air que je me rappelle, dit-il, c'est *Bella Ciao*, mais c'est plus à la mode, plus personne n'a envie de l'écouter.

– Moi, je l'aime beaucoup, insista le commissaire.

– Alors je vais le jouer pour toi, et pour lui », répondit Gondo en indiquant le partisan de bronze à la gauche du *Regio*.

Soneri entendit les premières notes après avoir fait quelques pas. Le ciel s'était accordé une pause, comme s'il voulait à son tour entendre le vieux jouer cette ancienne chanson de la Résistance. Le commissaire s'arrêta. Les notes se balançaient dans l'air et flottaient comme un parfum. Il ferma les yeux et tenta de revoir Parme bien des années plus tôt, à l'époque où elle était encore une ville aussi chaude et passionnelle qu'une mazurka. Quelques secondes plus tard, une imprécation le tira de ses rêveries et abrégea le dernier refrain de Gondo. D'une fenêtre, quelqu'un braillait d'arrêter dans une langue étrangère entrecoupée d'italien. Fin de la mélodie. Depuis le ciel, des gouttes aussi grosses que des crachats commencèrent à pleuvoir sur l'asphalte.

14

La pluie mouilla à peine les rues tant l'eau s'évaporait. La ville tournait au bain turc, et Soneri décida d'attendre la fin de l'averse sous les arcades de l'hôtel de ville. Il saisit son portable et appela Juvara :

« Tu es encore au bureau ?

– Encore deux heures, peut-être moins. Draghi et ses gars vadrouillent déjà autour de l'usine pour voir s'ils ont pensé à mettre un comité d'accueil le long du trajet, l'informa l'inspecteur.

– Tout est calme ?

– Rien à signaler. »

Après le coup de tabac, le ciel aussi s'était calmé. L'orage jouait à cache-cache avec la ville, ses tergiversations étaient exténuantes. L'atmosphère poisseuse avait fait son retour une fois le vent retombé, et les gens s'étaient remis à transpirer dans leurs chambres pénombreuses, éreintés par de virevoltantes insomnies. Le climat demeurait dans un état d'expectative, entre espoir et frustration, devant les signaux ambigus et lointains d'éclats passagers qui faisaient penser à des feux d'artifice.

Un doute avait fait vaciller le commissaire sur le chemin de la Questure, au milieu des rues désormais vidées de leurs ivrognes habituels. Et s'ils ne trouvaient rien ?

S'ils gâchaient une nuit d'embuscade pour finalement fouiller des peaux tannées nauséabondes ? Capuozzo se démènerait comme un beau diable : on le privait de nouvelles fraîches, et les journaux tambourinaient tous les matins au sujet de la mort mystérieuse du commerçant. Il tourna via XXII Luglio et s'engagea borgo della Posta. Le planton somnolait dans sa guérite, sa tête avait l'air sur le point de se détacher de son corps. Soneri monta jusqu'à son bureau. Juvara était assis devant son ordinateur et se déchaînait sur son clavier.

« On a trouvé un nouveau truc intéressant, annonça-t-il.

– Sur le périple de la drogue ?

– Sur ses accompagnateurs.

– Tu veux dire le conducteur du camion ?

– Lui, c'est juste un chauffeur qui fera semblant de pas être au courant pour la cocaïne planquée dans les peaux. Non, je pense à celui qui va négocier avec les hommes de Moisiu, expliqua l'inspecteur.

– Je trouvais ça curieux qu'ils laissent leur trésor sans surveillance, mais je me disais qu'ils devaient avoir des hommes sur place.

– L'organisation est très centralisée, pas de proconsuls, que des représentants directs.

– Expédiés d'en bas ? demanda le commissaire en parlant de la Calabre.

– Cette fois, c'est les pandores qui nous ont rendu service. En fait, ils surveillaient les frères Ciriello, Mario et Cosimo, qui sont membres d'un clan lié aux Galluzzo, et ils ont découvert que les deux frères prenaient souvent l'avion à Lamezia sous un faux nom. Parfois le vol direct pour Parme, parfois pour Bologne. Ils ont trouvé ça suspect, mais comme ça ne faisait pas partie de leur enquête, ils ont prévenu la direction de leur district antimafia qui a ensuite fait tourner l'info aux questures de Parme et de Bologne. »

Soneri adressa un signe de satisfaction à l'inspecteur avant de se lever.

« Tu t'es mérité un café.

– Commissaire, l'arrêta Juvara, ce n'est pas tout. J'ai demandé aux deux aéroports de m'envoyer les listes des passagers et j'ai vu que les Ciriello avaient pris l'avion presque toutes les semaines.

– La ville s'en met plein le nez, à ce que je vois, répliqua Soneri, sarcastique. Le marché est tellement juteux qu'ils peuvent se permettre de se le partager avec les Albanais si ça peut éviter les affrontements. Ni Moisiu ni les Calabrais n'auraient lâché leur trafic, c'est évident, alors autant se mettre d'accord, histoire qu'il y ait à bouffer pour tout le monde.

– Commissaire, reprit Juvara, pour ça, c'est bon, mais il y a une heure, Capuozzo a encore appelé. Il voulait savoir s'il y avait du nouveau pour l'homicide de Galluzzo. »

Soneri souffla et laissa échapper une expression consternée.

« Et qu'est-ce que tu lui as dit ?

– Qu'on n'avait toujours rien, qu'on y travaillait… Qu'est-ce que je pouvais lui dire ?

– Ce soir, Gondo m'a parlé : il a vu pas mal de choses, expliqua le commissaire. Via Cavour, avant minuit, il a remarqué deux Albanais. Je lui ai montré une photo de Mustafaj, et il est sûr que c'était un des deux types. Mais il a aussi vu Centazzo et De Angelis aller chez la victime, quelques heures plus tard. Peut-être qu'on les a avertis de l'expédition punitive. Quoi qu'il en soit, ils sont sûrement à l'origine de la mise en scène du vol et de la fausse piste des sachets dans la voiture, parce que Gondo les a vus sortir avec une grosse valise qui venait sans doute de chez Galluzzo.

– Qu'ils se sont bien gardés de recenser dans les choses disparues, acheva Juvara tandis que le commissaire acquiesçait. Ce que je trouve bizarre, c'est que jusqu'ici les Galluzzo ont épargné les Albanais, ajouta l'inspecteur.

– Francesco avait pris ses distances avec sa famille et, par-dessus le marché, il était mal vu par ses frères. Peut-être qu'ils voulaient aussi lui donner une leçon et que, dans tous les cas, ça ne méritait pas de déclencher une guerre qui ruinerait leurs affaires, raisonna Soneri.

– L'argent avant tout, décréta Juvara.

– Et Galluzzo s'en est sûrement planqué, ce ne serait pas la première fois.

– Ça s'est sûrement passé comme ça, décida l'inspecteur, mais quelles preuves on a contre les Albanais et le duo Centazzo-De Angelis ? À moins que vous vouliez entendre l'accordéoniste comme témoin ? Mais à mon avis, ça ne suffira pas. Les avocats de la défense le feront passer pour fou ou bien victime d'hallucinations et ils n'en feront qu'une bouchée. Après tout, c'est qu'une vieille cloche. »

Le commissaire fut blessé par la crudité de Juvara et sur le point de mal lui répondre. Mais en regardant l'inspecteur, il se rendit compte que c'était sa naïveté qui parlait. Après tout, Juvara avait raison : pour les parvenus de cette ville, Gondo, avec ses haillons et ses vieilles musiques, n'était qu'un pauvre sire sans aucune importance.

« On verra », murmura-t-il d'un air absent en allumant son cigare.

Ils restèrent sans rien dire et le ciel se rappela à eux en étouffant un sombre râle. Juvara regarda par les vitres, le temps d'une éphémère lueur, tandis que Soneri observait la pendule accrochée au mur. Il était deux heures et quart, l'heure de partir.

« Préviens Draghi, je vais arriver à pied par la via Bixio. Je serai devant le portail de l'usine à trois heures moins dix », précisa le commissaire.

Puis il sortit en silence tandis qu'un éclair muet illuminait la cour d'une beauté spectrale, comme à la lune pleine. Il marcha jusqu'au ponte di Mezzo en remontant la via Mazzini, et, profitant du ciel inondé de lumière, regarda vers la grève au pied des arches sèches qui espéraient la caresse de l'eau. L'enfilade irrégulière des immeubles de l'Oltretorrente l'observait, foule entassée et silencieuse affrontant la disgrâce. Il glissa le long du tournant de la via Bixio et rejoignit le piazzale Barbieri coupé en son centre par l'ancienne barrière d'octroi. La maroquinerie était là, aux confins de la vieille ville, dernier pan de quartier habité autrefois par les classes populaires.

Il était trois heures pile quand il composa le numéro de Draghi.

« Nos amis arrivent ?

– Ils ne vont pas tarder. Dans un quart d'heure, je pense. Mais restez à l'écart, c'est pas le moment qu'ils voient des mouvements suspects, lui conseilla enfin l'inspecteur.

– Draghi, tu crois que je pique du nez ?

– Excusez-moi, commissaire, mais le moment est tellement délicat… Je dis ça à tout le monde.

– N'oublie pas que dans la rue, je suis le roi des chats de gouttière. Où tu es ?

– Garé viale dei Mille. Ils vont forcément passer par là. J'ai installé deux patrouilles via della Salute et autant au rond-point du ponte Italia, au cas où ils tenteraient de prendre la fuite en faisant demi-tour. Quoi qu'il arrive, on surveille aussi la via Spezia, la via Villetta et la via Volturno. Et vous ? Vous êtes où ?

– Via Pintor, à côté du lycée technique. Je vois tout d'ici. Préviens-moi dès que le camion arrive. »

Les éclairs s'intensifiaient et éblouissaient la ville immobile qui tentait de trouver le sommeil dans ce climat paludéen. C'était l'heure où les noctambules s'assoupissaient enfin, le zénith des nuits courtes de l'été. Soneri n'y échappa pas et s'alluma un *toscano* pour chasser cette espèce de toile d'araignée qui lui enveloppait le visage. Le silence restitua enfin le sommeil que la chaleur et l'orage avaient confisqué. Alors, une lumière éclatante s'écrasa sur la ville endormie puis le craquement déchirant d'un vieil arbre arraché ou d'une lame qui se brise dans une ultime contraction élastique. Les toits des maisons frémissaient comme des couvercles de casseroles et les plantes se blottissaient sur le pavé pour s'abriter des menaces de l'air. Tout à coup, de violentes rafales se mirent à souffler. Vent, éclairs et tonnerre ouvrirent le bal au même moment, semblant obéir à une mystérieuse mise en scène. Une danse frénétique s'ensuivit et une bacchanale d'eau se déversa sur la ville, annoncée par l'odeur d'humidité électrique que le vent avait apportée. Les éclairs fulgurants découvrirent à Soneri une nouvelle présence devant le portail de la maroquinerie. Un fourgon blanc, à l'arrêt, attendait. Le commissaire sortit alors son portable et rappela Draghi.

« Ils sont déjà là et vous ne les avez même pas vus, râla-t-il.

– Ah bon ? Le véhicule qu'on nous a signalé n'est pas passé, répondit l'inspecteur en s'excusant.

– Ils ne sont pas débiles, Draghi ! Ils en ont changé quelque part à peine sortis de l'autoroute.

– Qu'est-ce qu'on fait ? bredouilla l'autre, affreusement gêné.

– On attend qu'ils rentrent et on intervient. C'est moi qui vous préviens. »

Le fourgon resta à l'arrêt plusieurs minutes avant de faire un appel de phares au moment où le portail s'ouvrait lentement, annoncé par un clignotement jaune.

« Il entre, informa le commissaire en parlant à Draghi, dans cinq minutes vous pouvez y aller.

– Je vous dis quand on y va, annonça l'inspecteur à voix basse.

– Pas la peine, je vous verrai, s'agaça-t-il. En attendant, approchez-vous discrètement. Ou plutôt, non, je vous préviendrai quand les autres arriveront.

– Quels autres, commissaire ?

– Les Calabrais. C'est une affaire entre eux et les hommes de Moisiu, non ?

– Bien sûr, oui, prévenez-nous. On sera là en deux secondes. »

Soneri se rapprocha du portail pour planquer au plus près. En plein cœur de la ville ou bien dans ses montagnes, il était un parfait matou. Soudain, une rafale de vent froid fouetta les habitations en sifflant entre les grilles de la vieille barrière d'octroi. Lorsqu'un nouvel éclair illumina la place, un autre utilitaire était arrêté devant le portail. Nouvel appel de phares, nouveau clignotement de lumière jaune. Une fois le véhicule entré, Soneri sortit de sa planque pour rejoindre le portail et profiter des battants encore grands ouverts. Il sortit son mouchoir et le posa sur la photocellule qui en commandait l'ouverture. Puis il appela Draghi : « Entrez tous phares éteints et bloquez les sorties. Faites gaffe, ces types ont des armes. »

Quelques secondes plus tard, trois voitures banalisées se glissèrent dans la cour de l'usine et s'arrêtèrent à côté du mur d'enceinte à l'instant même où le ciel cessa de gronder pour déverser ses trombes d'eau. Tout se passa alors très vite. De la lumière apparut après que les agents eurent défoncé deux portes, et Soneri entendit des ordres impérieux, atténués par le fracas de la pluie. Il se précipita dans la cour et entra juste à temps à l'intérieur du bâtiment. Il entendit alors mitrailler la grêle sur la tôle du hangar avec un bruit de grenaille de plomb.

Il y avait six personnes dans la pièce, une véritable scène de crèche. Le commissaire les scruta chacun à leur tour en attribuant mentalement un nom à leurs visages. Il fut certain de l'identité de Moisiu, « le contrebandier », le plus reconnaissable : physique trapu et expression vulgaire davantage mis en valeur par des vêtements de marque et cet étalage de luxe typique des proxénètes. À côté de lui, un type blond et vérolé devait être l'un de ses hommes, et de l'autre côté de la table, les frères Ciriello, aux mêmes allures de prolétaires. Le regard du commissaire s'arrêta sur le visage candide de Cavatorta dont les cheveux bouclés semblaient avoir survécu à la tempête qui se déchaînait dehors. Enfin, Soneri dévisagea un homme sur la cinquantaine, la tête rabougrie et plissée comme une coquille de noix : le chauffeur du fourgon.

Il se rendit compte à ce moment-là que les six hommes étaient pris pour cible par au moins quatre agents ; il détestait ce genre de scène qui donnait l'impression de faire partie d'un mauvais film. Un policier les fouillait pour vérifier s'ils étaient armés. Seul Moisiu avait un revolver, mais c'était un automatique de petite dimension, pas une arme de tueur à gages. Son bras droit avait un couteau, mais les deux Ciriello et les autres n'étaient pas armés. Les Calabrais ne craignaient donc personne et continuaient de tirer les rênes.

« Commissaire, qu'est-ce qu'on fait ? demanda Draghi.

– Embarquez-les, on bavardera avec eux tout à l'heure. »

L'agent qui les avait fouillés sortit les menottes, mais épargna Cavatorta et le chauffeur. Un coup d'œil de Draghi à ses hommes leur avait fait comprendre qu'ils n'étaient pas dangereux.

« Vous n'avez aucune preuve, grommela l'un des Ciriello tandis qu'on l'emmenait par la porte qui donnait sur la cour, déjà inondée.

– On les trouvera dans dix minutes », riposta Soneri en respirant l'air frais qui fit irruption dans la pièce.

Les Stups arrivèrent peu après avec les chiens. Ils déchargèrent le stock de peaux du fourgon, et les bêtes découvrirent quatre pains de drogue sous la plage arrière. D'autres dépassaient de l'interstice de la roue de secours. Les chiens reniflèrent encore l'habitacle un bon moment et découvrirent d'autres pains sous le siège du passager. On ne s'était pas beaucoup inquiété de la planque, ce qui prouvait que le passeur filé par la police de la route avait dû arrêter son camion pour un transbordement hâtif dans une base logistique en dehors de la ville.

Soneri abandonna le reste du travail à la brigade des stups et quitta satisfait la maroquinerie sous une pluie à présent régulière après le déluge et la grêle. Juvara le surprit en pleine rue. « Ils ont arrêté Gerlanda », l'informa-t-il.

Le commissaire regarda sa montre et s'aperçut qu'il était déjà cinq heures. Le crépuscule tardif des matins aoûtiens n'avait pas encore entamé la profondeur de la nuit. Seul et trempé, Soneri goûta enfin le froid après trois mois de sudation.

À peine réveillé, il repensa à ces premiers frissons et perçut immédiatement le brusque changement de température. Les nuages cendrés et la lumière sombre faisaient croire à l'aube au lieu du matin. En réalité, il était déjà onze heures et il se sentait encore tout engourdi de sommeil.

Lorsqu'il alluma son portable, une rafale de messages l'avisa des appels en absence. Les numéros correspondaient à ceux du bureau et il imagina le dépit de Juvara devant ses tentatives manquées. Il décida alors de donner de ses nouvelles.

« Percudani a fixé l'interrogatoire à quatorze heures et veut que vous soyez présent, annonça l'inspecteur.

– J'y serai, répondit Soneri, laconique.

– Il a été vraiment sympa, ajouta Juvara en laissant sa phrase en suspens.

– Il l'est, confirma le commissaire.

– Il a insisté pour vous avoir alors qu'ils étaient tous pressés de le faire avec le patron des Stups dans la matinée.

– Mais c'est quand même nous qui avons tout fait !

– Vous croyez que je ne le sais pas ? Le questeur a dit que les affaires de drogue n'étaient pas du ressort de la PJ. Quoi qu'il en soit, Percudani a tout différé pour vous permettre d'y participer.

– Donc, ensuite, l'opération va passer aux mains des Stups ? demanda le commissaire, histoire de se faire une raison.

– Je crains que oui. Capuozzo a insisté pour que vous vous occupiez de l'homicide Galluzzo sans être distrait par autre chose, et Percudani, pour ne plus l'avoir entre les pattes, a fini par le satisfaire. »

Juvara l'entendit jurer entre ses dents avant qu'un silence gênant ne jette un froid dans la conversation. L'inspecteur attendit un peu et se remit à parler prudemment, en sondant les intentions du commissaire : « On a identifié celui qui était avec Moisiu. »

Soneri ne répondit rien et l'autre poursuivit : « Il s'appelle Mohamed Sinani et il était avec Mustafaj quand Tudor s'est fait agresser. »

Le commissaire explosa dans une espèce d'exclamation étouffée puis grogna d'une voix sèche :

« Évidemment, ne les faites surtout pas se rencontrer et tenez-les à l'écart de Moisiu, recommanda-t-il. De toute façon, ce n'est plus notre problème, conclut-il avec dépit.

– Percudani nous laissera travailler sur la bande si on a besoin de les interroger, tenta Juvara pour le radoucir. On se voit à quatorze heures ?

– Je vais appeler le juge pour lui dire que Draghi ira à ma place, il sera réveillé juste à temps, répondit le commissaire.

– Le *dottore* va mal le prendre, il a déplacé l'interrogatoire exprès.

– Je lui expliquerai. De toute façon, l'interrogatoire ne va rien donner, personne ne va parler, affirma Soneri.

– Gerlanda aussi a fait valoir son droit au silence, l'informa Juvara.

– Personne ne parle dans cette ville, sauf quand ça touche leurs intérêts », conclut le commissaire.

Il n'eut pas besoin de se perdre en explications avec Percudani. Le magistrat comprit le dépit de Soneri et se rangea au fait que l'interrogatoire n'apporterait rien de nouveau. Les faits étaient suffisamment clairs pour que l'accusation d'association de malfaiteurs pour trafic de stupéfiants tienne debout. Pas la peine d'en rajouter.

« Je suis inquiet pour Tudor, avoua le commissaire.

– Il est à l'hôpital, sous escorte, répondit le magistrat.

– Ils doivent avoir une raison s'ils ont tenté de l'éliminer. Ils pourraient recommencer.

– À quoi pensez-vous ?

– Je pense que le Moldave en connaît un rayon et que les autres le savent. D'après moi, Galluzzo lui a raconté tout un tas de détails sur le trafic de drogue. »

Percudani bougonna : les craintes de Soneri n'étaient jamais à prendre à la légère et visaient presque toujours juste.

« Vous êtes un vieux routier… Je n'ai pas besoin de vous expliquer que vous pouvez le faire assigner en qualité de témoin. Si on le met en examen avec un avocat, ça risque de se compliquer, alerta Percudani.

– Il me suffit de l'entendre comme témoin, clarifia Soneri.

– Sans problèmes, en ce qui me concerne, répondit le magistrat. Le reste, y compris les précautions, font partie de votre métier, pas du mien. »

Quelques minutes plus tard, le commissaire composa le numéro du poste de police de l'hôpital Maggiore.

« Commissaire, Tudor a disparu, lui rapporta l'agent affolé.

– Comment ça, disparu ? Quand ?

– Il y a une demi-heure, ils l'ont accompagné au service radiologie du rez-de-chaussée pour les consultations, et pendant qu'un collègue parlait aux infirmiers, il a couru vers la sortie et il a disparu dans les allées. On le cherche, mais pour l'instant on n'en trouve aucune trace. »

Furieux, Soneri lui raccrocha au nez. Un quart d'heure après, il était à l'hôpital devant l'agent qui l'avait laissé s'échapper.

« Il avait l'air plus mort que vivant, il a encore ses points, je ne pensais pas… »

Le type était jeune et le commissaire enrageait de voir qu'on continuait de prendre ce genre de risques avec des débutants. Il négligea ses excuses et posa une question précise : « Est-ce que quelqu'un a tenté d'approcher Tudor quand vous étiez de garde ? »

L'agent réfléchit un moment, l'air ahuri.

« Oui, une personne est venue, un homme bien habillé, avec l'accent du Sud.

– Et il est entré ? Tudor l'a vu ?

– Non, il n'est pas entré, on avait ordre de ne laisser entrer personne. Mais l'homme s'est mis dans l'encadrement de la porte et il a regardé dans la chambre. Je ne sais pas si Tudor était réveillé à ce moment-là, mais s'il l'était, oui, il a dû le voir.

– OK », dit Soneri en allant vers la chambre où le Moldave avait été pris en charge.

Il s'approcha du lit et de la petite armoire et imagina le jeune homme en fuite dans les rues d'une ville qu'il ne connaissait guère, le ventre encore ouvert par un coup de couteau. Il était maintenant comme un lièvre en période de chasse avec dans son sillon une meute de chiens lâchés. La peur le maintiendrait en vie et lui donnerait la force de courir.

Il n'y avait que deux bouteilles d'eau minérale dans la table de nuit à la tête du lit, et Tudor avait laissé sa veste en toile dans la petite armoire. Il y manquait son portefeuille et ses papiers, mais une carte de visite se trouvait dans la poche poitrine : ZENDER OREFICERIA, VIA FARINI 9. Soneri connaissait ce magasin :

suspecté quelques années plus tôt de recycler de la marchandise volée, son propriétaire avait été mis en examen pour recel. L'enquête s'était terminée dans le néant, comme beaucoup d'autres. Au verso de la carte, une autre adresse apparaissait, mais écrite à la main : « borgo antini 16 ».

Il retourna voir le planton.

« Passe à la PJ dans une demi-heure », lui ordonna-t-il en se dirigeant vers la porte par où Tudor avait pris la fuite.

Comme il remontait la via d'Azeglio jusqu'au torrent pour redescendre la via Mazzini en direction de la Questure, il régla sans doute son pas sur celui du Moldave, éclipsé dans une ville soudainement automnale. Des franges de nuages gris descendaient du ciel comme des mèches, et la brise lourde sentait le dernier soupir d'un mois d'août brusquement finissant.

« On a reçu la fiche signalétique des deux Ciriello ? demanda-t-il à Juvara avant même de le saluer.

– On me les a apportées tout à l'heure, répondit l'inspecteur en lui tendant une chemise avec le dossier des deux frères. On devrait enfin avoir les procès-verbaux des écoutes dans l'après-midi », ajouta-t-il.

Le commissaire manifesta son intérêt d'un seul regard en fixant celui de Juvara.

« Ne vous attendez pas à Dieu sait quoi, avertit l'inspecteur, ils vont juste nous confirmer ce qu'on sait déjà sur les affaires de Centazzo pour le compte des Galluzzo et de De Angelis. Surfaces industrielles genre *Forneria*, marchés publics, acquisitions immobilières… Commissaire, ils sont malins : tout ça, c'est des affaires dont on ne peut rien dire, même si on sait très bien d'où vient l'argent.

– Opérations d'investissement, résuma Soneri. Le sale boulot, ils le font faire aux Albanais.

– Il y a un personnage qu'on n'a pas réussi à identifier… poursuivit Juvara. Pas d'ici, d'après son accent. Un type qui a téléphoné trois fois au domicile de Centazzo après la mort de Galluzzo et toujours d'un lieu public, soit d'une cabine, soit d'un cyber phone.

– Dans quel but ?

– Un chantage ou une négociation, on ne comprend pas très bien. Il parle d'une part qui lui revient, sans jamais la désigner.

– Avec qui ?

– Filomena Galluzzo. On la reconnaît parfaitement quand elle jure en calabrais.

– Qu'est-ce qu'elle a répondu ?

– La première fois, elle l'a écouté, mais elle niait lui devoir quelque chose. Elle avait l'air surprise. La deuxième fois, elle lui a fortement déconseillé de continuer ses agissements en le menaçant de tout un tas d'allusions et de sous-entendus.

– Et la troisième ?

– Elle a été très explicite : "Ou tu disparais ou tu risques gros." Et puis elle a raccroché.

– Il faut savoir qui est cet individu », décida Soneri au moment où le planton de l'hôpital entrait.

L'agent semblait désolé, comme s'il allait se faire punir.

« T'en fais pas, le rassura le commissaire, je ne m'appelle pas Capuozzo. L'un dans l'autre, ajouta-t-il, c'est peut-être mieux que le Moldave ait pris la fuite. Là où il était, il risquait d'y laisser sa peau au lieu de guérir. »

Le policier regarda Juvara d'un air étonné, mais l'inspecteur n'ayant pas tout saisi haussa les épaules en invitant l'agent à ne pas s'inquiéter. Soneri ne se rendit compte de rien, occupé à fouiller dans un dossier.

« Tu reconnaîtrais un de ces deux-là ? » demanda-t-il ensuite à l'agent en lui montrant les photos des Ciriello.

Le planton fixa les instantanés et indiqua Cosimo du doigt.

« C'est lui qui a demandé à voir le Moldave ! s'exclama-t-il.

– Tu en es sûr ? »

Le jeune flic s'empara de la photo et la regarda plus attentivement.

« Oui, c'est lui, j'en suis sûr, trancha-t-il.

– Bien, reprit Soneri, souhaitons-nous que ce garçon réussisse à se mettre à l'abri rapidement ou qu'il tombe sur nos patrouilles. La première fois, ça lui a porté chance. L'arrestation des Ciriello lui fait gagner deux jours. Espérons qu'il sache en profiter.

– Il est sans doute déjà dans un train ou dans un avion, jugea Juvara. Il a sûrement trouvé quelqu'un pour lui prêter de l'argent.

– Peut-être, mais pas dit, marmonna le commissaire. Si c'est le cas, on perd le seul témoin potentiel sur qui on aurait pu compter.

– Il n'aurait jamais parlé, répondit l'inspecteur, sceptique. Ils ont tous plus ou moins intérêt à se taire. Regardez Gerlanda : il risque d'avoir quelques pépins, mais il ne prendra pas grand-chose et il pourra profiter du patrimoine qu'il a accumulé.

– Eh oui, dit le commissaire d'une voix presque imperceptible, si on vivait encore dans un monde civil et qu'il y avait encore des gens qui ont des couilles, dans cette ville… »

Il se leva, déçu, et tapa sur l'épaule de l'agent planté au milieu du bureau avant de sortir.

15

Le ciel poméridien se confondait avec l'asphalte quand Soneri se présenta à la bijouterie Zender. C'était une petite boutique avec une sonnette et un sas pour entrer. En le voyant, le vieux propriétaire se raidit et resta immobile derrière son comptoir. Ils se reniflèrent à distance quelques secondes afin de se reconnaître, et Soneri avança de trois pas pour être face au bijoutier.

« Il y a quel… quelque chose… » bredouilla le bijoutier apeuré sans parvenir à rien ajouter d'autre.

Le commissaire sortit une photo de Tudor et la lui montra. « Il est passé récemment ? »

Le commerçant devait danser d'un pied sur l'autre sous son comptoir car son corps allait et venait sans se décider à se poser.

« Ne vous inquiétez pas, le rassura Soneri, vous n'aurez pas d'ennuis. »

Zender le scruta avec attention, on aurait dit qu'il voulait s'assurer qu'on ne se moquait pas de lui. Puis il répondit :

« Oui, il y a quelques jours.

– Qu'est-ce qu'il voulait ?

– Il voulait me vendre une montre.

– Une Rolex ?

– Exact. Une Daytona. Comment le savez-vous ? »

Soneri ignora sa question.

« Et qu'est-ce que vous lui avez dit ?

– Je lui ai demandé d'où venait la montre, et il m'a montré la boîte avec toutes les garanties nécessaires. Ce n'était pas de la marchandise volée, se défendit le bijoutier.

– Je sais, minimisa le commissaire, mais je voudrais savoir quels accords vous avez pris.

– J'ai eu l'impression qu'il était très pressé de conclure, alors, au début, j'ai fait une petite offre. Il m'a répondu qu'il allait y réfléchir et qu'il repasserait. Mais il n'a plus donné de nouvelles, expliqua Zender.

– C'était quand ?

– Avant-hier. »

Les dates coïncidaient. Si tout s'était passé comme le commissaire le pensait, Tudor avait d'abord essayé de soutirer de l'argent à la sœur de Galluzzo avant de s'adresser au bijoutier, mais les deux Albanais ne lui avaient pas laissé le temps de repasser et l'avaient poignardé. Seuls le hasard et le scrupule d'un flic en patrouille l'avaient sauvé d'une mort certaine. Cependant, on ne savait pas ce qu'il avait réclamé à Filomena. Il était sûrement au courant de tout un tas de choses pour tenter de vendre son silence, mais il avait agi avec la naïveté d'un enfant. C'est en cela qu'il faisait peur à Filomena et aux autres. Tudor représentait pour eux l'inconséquence et l'imprévisible. Ce n'était pas un truand professionnel, il ne partageait pas les codes de la pègre. Voilà pourquoi il fallait l'éliminer.

Pendant qu'il réfléchissait, Soneri se rendit compte que Zender l'observait, tout à la fois craintif et intrigué.

« S'il revient, lui conseilla-t-il, appelez-moi immédiatement. »

Il déposa sa carte de visite professionnelle pleine de bavures sous les yeux du bijoutier. L'autre la fit glisser sur le comptoir jusqu'au tiroir du bout du doigt comme s'il s'agissait d'un billet de banque.

Le commissaire fit un petit signe avant de sortir et parcourut la via Farini. Sous la courte portion en arcades de la rue, il se rappela l'adresse du verso de la carte de visite de la bijouterie Zender : borgo Antini 16. Il fit alors demi-tour et se dirigea à l'opposé de la piazza Garibaldi pour retrouver la rue. Il arriva peu après devant le numéro 16, un bâtiment rénové d'une dizaine d'appartements. Les sonnettes indiquaient très peu de noms. La plupart des étiquettes affichaient une numérotation générique et chronologique. Il se sentit vaguement démuni devant ces chiffres mystérieux.

Il téléphona à Juvara : « Tu as du nouveau ? » L'inspecteur commença à lui répondre, mais le commissaire l'arrêta :

« Je veux dire sur le Moldave.

– Non, pas sur le Moldave », précisa Juvara, laissant entendre qu'il en avait sur d'autres sujets.

Mais Soneri ne fut pas intéressé par le reste. Il se sentit soudain comme en congé, libre d'enquêter en suivant son instinct, sans avoir Capuozzo sur le dos. Il avait entrevu une brèche et voulait s'y engouffrer. La perspective d'un après-midi chargé le conduisit au *Milord*. La cuisine d'Alceste lui permettrait de prendre de l'élan. Un avant-goût indispensable, comme la vitesse d'un avion sur la piste avant qu'il ne s'envole. Les volutes parfumées de ses gnocchis au gorgonzola et de son filet de bœuf tranché à la Robespierre firent littéralement planer Soneri. Il trinqua à son verre de bonarda, vit qu'il était quatorze heures quarante et se souvint tout à coup de l'interrogatoire des deux Ciriello et des deux Albanais, de Cavatorta et du chauffeur.

« Temps perdu », se dit-il en répondant à son portable.

« Capuozzo a raison, t'es vraiment qu'un feignant ! s'exclama Angela.

– C'est vrai, tu as enfin compris ma vraie nature, répondit-il, perdu dans ses pensées.

– Comment se fait-il que tu ne sois pas à l'interrogatoire ? devina-t-elle en entendant les bavardages du restaurant à l'arrière-plan.

– Et toi, comment se fait-il que tu sois au courant ?

– N'oublie pas que je suis avocate. Et arrête de toujours poser des questions, essaye un peu de te consacrer aux réponses, rétorqua Angela.

– Primo, ce n'est plus mon enquête, mais celle des Stups. Deuxio, on n'en tirera rien. Ils vont tous dire qu'ils ne veulent pas répondre, et on assistera à une belle scène de film muet. Tertio, les faits sont suffisamment clairs pour notifier les délits au groupe des six : on les a pris en flag.

– Alors pourquoi t'es à l'affût ?

– Tu es au courant, non ? Je dois découvrir l'assassin de Galluzzo.

– Et tu épies ta proie.

– Je la flaire, mais je ne l'ai pas encore vue. Si j'arrive à la capturer, il se pourrait que cette ville se prenne une bonne grosse secousse, expliqua le commissaire.

– Qui sait, elle va peut-être se réveiller…

– Pas sûr. Tout est enseveli sous une couche épaisse de joyeuse indifférence. Tu sais qu'avant un drame collectif tout le monde fait comme si de rien n'était. Sous les bombes aussi, on chante et on danse, constata Soneri avec amertume.

– Tu as un gros truc entre les mains. Il faut t'en servir avec prudence. Tu sais bien que tu n'as pas tant d'amis que ça à la Questure… lui conseilla-t-elle.

– Je sais, admit le commissaire. Pour l'instant, ce n'est qu'une question d'intuition, mais cet après-midi, je vais pouvoir vérifier si je me suis planté ou si j'ai vu juste. Depuis le début, j'ai cette impression d'avoir fait le chemin à l'envers, comme si je m'étais approché d'un iceberg, mais que j'avais d'abord vu l'immense masse immergée.

– Ton déjeuner t'a rendu ton imagination, c'est bon signe, commenta Angela avec ironie. Mais n'oublie pas que pour Capuozzo et le reste de la ville, la conclusion sur Galluzzo ne sera qu'une guéguerre de plus entre petits dealers et que tu risques de salir l'image d'une communauté qui s'obstine à se voir heureuse et en pleine santé.

– Je sais. Le malade ne veut pas entendre parler de sa maladie, mais tôt ou tard il est bien obligé d'y faire face, répondit Soneri, toujours amer.

– Qui est la proie que tu es en train de pister ?

– L'amant de Galluzzo, le Moldave, tu te souviens ?

– Bien sûr.

– C'est le maillon faible. Galluzzo était fou amoureux, il a dû lui raconter tout un tas de choses sur sa famille et sa présence à Parme. Alors maintenant, Tudor essaye de vendre son silence, mais il prend beaucoup trop de risques. D'après moi, il cherche à se toucher une indemnité de départ pour retourner chez lui ou déménager ailleurs en Europe. Les écoutes ont révélé qu'un étranger a téléphoné trois fois à Filomena Galluzzo : je suis quasiment certain que c'est lui.

– C'est pour ça qu'ils ont essayé de le descendre ? demanda Angela.

– Oui. Et s'ils l'ont raté, c'est par le plus pur des hasards. En descendant le Moldave qui les faisait chanter, ils auraient réparé le seul défaut d'un mécanisme parfait. Je pense même que la mort de Galluzzo a arrangé tout le monde. Ses frères l'ont laissé se faire frapper sans vouloir le venger. Francesco représentait un danger, une source de honte pour leur *onorata società*… » conclut le commissaire.

Angela grommela en signe d'assentiment.

« En tout cas, maintenant, il faut que tu le retrouves.

– Le premier qui met la main sur le Moldave a gagné la partie, décréta le commissaire.

– J'espère que tu as de bonnes cartes en main, commenta Angela. N'oublie pas que tes ennemis ont plus d'un atout dans leur jeu, et que les politiques sont cul et chemise avec Centazzo et De Angelis, parce qu'ils contrôlent un beau paquet de votes. Ceux des Calabrais, pour commencer.

– Un autre symptôme de la maladie… » remarqua Soneri avant de raccrocher.

Draghi se manifesta après qu'il eut salué Alceste.

« Commissaire, c'est comme vous avez dit : film muet, ils ont fait valoir leur droit au silence.

– C'était sûr, répondit Soneri. Ils étaient comment ? Je veux dire, leur attitude.

– Les deux Ciriello, arrogants. Les Albanais, aussi durs et indifférents que de la pierre. Le chauffeur, un sphinx. Cavatorta était le seul à avoir l'air intimidé.

– Conclusion ?

– Je pense qu'ils veulent négocier, l'informa Draghi. C'est la solution la plus avantageuse. Le *dottor* Percudani en est sorti très contrarié.

– Quatre malfrats qui se foutent de ta gueule, c'est pas terrible pour un magistrat comme lui, estima Soneri.

– Je crois qu'il les aurait baffés, s'il avait pu. »

Le commissaire était sur le point de raccrocher, mais l'inspecteur lui signala que Juvara voulait lui parler.

« On a avancé sur l'identification des interlocuteurs que Centazzo et De Angelis ont contactés par téléphone, dit l'inspecteur en se lançant dans l'un de ses éternels préambules.

– Et alors ? s'impatienta le commissaire.

– Des gens importants ont fait leur apparition…

– C'est-à-dire ?

– Deux adjoints au maire et un député. »

Soneri en resta sans voix et repensa à l'avertissement d'Angela. Il avait vraiment de la dynamite entre les mains.

« On en parle quand je reviens », promit-il.

Il reprit son chemin et traversa le sol pavé de la piazza Duomo dans une ville de plus en plus déserte, et comme abandonnée. Il est vrai que l'imminence du 15 août avait dû faire partir une bonne moitié de ses habitants. Tout avait l'air encore plus inerte que d'habitude, et Soneri pensa qu'il serait difficile pour Tudor de s'enfuir ou de passer inaperçu dans cet environnement. Mieux valait qu'il reste tapi, et espérer que personne ne découvre sa planque.

Soneri, au contraire, reniflait et s'agitait entre la Questure, la piazza Garibaldi, la via Farini et la via Nazario Sauro, là où les deux inconnus avaient agressé Mariangela au moment où elle rentrait chez elle. Enfin, suivant sa piste comme un limier, il s'engagea borgo Antini.

Il était quatre heures de l'après-midi, mais entre les murs des rues étroites, on se serait cru en début de soirée. Quelques gouttes au parfum d'arrière-saison tombaient de temps à autre, et un air humide faisait frissonner les filles dans leurs tenues d'été. Il fit les cent pas en surveillant l'entrée du 16 et en croisant des gens qu'il avait déjà vus. La ville de Parme n'était pas bien grande et dans le centre on rencontrait souvent les mêmes personnes. C'est alors que Soneri tomba sur le visage d'une femme qui excita son attention : après qu'elle lui eut lancé un coup d'œil distrait, il la vit fouiller dans son sac devant cette porte qu'il observait depuis maintenant un bon moment. En s'approchant d'elle, il savait que sa piste avait été la bonne.

« Madame Rosselli, demanda-t-il tandis que l'autre se retournait vers lui, méfiante. Je ne pensais pas vous trouver ici », ajouta-t-il.

Elle le regarda, nerveuse mais résignée.

« J'ai… je viens juste de prendre cet appartement et je n'ai pas encore emménagé, bafouilla-t-elle.

– Vous êtes propriétaire ?

– Non, je suis locataire, répondit la Rosselli en faisant un mouvement pour entrer et prendre congé.

– Je suis désolé, je ne voudrais pas vous déranger, mais il va falloir que je monte avec vous, lui annonça Soneri.

– Pourquoi ? demanda-t-elle, de plus en plus nerveuse. Si vous avez besoin de me poser des questions, je peux venir à la Questure.

– Il vaut mieux que je monte. C'est aussi dans l'intérêt de qui vous savez », articula le commissaire d'une voix qui n'admettait aucune dérobade.

Soneri lut dans ses yeux une impuissance désespérée. Puis elle sortit sa clé, l'inséra dans la serrure et ouvrit la porte.

Dans l'ascenseur, le commissaire déclara sans ambages : « Vous n'allez pas emménager ici, c'est faux. »

La femme, les yeux baissés, secoua la tête.

« On me l'a prêté, admit-elle. Ou plus exactement, je venais ici de temps en temps.

– Avec Gerlanda. L'appartement est à lui », réattaqua Soneri.

Mariangela secoua de nouveau la tête et ses cheveux répandirent une odeur de shampooing.

« Je vous en prie, j'ai déjà assez de problèmes comme ça, dit-elle à voix basse. Vous savez beaucoup de choses sur moi, mais moi, je n'ai rien à voir avec toutes ces histoires, j'ai juste accepté de devenir titulaire d'une police d'assurance. »

L'ascenseur s'arrêta au troisième étage avec un léger bruit sourd. Soit l'immeuble était particulièrement silencieux, soit une partie des locataires était en vacances. Pendant que la femme cherchait sa clé, le commissaire lui demanda : « L'assurance-vie ne vous était pas destinée, c'est ça ? »

Mariangela se figea, prête à le contredire, mais estima bien vite qu'elle n'en avait plus la possibilité.

« Non. Pas directement, répondit-elle de façon ambiguë.

– Ça veut dire quoi ? » demanda le commissaire tout en bloquant d'un geste sa tentative de lui échapper après avoir ouvert la porte de l'appartement.

Elle leva alors le regard et le fixa pour la première fois avec assurance.

« On est ensemble, avec Tudor. La prime était pour lui, mais Galluzzo ne pouvait pas tout mettre au nom d'un Moldave dont il était amoureux. Déjà que sa famille le considérait comme un dégénéré, elle ne lui aurait jamais donné l'autorisation. Alors moi, j'ai joué le rôle de sa copine pour sauver les apparences.

– Mais vous avez aussi joué le rôle de la copine de Gerlanda…

– Vous savez parfaitement comment sont les choses. J'ai des dettes et une activité. Vous ne pouvez pas savoir ce que ça veut dire, être au bord du gouffre. On fait tout ce qu'on peut pour ne pas y tomber.

– Y compris coucher avec un homme par intérêt ? répliqua le commissaire, sans pitié.

– D'un côté, Gerlanda me dégoûtait, mais de l'autre, il me plaisait. C'est quelqu'un qui embobine sans qu'on s'en aperçoive. Vous connaissez la capacité qu'ont les femmes de se faire du mal en se mettant avec les mauvaises personnes… Pour Nicolai, c'est la même chose, il s'en foutait de Galluzzo, mais quand on n'a pas les moyens… »

« On peut aussi vendre son cul », eut envie de répliquer Soneri. « Tout a un prix », dit-il au contraire pour résumer et se dispenser de jugements qui ne le concernaient pas. L'image récurrente de Capuozzo lui rappelait chaque fois qu'il n'était là que pour découvrir le coupable.

La chaleur humide des jours précédents stagnait encore dans l'appartement. Mariangela le conduisit au salon dans une ultime et infantile tentative d'éviter l'inévitable. Le commissaire demanda enfin où était Tudor.

Mariangela se limita à un geste de la main accompagné d'une expression dolente. Elle suivit Soneri en direction des chambres et attendit qu'il lui fît signe de lui montrer la porte. Elle obtempéra et découvrit une chambre où le Moldave était allongé dans la pénombre sur un lit défait, recroquevillé sur le côté.

« L'effort lui a fait sauter des points », signala-t-elle au moment où le commissaire se penchait légèrement pour observer de plus près le visage de l'homme.

Ce dernier avait l'air de souffrir, mais il avait toujours le regard sévère et impassible de leur première entrevue, le jour où ils l'avaient amené à la Questure, suspecté d'homicide. Son visage paraissait incapable de manifester la moindre émotion. Sur le côté gauche, le pansement de l'homme était imprégné du pus de la blessure.

« Il faut vous soigner », lui dit Soneri.

Tudor le regarda froidement en frissonnant.

« Il ne veut pas sortir d'ici, expliqua Mariangela. Il préfère que je fasse venir mon médecin. »

Le Moldave était sûrement un dur capable de se contrôler, mais dans cette chambre, on sentait vibrer la peur.

« Vous n'allez pas faire long feu si vous restez ici : tôt ou tard, ils vont finir par le savoir, l'avertit Soneri. Mieux vaut essayer de vous en tirer en partant tout de suite. »

Tudor et Mariangela avaient déjà dû soupeser cette éventualité, au vu de leur échange muet et de leur coup d'œil bref et imperceptible.

« Ils doivent sûrement savoir que vous aviez l'habitude de venir dans cet appartement », estima Soneri en faisant allusion aux rendez-vous de Mariangela avec Gerlanda. Tudor et elle avaient dû faire l'amour dans le même lit. Le commissaire fut à la fois peiné et dégoûté d'imaginer ces deux amants obligés de se vendre pour de l'argent. Il devinait entre eux un lien authentique, c'était la première fois qu'il avait affaire à un sentiment sincère dans cette enquête.

« Le commissaire a raison », éclata enfin Mariangela.

Tudor bougea à peine le visage et la regarda sans quitter son masque imperturbable. Il devait se sentir vaincu comme une bête blessée.

« Vous avez joué une partie dangereuse et vous les avez effrayés. Dans les conditions où vous êtes, il ne vous reste plus qu'à partir », déclara Soneri.

L'autre leva les yeux une seconde et les tourna ensuite vers Mariangela pour lui demander conseil. C'était le seul signal qui permettait de savoir ce qui lui traversait l'esprit.

« Cela dit, même s'ils sont très effrayés, reprit le commissaire, ils n'auront pas l'intention de se mettre à table pour jouer au poker avec vous. Ils préfèrent un beau duel, parce qu'ils savent qu'ils peuvent le gagner. À moins que vous ne vous trouviez des alliés. Et à bien y réfléchir, le seul allié que vous ayez, c'est moi. »

Son raisonnement avait dû être convaincant car Tudor tourna encore la tête vers sa compagne, qui, cependant, ne répondit pas. Le jeune homme avait l'air bloqué par une croûte de dureté et d'orgueil, comme si le fait d'accepter était une honte. Soneri fixa alors Mariangela, il sentait que la réponse lui appartenait. Mais la femme ne prononça pas les mots auxquels il s'attendait.

« Ils veulent aussi l'argent de l'assurance, expliqua-t-elle.

– Ils ne vous le demanderont plus si vous aidez Nicolai à neutraliser l'organisation, répondit Soneri. Galluzzo a dû vous expliquer en long et en large comment ça marche, non ? continua-t-il en s'adressant à Tudor. Sinon, pourquoi ils vous auraient poignardé ? »

Le silence des deux était éloquent.

« Même si vous en coincez certains, d'autres prendront le relais, reprit Mariangela. Et de toute façon, ils trouveront le moyen de se venger.

– C'est déjà le cas », fit remarquer le commissaire en indiquant Tudor.

Le visage de la femme était maintenant empreint de méfiance. Soneri savait qu'ils n'avaient pas le choix et décida d'insister : « Si on coince toute la bande, ils vont être désorganisés pendant un petit moment, et vous aurez le temps de toucher l'assurance et de partir ailleurs sans laisser de traces. Vous ne serez pas les premiers à le faire, expliqua-t-il en rallumant le *toscano* qu'il avait à la bouche. Sans compter qu'à partir de maintenant, l'endroit est devenu risqué. »

Les deux se regardèrent à nouveau. La perspective d'encaisser l'assurance paraissait les rassurer, et tenter l'aventure, ne plus les inquiéter autant.

« D'accord », décida Mariangela en penchant légèrement la tête comme si elle acceptait de se sacrifier.

Soneri saisit alors son portable et composa le numéro de Draghi.

« Prends-toi une voiture et rejoins-moi borgo Antini 16, lui ordonna-t-il. Arrête-toi juste devant, je sortirai avec la Rosselli et le Moldave.

– Vous l'avez retrouvé ?

– Il est en danger. Quand tu arrives, essaye de ne pas te faire remarquer : on t'attendra en bas. »

Puis il s'adressa à Tudor : « Vous allez réussir à marcher ? »

L'homme acquiesça en déglutissant plusieurs fois. Il avait l'air cadavérique, mais continuait d'afficher son expression farouche. Il laissa échapper une grimace de douleur au moment de se lever. Draghi les fit monter et, une fois en voiture, le Moldave ouvrit enfin la bouche.

« Où on va ? demanda-t-il.

– En lieu sûr », répondit le commissaire de manière évasive.

Tudor eut l'air soudain inquiet.

« Je ne veux pas retourner dans l'hôpital, protesta-t-il.

– Juste le temps de changer le pansement et de refaire les points, le rassura Soneri. Vous ne tiendrez pas longtemps dans cet état, ajouta-t-il en indiquant la tache rosâtre qui imbibait son bandage. Ils vous ont fait une belle boutonnière. Qu'est-ce qui vous a pris de faire chanter Centazzo et Filomena Galluzzo ? »

Tudor resta impassible et tourna à peine un regard vide. Mariangela répondit à sa place :

« On a besoin d'argent. S'il avait réussi, on aurait tout laissé tomber et on serait partis. Après tout, ça les aurait bien arrangés à eux aussi.

– Peut-être, admit le commissaire en songeant à tous les renseignements que ces deux-là pourraient lui donner. Mais ça les arrangeait encore plus de vous éliminer. Un tueur à gages coûte beaucoup moins cher. »

Le Moldave se tourna légèrement pour l'observer. Il se tenait le ventre d'une main pour le protéger des secousses de la voiture. Draghi conduisait comme sur un car PS.

« Galluzzo se sentait en danger ? C'est pour ça qu'il avait souscrit une assurance ? demanda le commissaire.

– Il planquait du fric de la coke, répondit Tudor d'une voix éteinte. Il avait trop besoin du cash.

– Et ça, les Albanais ne le supportaient pas… » ajouta Soneri.

Tudor fit une grimace qui aurait pu passer pour un sourire. « C'était pas à eux, la coke. Came de famille, précisa-t-il. Il disait que c'est débile de payer une chose qui est aussi à lui. Alors, quand il avait besoin du cash, il la vendait, mais il l'achetait pas. »

Était-ce la douleur qui rendait Tudor subitement loquace ? Ou bien l'étourdissement, comme une ivresse, que lui causait la perte de sang ?

« Ce ne sont donc pas les Albanais qui se sont vengés ?

– Je ne sais pas, monsieur le commissaire, souffla-t-il, agacé. C'est sûr qu'ils lui en voulaient, mais je crois pas qu'ils auraient pu le toucher sans le dire à la famille. Et puis, le mari de Filomena, c'est le genre de type qui a besoin de personne, il a aucun scrupule, il a assez de pouvoir.

– Et vous, vous avez été asticoter un type comme ça ? leur demanda Soneri en secouant la tête.

– Autant ça pouvait bien se passer, intervint Mariangela. On n'avait pas beaucoup de possibilités, mais on a essayé. »

Draghi, une main sur le volant, zigzaguait entre les voitures et secoua la tête à son tour. Pour Soneri, le message était clair : ils avaient affaire à deux naïfs. Il se dit ensuite qu'on ne cherche pas à tuer quelqu'un s'il ne sait rien de compromettant. Comme tout le monde, la mafia n'échappait pas aux restrictions budgétaires.

« Qu'est-ce qui a pu inquiéter Centazzo à ce point-là ? » demanda alors Soneri.

Une secousse provoqua une énième grimace de douleur au Moldave, mais elle pouvait également exprimer son embarras face à la question.

« Ça sert à rien de continuer à parler », murmura Tudor.

Le commissaire hocha la tête.

« C'est justement parce que vous ne me répondez pas que je suis persuadé que vous devriez le faire.

– Vous arriverez jamais à choper Centazzo, ni les autres, parce que eux, ils dépensent leur argent, c'est tout. Les sales boulots, c'est les autres qui le font, les étrangers, comme moi. Vous avez le droit d'arrêter ceux qui claquent tout le blé en achetant des magasins, des immeubles et des hangars ? Ceux qui construisent des immeubles ? Si t'as de l'argent, tu achètes, non ?

Pour la tuer, l'organisation, faut taper à la tête, pas sur la queue. Et la tête, elle est pas ici », conclut le Moldave en gesticulant.

Soneri resta silencieux quelques instants, sachant très bien qu'au fond Tudor avait raison. Tout au long de cette enquête, il s'était senti désarmé, un simple commissaire de province engagé dans un combat contre un ennemi plus grand que lui, capable de se foutre de sa gueule et de le posséder. Il voyait disparaître l'un des présupposés de son métier, et même sa condition première : lutter contre les délinquants. Tout en étant amené à cohabiter avec eux.

« Je n'arriverai peut-être pas à écraser la tête de l'organisation, mais je peux lui couper une main. C'est à vous de me montrer où frapper. Vous connaissez leur point faible, et la manière dont ils ont réagi me rend sûr de moi, insista Soneri.

– Oui, on le connaît, intervint Mariangela, mais avant d'en parler, on doit y réfléchir. On doit penser à nous, à comment ça peut se terminer pour nous. Si on part avec l'argent de l'assurance, on pourra peut-être réussir à disparaître. Mais sinon, on les aura sur le dos. Ça ne vous rendrait pas inquiet, à vous non plus ?

– Si, bien sûr, répondit Soneri, aussitôt interrompu par la femme.

– Je ne voudrais pas vous manquer de respect, commissaire, mais vous êtes incapable de nous donner la moindre garantie, expliqua-t-elle. Vous n'avez aucun pouvoir pour arrêter ces gens. Si ça se trouve, vous vous retrouverez au milieu de ces messieurs dans des réceptions, et vous serez obligé de leur serrer la main.

– Je ne vais jamais dans les réceptions, précisa brusquement le commissaire, je déteste manger debout.

– Peut-être, mais eux, ils y vont. Et ils magouillent avec les bonnes personnes, les personnes qui comptent. Ils nouent des amitiés, ils baratinent les autorités et ils concluent leurs affaires. Et pour finir, c'est eux qui dirigent, sans même avoir besoin d'un flingue. Et vous, vous ne pouvez rien y faire !

– Et vous ? Vous pensez vous en sortir comment ? Parce qu'ils vont vous trouver. Ils vous cherchent. Et vous n'avez pas d'argent, lui balança le commissaire avant de s'adresser à Tudor. N'oubliez pas que vous seriez encore en train de moisir en prison si je n'avais pas été là pour vous en sortir. Ils étaient prêts à vous coffrer avec cette histoire de montre. »

Tudor ne pouvait rien dire, Soneri lui avait sauvé la mise alors que tout le monde l'avait déjà condamné.

« Vous ne pensez pas me devoir quelque chose ? À cette heure, en prison, un condamné à perpétuité vous aurait peut-être déjà planté un poinçon dans la gorge… »

À ce moment-là, la voiture s'arrêta devant le bâtiment imposant de l'hôpital. Draghi, avec son éternel culot, avait montré sa carte et réussi à entrer jusqu'à l'accès des urgences. C'est alors que Soneri rencontra les yeux clairs et froids du Moldave.

« D'accord, se rendit ce dernier, je vais vous dire ce que je sais. »

Il descendit de la voiture et marcha en se tordant, soutenu par Draghi et Mariangela. Une autre patrouille l'attendait à l'entrée des urgences.

Pendant ce temps, les nuages s'étaient levés, laissant filtrer les dernières lueurs de l'après-midi.

16

Soneri s'était réveillé en proie à une agitation fébrile et se retrouva assis sur le lit. Il n'était pas à son aise quand il ne sentait pas la présence tranquillisante de son minuscule horizon nocturne. Angela alluma la lumière et l'observa les yeux mi-clos. Il était resté dormir chez elle dans l'espoir de partager son inquiétude. Il avait envie de lâcher son boulot, mais à son âge, ni vieux ni jeune, il était comme une pierre qui tombe, sans d'autre choix que d'attendre sa chute.

Pendant toute la soirée, son esprit avait alterné entre espoir et découragement. Dès qu'il pensait aux futures révélations du Moldave, il retrouvait une raison de continuer, mais s'il repensait à son manque de moyens, il retombait dans la frustration. Son état d'âme en dents de scie l'avait réveillé avant l'aube, et il s'était épuisé à attendre le point du jour afin que les rayons encore forts du soleil de la fin de l'été lui redonnent un peu d'énergie et de confiance. Angela s'approcha de lui et l'étreignit sans parvenir à endiguer son flot d'idées noires. Comme dans une séquence de photogrammes, les images du passé et de tous ceux qu'il avait perdus en route défilaient devant lui : son père, sa mère, sa femme, son fils mort-né. Il sentait la présence silencieuse d'Angela à ses côtés et réalisa qu'il n'avait plus qu'elle.

Il se rendormit avant le lever du soleil et fut réveillé par sa lumière éclatante qui frappait son visage à travers les persiennes. Il s'empêcha de rester couché à ne rien faire et se leva. L'apparition d'Angela, élégante et prête à sortir, lui redonna un peu d'optimisme.

« Déjà en robe ? » fut le seul commentaire de Soneri. Il la trouvait immensément désirable.

« J'ai une audience ce matin, répondit-elle. Je t'ai laissé de quoi petit-déjeuner sur la table, avec le journal. Ils parlent des arrestations. »

Avant de s'en aller, elle le serra dans ses bras comme un homme, sans l'embrasser.

Le commissaire prit son petit déjeuner et regarda dehors : le ciel nettoyé par la pluie offrait à la ville une clarté de haute montagne. Mais la ration de bonne humeur qu'elle aurait pu lui offrir disparut à la lecture du journal, à commencer par la une, qui attribuait aux Stups tous les mérites de l'opération de saisie de la cocaïne. Le gros titre indiquait « Vaste réseau de drogue démantelé » tandis que le sous-titre expliquait : « La “blanche” arrivait des portes du Sud, cachée au milieu d'une livraison de peaux à destination d'une usine parmesane ». Capuozzo avait porté un nouveau coup en bavant tout aux journalistes et en l'excluant des mérites qui lui revenaient, mais ce fut surtout l'entrefilet sur deux colonnes et sur la page consacrée à l'opération antidrogue qui le rendit fou de rage : « Le Moldave échappé de l'hôpital enfin retrouvé ».

Qui avait donné l'information ? Il fit claquer rageusement le quotidien en le refermant : impossible de compter sur la discrétion de la Questure, il devait non seulement lutter contre les délinquants, mais aussi contre les nombreuses « gorges profondes » présentes dans la police.

Il se dépêcha de s'habiller et sortit quasiment en courant. L'orage avait apporté de la fraîcheur, mais l'humidité du sol recommencerait bien vite à s'évaporer et à saturer l'air immobile.

« Quel est l'imbécile qui a donné l'info du Moldave ? gueula-t-il au téléphone dès que Juvara lui répondit.

– Capuozzo, hier soir, répondit l'inspecteur avec appréhension. Je crois qu'il l'a su par le poste de police de l'hôpital. Il avait déjà tenu sa conférence de presse le matin, mais quand les journalistes l'ont rappelé le soir pour la mise à jour, il a balancé l'info.

– C'était sûr, commenta Soneri. Il soigne les apparences pour bien montrer au ministère que chez lui ça travaille. »

Juvara l'entendit ensuite balancer deux jurons avant de raccrocher sans autre forme de procès. Il le verrait sûrement revenir au bureau le visage assombri, mais pour l'heure Soneri ne se dirigeait pas vers la Questure.

Il monta dans son Alfa Romeo et démarra en trombe vers l'hôpital. Un sûr pressentiment lui conseillait de faire vite, le temps jouait contre lui. Il arriva aux urgences un quart d'heure plus tard et dépassa la cohue de brancards, de patients et d'accompagnants pour s'engager dans le couloir de l'unité d'observation où il aperçut le planton devant la porte de la chambre.

« Du nouveau ? » demanda-t-il sans ménagement.

L'agent fit non de la tête et ajouta, à l'instant où le commissaire entrait :

« À part l'agitation.

– Il a souffert ? »

L'autre écarta les bras : « Il s'est retourné toute la nuit dans son lit. »

Lorsque Soneri apparut à ses côtés, Tudor était réveillé. Son visage n'avait plus la même expression impassible.

Ses traits s'étaient comme effacés, et l'insomnie avait fait retomber lourdement les lignes de son visage. Son masque tourmenté trahissait le bouleversement profond d'une personne terrorisée.

« Je suis moins en sécurité ici que là-bas, murmura l'homme.

– Là-bas, tu n'avais pas d'échappatoire : coup de poignard ou hémorragie… ça n'aurait pas changé grand-chose », constata le commissaire avant de s'apercevoir qu'il était passé au tutoiement.

Il s'attendait peut-être à ce que leur conversation prenne un tour plus intime. Tudor ne répondit rien et regarda le plafond, comme s'il priait le ciel de lui donner la force de parler. Son expression changea peu à peu, passant du désarroi à la résignation.

« Même si je vous dis des choses, c'est trop tard », grommela-t-il d'un ton définitif, donnant à Soneri la sensation de commencer son discours par la fin.

L'espace d'un instant, les mots de Tudor ébranlèrent ses convictions, et il faillit céder à l'abattement. Il se rendit compte alors de la curiosité banale de son excitation, sans aucun rapport avec la rigueur d'une enquête.

« Même si c'était le cas, ce ne serait pas une bonne raison pour se taire », le prévint Soneri.

Tudor réfléchit un moment : ses réflexes étaient comme ralentis, embués par l'hémorragie.

« Ça veut dire ?

– La vengeance est déjà en marche. Au point où on en est, qu'est-ce que ça peut faire si tu révèles des choses ? Autant vendre ta peau un bon prix et jouer toutes tes cartes.

– Tout ça, ça marche si vous les chopez. Sinon, faudra que je disparaisse, fit remarquer Tudor.

– Ça dépend de toi, et de comment tu joues.

– Même pour votre enquête, ça changera rien, répondit le Moldave. À la fin, ça fera pas beaucoup de différence si je parle ou si je me tais. Vous allez gagner une bataille, vous allez pas gagner la guerre.

– C'est toujours mieux que rien, déclara le commissaire.

– Pas toujours.

– Moi, je préfère. »

Tudor se tourna pour le regarder, les yeux fébriles.

« Les Galluzzo, ils palpent avec la drogue, les marchés publics, les casinos et l'usure. Ils ont des sociétés dans toutes les grosses affaires. Ils essayent aussi de racheter l'équipe de foot. De Angelis, il recycle tout l'argent sale en Suisse et après, il le réinvestit ici, dans le Nord. Centazzo, il est venu exprès pour racheter la ville. Alors vous, vous allez faire quoi ? Ils sont en train de se bouffer toute la ville de Parme et bientôt ils vont même se farcir le maire. Ils se foutent des millions dans la poche avec les lotissements et les constructions d'immeubles. Centazzo, c'est un mec qui investit, alors tout le monde le trouve génial, il a des couilles, ce mec. Et vous voulez le niquer ? N'importe qui va dire que vous êtes dingue. Vous savez combien de personnes s'en sortent en faisant des affaires avec les sociétés à Centazzo ? Combien d'industriels acceptent les sous-fifres du clan dans leurs conseils d'administration en échange des billets ? Monsieur le commissaire, vous savez pas qu'aujourd'hui les délinquants, ils ont la cravate, et qu'ils ont remplacé les gens bien ? Où ils sont, les gens bien ? On sait plus si t'es honnête. Bientôt, les délinquants, ils commanderont partout, parce qu'ils ont faufilé dans tous les trous et qu'ils ont acheté tout ce qu'il y avait à acheter. »

Les mots de Tudor raclaient comme des éclats de verre. Soneri en percevait la dureté et les sentait adhérer à la vérité profonde que l'enquête avait révélé au fur et à mesure. Il s'accrocha à sa nature rebelle tout en sachant qu'elle ne lui servirait pas à grand-chose.

« Alors ça voudra dire que nous sommes deux à vendre cher notre peau. Ici, c'est ma ville, et j'aimerais bien capituler honorablement », affirma-t-il, un rien solennel.

Tudor soupira.

« Francesco disait qu'il aimait Parme parce que c'est une ville où y a encore des bonnes ondes, comme là où y a un saint qu'est venu et qu'on entend toujours parler de lui après.

– Une de ces bonnes ondes, c'est qu'elle n'a jamais aimé les tyrans », intervint Soneri.

L'autre lui répondit d'un sourire sceptique.

Le commissaire revint alors sur le sujet qui lui tenait le plus à cœur : « Qu'est-ce que tu sais de si terrible sur l'organisation ? »

Tudor répondit par un haussement d'épaules.

« Ils ne perdraient pas de temps à te chercher si tu ne les affolais pas. Et ça doit être gros pour affoler des types aussi puissants.

– Oui, c'est gros, confirma Tudor. C'est Francesco qui m'en avait parlé, un jour où il était trop énervé sur son beau-frère. J'ai juré de jamais le dire, et j'ai tenu parole. J'avais trop besoin de l'argent.

– Tu pourrais récupérer celui de l'assurance si tu joues bien.

– Je suis pas sûr, répondit le Moldave. En tout cas, je vous remercie de m'avoir sauvé de leurs tueurs. Et aussi pour mon arrestation, j'étais dans la merde, déjà condamné.

– C'est à toi d'obtenir la pleine absolution. »

Tudor inspira profondément et grimaça de douleur à cause de la blessure.

« Je vais d'abord vous dire les grandes lignes, pour vous faire comprendre ce que c'est. Et demain, je vous expliquerai comment faire, dit-il.

– Demain ? Pourquoi ?

– Avant, je veux décider ce qu'on fait avec Mariangela.

– D'accord. Donne-moi les grandes lignes, alors. »

Tudor fixa à nouveau le plafond avant de se décider.

« Ici, en ville, ils accueillent des gens de l'organisation qui ont besoin de changer d'air. Ils les logent sous des faux noms à des endroits qu'on aurait jamais l'idée de chercher.

– Des types en cavale ?

– Pas forcément. S'ils se sentent dans la ligne de mire, ils disparaissent un peu, ici, dans le Nord.

– Où est-ce qu'ils les logent ?

– Je vous le dirai demain, commissaire. C'est pas très difficile à deviner, vous avez qu'à penser au nombre d'immeubles à Centazzo et à ses sociétés de prête-noms.

– Justement, il en a tellement…

– Du calme, du calme, l'interrompit Tudor avec autorité. Je serai plus précis demain, pas la peine de vous agiter. En plus, ça servirait à rien. Ils savent très bien ce que je sais, et ça va être difficile de les coincer. Enfin, ils resteront tranquilles un petit moment. »

L'expression dure du Moldave suffit à faire comprendre au commissaire qu'il valait mieux éviter d'insister. Il lui fallait attendre, son enquête exigeait la patience que sa propre origine paysanne lui avait transmise. La patience d'un métier où l'on ne décide pas du temps, mais où l'on s'y adapte.

« Je vais te faire transférer d'ici ce soir dans un lieu que personne ne connaît et je reviendrai demain. Ça va aussi dépendre de toi si cette ville se fait dévorer ou si elle va pouvoir se fabriquer des anticorps.

– J'ai plus de patrie, commissaire, l'interrompit Tudor. Et, pour être sincère avec vous, j'en ai pas grand-chose à foutre de cette ville. Moi, je veux juste survivre, et j'aimerais bien avec un peu d'argent dans les poches.

– C'est ce que je vais essayer de faire. À condition que tu me fasses confiance », s'engagea le commissaire avant de s'en aller.

Le commissaire parcourut en sens inverse le couloir des hospitalisations tandis qu'un grand soleil venait à sa rencontre. Il gardait imprimée à l'esprit la dernière expression de Tudor, son visage dramatique et intense, témoin d'un ancestral désir de vie. Il prit son portable et appela Draghi :

« Il faudrait organiser un déménagement.

– Tu m'as pris pour une coopérative ?

– C'est au sujet du Moldave. Il est en observation et il faudrait l'emmener à la clinique Salus sans que personne ne le sache. Tu t'en occupes ou je dois demander à la Digos ?

– Demande aux services secrets, riposta l'inspecteur du haut de son accent romain.

– Je compte sur toi, ajouta Soneri, si tout marche comme je le pense, on va faire un gros coup grâce à lui. »

Le commissaire entendit Draghi râler et devina qu'il n'avait pas compris pour l'histoire du gros coup. Tant mieux, l'important était que lui y voie clair. Il n'avait jamais eu à ce point la sensation d'être en passe de conclure. La perspective de pouvoir vider un abcès aussi énorme lui fit même oublier ses considérations sur l'inutilité de son métier et, après qu'il eut garé sa voiture dans la cour de la Questure pour se mettre en marche vers piazza Garibaldi, il se sentit en paix avec lui-même comme ça ne lui était pas arrivé depuis longtemps. Il était à nouveau responsable d'une mission qui valait la peine d'être accomplie au-delà de ses habituels devoirs professionnels. Juvara s'étonna lui aussi de son excitation quand il reçut son appel pour clarifier certaines dispositions.

« Tout est calme ? demanda le commissaire.

– Oui, répondit l'inspecteur en hésitant.

– Parfait ! s'exclama alors Soneri d'une voix perçante.

– Ce matin, les avocats des Albanais ont vu leurs clients en prison, ajouta Juvara.

– Toujours muets ?

– On ne nous a rien communiqué. Je suppose que oui. »

Un quart d'heure plus tard, Soneri était devant le tribunal et aperçut Angela sur le trottoir s'entretenir avec l'un de ses collègues. Il s'éloigna en direction du piazzale Boito dès qu'il fut certain d'avoir été remarqué : il ne supportait pas que les autres avocats les voient ensemble. Il n'aimait pas non plus donner rendez-vous à la sortie du travail, comme le font les adolescents. Enfin, il n'aimait pas les cérémonials, du reste il en supportait beaucoup trop dans cette interminable liturgie bureaucratique de la Questure.

Angela n'avait pas beaucoup de temps, et ils mangèrent perchés sur deux tabourets, face au mur, dans un bar qui s'improvisait restaurant.

« Comment tu fais pour déjeuner dans un endroit pareil ? lui demanda Soneri en balayant la salle d'un regard méprisant.

– Tu ne supportes pas les rites, mais quand tu manges, on dirait que tu dis la messe.

– C'est le seul moment qui en mérite un.

– À midi, tu vas avoir du mal, ou bien vite fait, comme pour les vêpres, répliqua-t-elle en se moquant de lui.

– Aujourd'hui, ça ne me pose pas de problème. Dans ma tête, je suis déjà à demain.

– Le Moldave ? » devina-t-elle.

Le commissaire acquiesça.

« Si tout se passe bien, je vais comprendre beaucoup de choses sur ceux qui sont en train de faire main basse sur la ville. Cette fois-ci, il se pourrait bien qu'ils y laissent un doigt, et pourquoi pas la main entière. »

Angela considéra ses propos d'un air perplexe et Soneri s'en inquiéta un peu.

« Tu oublies que tu es seul, et que Percudani et Capuozzo attendent seulement que tu leur livres l'assassin de Galluzzo. »

Il ne l'avait pas oublié, mais l'enquête le détournait continuellement de son objectif initial. La mort du commerçant n'étant, de son point de vue, qu'un phénomène révélateur.

« Il va remonter tout seul à la surface, abrégea-t-il avec assurance. Dans cette histoire, Capuozzo a fait beaucoup plus de dégâts que ce que tu pourrais croire, ajouta-t-il.

– C'est-à-dire ?

– Il a été dire à la presse qu'on avait retrouvé Tudor. Alors que j'aurais préféré qu'on le croie encore en fuite.

– Aujourd'hui, les défenseurs des Albanais se sont donné rendez-vous au tribunal. Ils ont parlé brièvement avec Percudani et ensuite, ils ont disparu. Je pense qu'ils ont organisé cette réunion pour élaborer des stratégies.

– Ils se sont aussi présentés à la prison pour parler avec leurs clients », ajouta Soneri.

Angela soupesa ce qu'il venait de lui dire et réfléchit un moment. Ses silences continuaient d'inquiéter le commissaire. D'autant plus lorsqu'elle finit par lui dire :

« Méfie-toi, je connais un de leurs avocats, c'est un sale type.

– Tout va se jouer demain matin », répondit Soneri en descendant du tabouret sans même se souvenir de ce qu'il avait mangé.

Il se dirigea vers la Questure au moment où la journée avait déjà déroulé son après-midi et où la sueur de la terre imprégnait à nouveau l'atmosphère en enveloppant la ville de brumaille. Le commissaire eut l'impression que la normalité avait repris son cours habituel.

Les bureaux de la PJ somnolaient à nouveau dans la chaleur et l'apathie du 15 août. La radio transmettait avec nonchalance les habituelles interventions de routine et, petit à petit, l'euphorie de Soneri perdit de sa vigueur en s'écoulant lentement au rythme d'un robinet qui fuit. Un doute s'était instillé en lui après les recommandations et l'invitation à la prudence d'Angela, comme si quelque chose se tramait contre lui. Quelque chose de gros, qu'il ne pourrait pas arrêter. Il suait à gros bouillons, assis à son bureau avec une impression de sournoiserie rampante autour de lui : un ennemi invisible, comme ces ombres qui traversent la tête d'un fou.

La sonnerie du téléphone signa la fin de ses divagations.

« Les avocats des Albanais viennent de m'informer que leurs clients désirent être entendus », annonça Percudani d'une solennité surprenante.

Le commissaire sentit sa colonne vertébrale se contracter.

« Ils ne vous ont donné aucun avant-goût ? chercha-t-il à comprendre.

– Non, mais je présume qu'ils veulent faire des révélations. Je ne m'explique pas autrement ce brutal changement de stratégie. Jusqu'à hier, la consigne était de ne pas répondre.

– Où avez-vous décidé de les entendre ?

– Le moyen le plus rapide serait d'aller en prison cet après-midi. Je me suis déjà mis d'accord avec les avocats, il ne reste plus qu'à fixer l'heure. Je passe vous prendre ou vous venez avec votre voiture ?

– Je préférerais ne pas y aller », répondit le commissaire.

Percudani resta quelques secondes sans rien dire.

« Écoutez, il se pourrait que ce soit un tournant…

– Je préfère rester à la Questure, réaffirma Soneri, glacial.

– Comme vous voulez, abrégea alors le magistrat d'un ton légèrement hautain, contactez-moi plus tard et je vous tiendrai au courant. »

Le commissaire raccrocha et se leva. Il se sentait alangui, résigné au pire. La normalité qu'il venait juste de ressentir lui était retombée dessus comme la sueur qui le trempait tout entier. Sur le pas de la porte, il croisa le regard de Juvara qui apprécia son humeur exécrable et se limita à le saluer d'un geste, sans un mot. Soneri s'engagea dans le couloir à grands pas et traversa la cour quelques secondes plus tard d'une foulée énergique. Il se dépêchait, mais craignait que cette course ne soit totalement inutile. Une fois dans la rue, il composa le numéro de Draghi.

« Tudor est déjà à la clinique Salus ? s'informa-t-il.

– Depuis deux heures, commissaire. »

Soneri raccrocha sur la dernière syllabe de l'inspecteur et accéléra le pas. Il monta dans sa voiture et conduisit à toute vitesse dans la ville à moitié déserte pour rejoindre la clinique.

Ils avaient installé le Moldave dans une chambre du dernier étage qui, vue de l'extérieur, ressemblait à l'entrée d'un cagibi. En le voyant entrer, le planton se leva brusquement tandis que Tudor, assis contre son oreiller à regarder dans le vide, se tournait vers lui avec une expression entre surprise et agacement.

« Vous êtes très en avance », constata-t-il.

À ces mots, le commissaire comprit qu'il n'avait pas encore vu Mariangela et qu'il ne savait pas ce qu'il s'était passé. Il fallait donc en profiter pour tenter le coup. Il fallait forcer l'allure.

« Je sais, reconnut Soneri, mais il est urgent de conclure. Je ne veux pas laisser trop de temps aux autres pour s'organiser.

– De toute manière, ce qui est fait est fait, répondit Tudor. Maintenant ou demain matin, ça change rien. »

Son visage s'était endurci et le commissaire sentit vaciller son infime espoir de briser sa cuirasse.

« Je te promets de ne rien faire d'ici demain ou avant que tu me donnes ton feu vert », assura-t-il.

Tudor refusa en secouant la tête. « Mariangela est en train d'évaluer tout un tas de trucs pour notre avenir, et on décidera ce soir. Y compris la possibilité de me compromettre définitivement », précisa sèchement le jeune homme.

Soneri se sentit dans une impasse, sans plus aucun argument. Tudor ne parlerait pas avant d'avoir vu sa compagne, et le commissaire craignait que Mariangela ne le dissuade d'agir.

« Elle vérifie si elle peut encaisser l'assurance rapidement ? balança-t-il alors.

– Entre autres, répondit le garçon. Vous savez bien qu'on a besoin de l'argent, poursuivit-il. Pas seulement nous, c'est comme tout le monde, vous aussi. »

Soneri se limita à hausser les épaules, il n'avait pas l'intention de glisser sur des sujets personnels.

« Je peux juste conseiller d'enquêter sur Centazzo et sa femme. Comment ils font pour gérer leur réseau de l'usure. Et d'aller voir leurs hommes dans leurs sociétés financières. Les biens immobiliers, ça peut s'acheter avec de l'argent blanchi, mais aussi avec de l'usure. Pour vous, y a rien de très nouveau, sauf qu'à la tête de tout ça, c'est la sœur à Francesco. C'est elle qui lui refilait un peu de blé, des fois. »

Tudor se retourna et se remit à observer le mur d'en face, immobile comme un reptile.

Cette immobilité déteignit sur le commissaire. Mille et une visions l'envahissaient, dont celle d'un Gerlanda vaincu lui racontant sa ville, contaminée par le virus. Le planton toussota et le ramena à la réalité. À ce signal, il se tourna et sortit en silence.

Il déambula dans la ville au climat encore suffocant. Au milieu de l'après-midi, quand le soleil se cacha derrière un rideau de brume, il décida de retourner à la PJ et d'attendre derrière son bureau. Il appréhendait tout en la souhaitant la sonnerie du téléphone : il savait qu'elle le libérerait de la pression insupportable. Il reçut plusieurs appels, tous de peu d'intérêt. Enfin, celui qu'il attendait arriva à dix-huit heures passées.

« Ils ont avoué, c'est ça ? demanda-t-il dès qu'il entendit la voix de Percudani.

– Oui, confirma le juge, ils ont avoué. »

Soneri se raidit, conscient d'avoir perdu la partie. Les autres avaient gagné, ils avaient été plus rapides.

« Ils sacrifient deux pions pour gagner la compétition, dit-il en se parlant à lui-même.

– Je ne comprends pas, ronchonna Percudani. Cela dit, il y a beaucoup de choses qui clochent dans cette histoire. Les aveux, par exemple.

– Qu'est-ce que vous voulez que l'organisation en ait à foutre de Mustafaj et Sinani, ce sont juste deux petits poissons que Moisiu tient par les couilles. C'est Moisiu qui doit rendre des comptes aux Calabrais. Ils leur ont sûrement promis une prime qu'ils verseront directement aux familles en Albanie. En échange, ils se font passer pour les coupables et ils étouffent tout le reste. Ils prendront pas grand-chose, puisqu'il s'agit d'un homicide involontaire.

– En effet, ils peuvent prendre plus pour le trafic de stupéfiants et l'agression de Tudor, admit Percudani. En ce qui concerne la mort de Galluzzo, ils ont reconnu qu'ils l'avaient frappé pour non-paiement, mais sans intention de le tuer. Il s'agit d'un homicide par imprudence, l'autopsie a confirmé que la mort n'avait pas été provoquée directement par les coups.

– C'est bien ce que je dis. Ils s'en sortiront en ne prenant pratiquement rien. Ils étaient déjà impliqués dans d'autres délits, mais ils ont avoué le moins grave. Comme ça, ils feront classer l'enquête », argumenta Soneri.

Il raisonnait à voix haute, le magistrat l'interrompit :

« C'était ce que nous voulions, non ? Ou bien vous pensez que ces deux-là ne sont pas coupables ? Il y aurait autre chose à approfondir ?

– *Dottor* Percudani, répondit le commissaire, mon métier m'impose d'enquêter et de ne parler que des choses dont je peux prouver l'existence : je ne me permettrais jamais de hasarder des conjectures face à un juge.

– Nous nous connaissons depuis assez longtemps pour pouvoir nous parler en toute intimité, l'encouragea le magistrat.

– Et nous avons assez d'expérience pour savoir que toute velléité de batailles perdues d'avance est inutile, riposta Soneri.

– Je crois savoir à quoi vous faites allusion. J'ai moi aussi entrevu quelque chose de plus gros qu'une simple bande de dealers. Notre travail nous joue parfois des tours : il nous permet de comprendre la réalité, pas toujours de séparer l'ivraie d'avec le bon grain.

– Vœu pieux. Moi, je ne me suis jamais donné d'objectifs trop ambitieux et je me suis toujours contenté de contenir la merde. Même si ça fait un petit moment que je n'y arrive plus.

– Arrêtez de vous plaindre, Soneri. Continuer de lutter avec si peu de munitions dans une armée de défaitistes est seulement de la folie. Ce n'est pas facile pour moi non plus, croyez-le bien. Et puis, je n'ai pas le courage de m'immoler, je ne suis pas un héros.

– Moi non plus », conclut le commissaire sombrement.

17

Après son entretien avec Percudani, Soneri se leva et sortit sans un bruit, sous le regard discret de Juvara. Il s'engagea sur son chemin habituel. Le ciel s'était brusquement obscurci et la ville, inhabituellement silencieuse, semblait plus terne dans la lumière horizontale du couchant. Le commissaire marchait, foulant aux pieds son ombre interminable sur le trottoir de la via Repubblica. Il passa devant le *Regio* où Gondo avait laissé son assiette pour la monnaie ; sans lui, les marches du théâtre avaient perdu l'un de leurs membres, comme les corps mutilés. Il ne sentait plus son poids, comme ces ballons qui s'envolent et zigzaguent dans l'air chaud, ivres et sans but. Poussé par la brise, il passa sous les hautes voûtes de la Pilotta et fut attiré par la chevelure verte du parc ducal. Une fois devant les platanes et soumis à un réflexe conditionné, il mit directement le cap chez Angela. Avec l'urgence d'une bête traquée, il se faufila via delle Fonderie et monta se réfugier chez elle.

Angela comprit tout de suite en le voyant qu'elle devait laisser les choses se faire, comme si rien ne s'était passé. Elle savait qu'elle devait le laisser mariner dans son jus avant de lui poser la moindre question, attendre qu'il se décide à parler.

« L'affaire Galluzzo est close, finit-il par annoncer avec ironie. Les deux Albanais ont avoué et ne prendront pratiquement rien : homicide involontaire.

– Tu auras plus de temps pour t'occuper du reste, observa-t-elle.

– S'il reste quelque chose.

– Tu as le Moldave entre les mains. Il faut le jouer correctement.

– Capuozzo a informé la presse qu'il était réapparu. Maintenant, tout le monde sait qu'il est à notre disposition. C'est pour ça que les deux Albanais ont pris la responsabilité du tabassage. En échange, ils vont pouvoir solder les comptes.

– Ce n'est pas à eux de les solder, c'est à Percudani, objecta Angela.

– Percudani n'a aucune envie de garder l'enquête ouverte si on n'a pas de nouveaux éléments. Et puis, ils sont tellement pressés de conclure… expliqua Soneri.

– Tu veux parler de Capuozzo ?

– De qui, sinon ? Lui, il veut conclure et remettre sa petite copie. Et puis, poursuivre, ça veut dire prendre le risque d'un gros coup d'épée dans l'eau, et le juge n'a pas l'intention d'en sortir ridiculisé.

– Si le Moldave passe à table, il devra changer d'avis, renchérit Angela.

– Si le Moldave passe à table… » répéta le commissaire, le regard dans le vague.

Seuls les bras d'Angela l'empêchaient de se laisser aller au découragement.

« Il n'y a rien de pire que de se sentir impuissant. Toi, tu sais combien j'aimerais changer les choses », bougonna-t-il.

Ne sachant que répondre, Angela continuait de le serrer dans ses bras. Seule son étreinte traduisait toute la compréhension et la complicité qu'elle voulait lui transmettre. Le commissaire s'attendait à ce qu'elle dise quelque chose, mais dut se résigner à son silence et s'abandonna contre son corps. Il n'y avait pas de réponses, c'était idiot d'en exiger.

Enfin, il se détacha d'elle.

« Je n'ai pas faim », lui dit-il.

Angela le laissa repartir sans essayer de le retenir. Le nœud que la colère et la tension avaient serré, empêchant tout autre type de sentiment, devait se relâcher.

Soneri vagua tard dans la ville pour tenter de se calmer. La nuit était lumineuse et le ciel, inhabituellement bas, à peine plus haut que le clocher du *duomo*. De brefs incendies rageurs recommencèrent à éclater après minuit, et le silence fut rompu par le va-et-vient des sirènes. Son inquiétude s'ajouta alors à celle de la cité.

Les premières éditions des journaux arrivèrent dans la nuit. « L'affaire de la via Cavour résolue : Galluzzo mort sous les coups de deux Albanais », titrait l'un d'entre eux. Tandis qu'un autre avait écrit : « Les assassins du commerçant arrêtés par la brigade des stupéfiants ».

Il se répétait les titres et avait l'impression d'entendre la voix de Capuozzo. Comme d'habitude, le questeur l'avait puni, c'était évident. Son horizon n'était jamais très large, les affaires devaient être conclues et les dossiers, menés à terme sans trop déranger les puissants ni faire trop de vagues. Mais l'homme était habile, il avait parfaitement compris la ville : dévouée corps et âme à son propre mythe qu'elle célébrait quotidiennement en refoulant ce qui la rongeait à petit feu. Perdu dans ses pensées, le commissaire voyait défiler devant lui les monuments de Parme : ses marbres de Vérone, ses grès, son mélange de gothique et de roman, le fier profil de l'Oltretorrente. C'était comme une belle pomme dont on suçait la pulpe. Le ver s'était mis au travail sans que personne ne tente de l'en empêcher. Soneri mesurait à pas lents son impuissance en errant dans la ville, tel un général passant ses troupes en revue avant une bataille désespérée. Il s'offrit aux ponts du torrent où des chœurs de grenouilles saluaient les rares passants depuis leurs flaques invisibles. Il traversa les rues, frôla les pierres moisies cachées depuis des siècles dans l'ombre humide, contempla les façades imposantes des édifices, le temps figé dans les silhouettes des églises du centre et les empreintes architecturales de chaque époque passée et se demanda quel héritage laisseraient les générations ayant vécu au milieu de ce patrimoine. La réponse lui fut donnée au moment où son vagabondage approcha le monument en hommage à Verdi, piazzale della Pace, lorsqu'il tomba sur une espèce de cube de verre insignifiant à effet miroir. C'était la production récente d'un illustre architecte qu'un jardinier impitoyable avait dissimulée à point nommé derrière une rangée de peupliers nains. Un cube. Le dessin élémentaire d'un esprit ayant complètement éliminé de son horizon la beauté ou toute autre préoccupation de forme. Régresser vers le primitif, ne plus penser qu'en termes d'utilité, faire fi du moindre frémissement de spiritualité. On n'avait pas seulement volé la musique de cette ville en attaquant Gondo, on l'avait aussi dépossédée du sens du beau. Francesco dépensait sans compter pour le trouver, mais Centazzo ? Qu'en avait-il à faire de la beauté ? Il n'avait pas bougé un doigt pour sauver son beau-frère, jugeant sans doute l'homme inutile. N'était-ce pas la pire des violences ?

Il marcha longtemps, enveloppé de son humeur noire et mauvaise, avant que le dégagement à l'approche des quais de la Parma ne la lui éclaircît un peu. Le point du jour était sans spectateurs, le plus beau de la journée leur avait échappé. Soneri rejoignait Tudor en arpentant des rues désertes. Les derniers amants de la nuit s'étaient retirés, effrayés par la lumière, tandis que les autres s'étreignaient encore un peu dans les ténèbres de leur dernier sommeil. Le commissaire n'avait pas envie de dormir. Ses forces se mélangeaient lentement à une tension effervescente comme un comprimé dans l'eau.

Il arriva devant la clinique quand le soleil frôlait déjà les toits. Il entra et monta jusqu'à la chambre du Moldave. Il le trouva debout au milieu de la pièce, déjà habillé et tenant un petit sac où il avait mis toutes ses affaires. Soneri le regarda et comprit que la partie était définitivement terminée.

« Tu sais où aller ? lui demanda-t-il.

– Je retourne chez moi. Au moins un certain temps. Là-bas, je serai en sécurité. »

Il indiqua ensuite le journal rapportant la conclusion de l'affaire Galluzzo et ajouta : « Je vous l'avais dit que vous perdiez votre temps. »

Le planton intervint : « J'ai essayé de le retenir, mais il a signé pour sortir et je n'ai pas pu m'y opposer. »

Le commissaire acquiesça, Tudor avait la loi pour lui, personne ne pouvait l'empêcher de partir.

Il aurait bien aimé lui dire qu'en restant il aurait été en sécurité, mais il n'avait pas envie de lui mentir. Pour obtenir un dispositif de protection, il aurait fallu des mois de dossiers et de paperasse.

« Tu pars tout seul ?

– Pour l'instant, oui. Mariangela, elle a son entreprise. Alors elle va essayer de récupérer l'assurance. »

Il était à nouveau froid et dur comme lors de leur première rencontre. Le commissaire comprit que sa compagne n'était pas une raison suffisante pour lui faire changer d'avis. On sentait chez lui un choix très sûr, instinctif, choix qu'il jugeait sans doute aujourd'hui le plus utile et qui ne s'encombrait d'aucun sentiment.

« Si tu m'avais aidé, tu aurais peut-être connu un avenir tranquille avec elle, ici », bredouilla le commissaire d'une voix quelque peu déçue.

Tudor se tourna et montra un visage sévère.

« Trop risqué pour moi. Tant que l'enquête était ouverte, vous pouviez mettre la pression à l'organisation, mais maintenant tout est clair, non ?

– Je peux demander de la garder ouverte si j'apporte des indices au juge.

– Ça prendra du temps et en attendant ils peuvent me descendre sans problème, répliqua Tudor.

– Tu les aides en faisant ça. Ce n'est pas toi qui m'as dit qu'ils sont en train de se bouffer la ville ? insinua le commissaire.

– Pour moi, vous et eux, vous êtes pareils. Vous m'offrez quoi en échange de ma collaboration ? Une vie meilleure ? Je vous l'ai déjà dit, je m'en fous de cette ville. Elle m'a donné quoi ? J'ai eu des avantages, à part de faire la pute ? J'ai rien à perdre, moi, ici, monsieur le commissaire.

– Mariangela », l'interrompit Soneri.

Le Moldave réfléchit quelques secondes.

« On pourra toujours recommencer ailleurs. En Allemagne, peut-être. Elle aussi, elle s'est fait avoir par cette ville.

– Elle ne viendra jamais, ne te fais pas d'illusions. »

Tudor haussa les épaules sans rien dire. Le geste suffisait.

« Ne crois pas que je laisse tomber, reprit le commissaire. Je continuerai de surveiller ce qui se passe, dans cette ville.

– Si vous voulez. En attendant, moi, je dégage. Vous aurez besoin d'une armée et de je sais pas combien de temps », répondit l'autre d'un ton acerbe.

Soneri sentit brusquement retomber la fatigue qu'il avait accumulée à force d'insomnies. Le soleil s'était levé au-dessus des immeubles et avait éclairé la fenêtre de la chambre en rebondissant sur le store métallique. Ébloui par la réverbération, il fut obligé de reculer. Tudor empoigna son sac et initia un mouvement de départ. Soneri chancela l'espace d'une seconde, mais lorsqu'il se reprit, le Moldave tenait déjà la poignée de la porte. Soneri sentait qu'il n'avait plus aucune force mentale ou physique pour l'empêcher de sortir. L'autre s'arrêta. « Ne pensez pas que tout est de ma faute, dit-il à voix basse. Après tout, j'ai fait comme tout le monde, ici. Ceux qui savent et qui voient, mais qui disent rien. Y en a, c'est par intérêt et y en a d'autres, c'est par la peur, mais la majorité, c'est parce qu'ils s'en foutent. Même vous, vous habitez là, mais vous vous en foutez de ce monde. Vous vous en servez, c'est tout. Vous y faites rien de bon. C'est ça, le pire. »

Soneri ne trouva rien à dire, assommé par ces propos comme par un coup de poing. Puis, son attention vacillant, il vit Tudor ouvrir lentement la porte, sortir et se tourner sur le seuil pour le regarder, avant de disparaître en emportant son secret avec lui. Le planton le tira alors de son inertie.

« Si vous êtes d'accord, je vais m'en aller, l'informa-t-il timidement. Je crois qu'on n'a plus besoin de moi, et comme aujourd'hui on est le 15… »

Il avait oublié la date ; le 15 août avait fini par arriver et tout le monde était parti, y compris Tudor.

« Oui, bien sûr, vas-y », répondit Soneri en lui donnant congé et en songeant qu'en ville on ne verrait plus que les vieux cuire au feu du mois d'août.

Il attendit que l'agent soit sorti pour partir à son tour. Il était fatigué de tout. Il avait l'impression de ne servir à rien, il voulait tout laisser tomber. Il se sentait raillé, bafoué, et seul, avec ses idéaux abstraits. Il avait envie de blasphémer, de mettre des coups. Il était étonné par sa capacité d'indignation, à son âge. C'était sans doute un signe d'intégrité, il s'en serait volontiers passé. Des années qu'il enrageait, des années que rien ne changeait. Il arriva chez lui avant d'être surpris par la chaleur de la rue. Il passa devant le miroir du couloir et lut sur son visage tout l'abattement qu'il éprouvait. Jamais il ne s'était senti à ce point les mains vides. Il éteignit alors son téléphone portable, sachant que le sommeil serait le seul moyen de fuir l'insupportable.

FIN

RÉALISATION : NORD COMPO À VILLENEUVE-D'ASCQ
IMPRESSION : CPI FRANCE
DÉPÔT LÉGAL : FÉVRIER 2020. N° 143976 (3037336)
IMPRIMÉ EN FRANCE